古内一絵

Kazue Furuuchi

How to make

your own wedding cake the best ever

最高のウエディングケーキの作り方

中央公論新社

目次

装幀　鈴木久美
写真　Getty Images

最高のウエディングケーキの作り方

第一話

ピュイダムール

草むらに、小さな明《あ》かりが明滅する。橄欖石《ペリドット》を思わせる澄んだライトグリーンが、すうっと空《くう》に線を引く。蛍《ほたる》だ。

更衣室の小窓をあけ、遠山涼音《とおやますずね》は暫《しば》し優美な飛翔《ひしょう》に見惚《みと》れた。

涼音が勤める桜山《おうざん》ホテルでは、毎初夏、「蛍の夕べ」というイベントを開催している。朱塗《しゅぬ》りの弁慶橋《べんけいばし》がかかる沢、大小の池、稲荷《いなり》神社を擁《よう》する約二万坪の広大な日本庭園では、五月から六月にかけて、たくさんのゲンジボタルが飛び交う。どこかから持ってきた蛍ではない。ガーデンスタッフが、庭園内のビオトープで産卵から手塩にかけて育ててきた蛍たちだ。近隣の小学校には、この「蛍の夕べ」で初めて蛍を見たという都会育ちの子どもたちが大勢いる。都心で、これほど自然に近い形で蛍を観賞できる場所は稀少《きしょう》だ。

六月に入ったばかりのこの日も、提灯《ちょうちん》を片手に蛍を追う子どもたちの歓声が、数時間前まで、庭園内に響き渡っていた。イベント期間中、バンケット棟のレストランも、ホテル棟のラウンジも大賑《おおにぎ》わいだ。

こんな忙しい時期に、申し訳なかったかな……。

涼音は窓辺にもたれ、静かに明滅している蛍を見つめる。闇《やみ》を照らすほのかな光は、なんとも幻想的だ。

レストランもラウンジもクローズしたこの時間は、庭園内には宿泊のゲストしかいない。だが実際、蛍の飛翔が活発化するのは深夜近くになってからだ。二十二時を過ぎた現在、数匹の蛍が沢を離れ、更衣室近くの草むらにまでやってきてくれた。

あえかな明滅が、送別の歌として愛唱《あいしょう》される「蛍の光」を連想させる。

ホテルのシンボルカラーである桜色のスカーフを外し、涼音は一つ息をついた。

本格的なアフタヌーンティーを日本で初めて提供したといわれるラウンジに憧れ、桜山ホテルに新卒入社して約十一年。

今日は、涼音がラウンジスタッフとして出社した最後の日だ。

明日からは有給休暇の消化に入るので、一緒に働いてきたラウンジスタッフや、調理班のシェフたちと再び会うのは、月末に予定してもらっている送別会ということになる。

さあ、そろそろいこう。

涼音は窓辺から離れ、クラシカルな黒のワンピースを脱いだ。明日から、この制服に袖《そで》を通すこともない。涼音の心に一抹《いちまつ》の寂《さび》しさが湧いた。

銀色に輝く三段スタンドのお皿に盛られた宝石のような小型菓子《プティ・フール》、焼き立てのスコーン、フィンガーサイズの上品なサンドイッチ――。香り高い紅茶と共に饗《きょう》される、究極の〝おやつ〟。

アフタヌーンティーのメニュー開発に携《たずさ》わりたくて、桜山ホテルに入社したのに、当初、涼音はバンケット棟の宴会担当に配属された。念願かなってラウンジスタッフになれたのは、七年後のことだった。

あれから四年。瞬《またた》く間に、しかし、濃密にときは過ぎた。

アフタヌーンティーブームの先駆《さきが》けとなったラウンジで、先輩から、同僚から、シェフたちから、そしてゲストから、涼音は多くのことを学んできた。彼ら彼女らのお陰《かげ》で、悔いなく精一杯働くことができた。

その学びを糧《かて》に、涼音は今後、新しい夢に向かう。

引き継ぎマニュアルの最終確認をしていてこんな時間になってしまったが、これ以上ぐずぐずしていると、ラウンジのクローズ作業を終えた同僚たちが戻ってくる。そうしたら、益々《ますます》ここから離れ難くなるだろう。

蛍の光、窓の雪……。

心の中で歌いながら、ワンピースをクリーニング用の袋に入れ、ロッカーの扉を閉めた。

この日、涼音は、桜山ホテルを卒業する。


地下鉄に接続する私鉄に揺られ、都心から約三十分。各駅停車の普通電車しかとまらない小さな駅で、涼音は私鉄を降りた。駅の周辺に大きな建物はなにもない。ロータリーもバス乗り場もなく、改札を出るとすぐに、個人商店やスーパーが軒《のき》を連ねる昔ながらの商店街が続いている。

二十五時まであいているスーパーの前を通り、涼音は商店街を歩き始めた。ここから十分ほどいったところに、涼音の新天地がある。

やがて大きなムクロジの木が見えてきた。青々と葉を茂《しげ》らせたムクロジの枝の所々に、淡い緑色の花が咲いている。細かな花は夜風にはらはらと散り、木の下に小さな花だまりを作っていた。

ムクロジの木のすぐ傍《そば》の、通りに面した瀟洒《しょうしゃ》な一軒家の前で、涼音は足をとめた。入り口は二つある。一つは庇《ひさし》のある大きな玄関。もう一つはお勝手口のような小さな扉だ。

トートバッグから鍵を取り出し、涼音は小さな扉をあけた。眼の前に狭《せま》い階段が現れる。とんとんと階段を上がり、二階にたどりつくと、その玄関に鍵はかかっていなかった。

「ただいま」

ドアを押しあければ、温かな照明が涼音を包み込む。廊下の先から足音が響いた。

「おかえり」

普段着姿の飛鳥井達也《あすかいたつや》が、手拭《てぬぐ》いで手をふきながら現れた。

「ごめんね。引き継ぎマニュアルをチェックしてたら、結局、こんな時間になっちゃった」

「お疲れさま。夕飯食ってないだろ？」

「もしかして、待っててくれたの？　先にすませてくれてよかったのに」

「いや、今日は俺も結構遅かったから」

靴を脱ぎながら涼音は鼻をうごめかせた。達也の背後から、なんともいえずいい匂いが漂《ただよ》ってくる。

「んー、いい匂い」

これは多分、ローリエの香り。

「ミネストローネ！」

涼音が声をあげると、「当たり」と達也が親指を立てた。そう聞いた瞬間、忘れかけていた空腹感が込み上げる。

パプリカ、ニンジン、タマネギ、ズッキーニ……。細かく刻んだ旬《しゅん》の野菜をどっさり入れた達也特製のプロヴァンス風ミネストローネは、涼音の大好物の一つだ。思えば、三時過ぎにラウンジの賄《まかな》いのサンドイッチを口にして以来、七時間以上なにも口にしていない。

「手、洗ってくるっ」

「慌《あわ》てなくてもミネストローネは逃げないぞ」

ばたばたと廊下を走り出せば、からかうような達也の声が背後から追いかけてきた。

洗面所で手を洗い、廊下の奥の部屋に入り、急いで部屋着に着替える。暫定的《ざんていてき》に涼音に割り当てられている部屋には、まだ、あちこちに段ボールの箱が積まれていた。

ゴールデンウイーク明けに、涼音は達也と一緒に見つけたこの物件に引っ越してきた。そろそろ一か月が経《た》とうとしているが、退職準備に追われ、未《いま》だ全部の荷ほどきが終わっていない。

達也が南仏プロヴァンスの果樹園つきパティスリーで三年間の修業を終え、日本に戻ってきたのは今年の春先だ。

一緒に自分たちのパティスリーを作る。

その日から、涼音は達也と共に、本気で新しい夢を追うことになった。

〝初めてだから気張るのは分かるけど、別に妙な爪痕《つめあと》とか残そうとしなくていいから〟

ふと涼音の脳裏に、アフタヌーンティーのメニュー開発のプレゼンに初めて挑《いど》んだ日のことが甦《よみがえ》る。

〝こんな分厚い企画書、読んでも全然頭に入ってこないよ〟

涼音入魂《にゅうこん》の企画書にあっさりと駄目出しをしたのは、当時、桜山ホテルアフタヌーンティーチーム調理班のチーフ、三十代の若きシェフ・パティシエだった達也だ。

正直に言って、最初の印象は最悪だった。

真っ白なパティシエコートに身を包み、企画書を突き返してくる達也の冷淡な様子が昨日のことのように目蓋《まぶた》に浮かび、涼音は思わず苦笑する。

もっとも、それは達也とて、同じことだったろう。

当時、達也が最も触れられたくないと思っていた部分に、涼音は土足で踏み込んでしまった。

飛鳥井達也には、ＤＸ――識字障碍《ディスレクシア》という、傍《はた》からは分かりにくい障碍がある。特にローマ字の識字《しきじ》が難しい。日本語の読み書きには大きな支障はないので、ほとんどの人たちには気づかれないが、涼音はいち早くそれを見抜いた。兄の直樹《なおき》が教育系の出版社に勤めていて、家にも学習障碍に関する教材がたくさんあったため、リスニングやスピーキングができても、ローマ字の綴《つづ》りを識字できないケースを知っていたのだ。

だが、かつて外資系ホテルで〝多様性枠採用《ダイバーシティーわく》〟と陰口をたたかれたことのある達也は、桜山ホテルのシェフ・パティシエになって以来、自分にDXがあることを、頑《かたく》なに隠していた。

そのためサブ・チーフであるスー・シェフの山崎朝子《やまさきあさこ》とも一定の距離を置き、常にぴりぴりと神経を張り詰めさせていた。

スムーズに仕事をするためにも隠すべきではないと告げた涼音を、達也は激しく拒絶した。

〝余計な気遣《きづか》いは必要ない。仕事に支障はないから〟

氷のような一瞥《いちべつ》を向けられて、涼音はさすがに落ち込んだ。

それでも、バックヤードや配膳室《パントリー》の片隅で、或《ある》いはラウンジで、何度も意見をぶつけ合ったり、ときには助け合ったりするうちに、自分たちがどこか似ていることに気がついた。

互いに少々配慮に欠けるところはあったけれど、目標に真っ直ぐで、我武者羅《がむしゃら》で、なにより心からお菓子を愛していた。

お菓子《アントルメ》。それは不思議な概念《がいねん》だ。

洋菓子にせよ和菓子にせよ、人が生きていく上で、それらは決して必要不可欠なものではない。だが、なにかおめでたいことや嬉《うれ》しいことがあるとき、古《いにしえ》から人々は甘いお菓子を希求した。

砂糖が世界中に広がったのは、十一世紀以後の十字軍の遠征《えんせい》が、きっかけの一つだったと言われている。しかし当時は、貴重な砂糖を使うお菓子は、一部の特別階級の人たちしか口にすることができなかった。

　それを庶民に広げるために大きな役割を果たしたのが、修道院や寺院だ。今もヨーロッパやアジアのあちこちに、修道院や寺院直伝《じきでん》のお菓子のレシピが残されている。古今東西を問わず、甘いお菓子は神や仏の祝福と共にあったのだ。

　日々の糧とはまた違う、祝祭の特別なご馳走《ちそう》。

　西洋に於《お》いては誕生日やクリスマスに、東洋に於いては節句《せっく》や彼岸《ひがん》に、人々は日頃は口にすることのできない貴重な甘味を、神仏や先祖に祈りを捧《ささ》げながら口にした。

〝涼音、お菓子はちゃんと味わって食べなきゃいけないぞ。寝っ転がってテレビを見ながら食べたり、だらしなく際限なく食べたりしちゃ駄目なんだ〟

　甘いお菓子が神仏の加護《かご》と共に庶民の間に広がっていったことを知ったとき、涼音は大の甘党の祖父の言葉を思い出した。

〝お菓子はな、ご褒美《ほうび》なんだ。だから、だらしない気持ちで食べてたら、もったいない〟

　戦災孤児だった過去を持つ祖父の滋《しげる》から、涼音は常にそう言い聞かされて育ってきた。ご褒美は、受け取る側も誇《ほこ》りを持たなければならないのだと、祖父は語った。

　涼音がお菓子に特別な思い入れを持つようになったのは、間違いなく祖父の影響だ。

　甘いお菓子に込められた祈りと幸いを、余すことなく味わい尽くし、且《か》つ、周囲にも伝えたい。

そのためには、どんな努力も惜しまない。

　たった一人で厨房《ちゅうぼう》に残り、熱心にガトーやジュレを試作している達也の姿を見たとき、出会った当初は反発を覚えた相手の中に、自分と同じ願いが宿っていることに涼音は気づいた。

　無愛想で、いささか人当たりは悪いけれど、努力家で、本当は優しい。

そんな四歳年上の不器用なシェフに、どうしようもなく惹《ひ》かれた。

自らの抱える障碍を押して、達也が渡仏することを決めた際、涼音はいつか自分の思いを彼に伝えたいと心に決めた。達也が達也の本当の舞台に上がったとき、その眼差《まなざ》しの先に、しっかり立っていられる自分でありたいと。

その願いは、どうやらかなったと言えるのだろうか。

外出着を洋服簞笥《だんす》にしまい、涼音は暫し考える。

達也が渡仏した年の夏。涼音は初めてパスポートを取得した。

〝落ち着いたら、遊びにおいでよ〟

別れ際の達也の言葉を鵜吞《うの》みにしたつもりはなかったのに、夏休みが取れるや否《いな》や、迷わず飛行機に乗っていた。パリ経由でマルセイユ空港へ。空港バスでエクス・アン・プロヴァンスへ向かったものの、ラウンジで鍛えた英語がほとんど通じず、大いに慌てた。若い人はともかく、フランスの人々は、日本人が思うほど英語が話せるわけではなかったのだ。

エクス・アン・プロヴァンスのバス停に迎えにきてくれた達也の姿を見た瞬間、初めての海外渡航の緊張と、長旅の疲れもあって、泣き出しそうになってしまった。

セザンヌの生まれ故郷《こきょう》として知られるエクス・アン・プロヴァンスも華《はな》やかで魅力《みりょく》的な町だったが、そこから車で一時間ちょっとの村、ルールマランに到着したとき、涼音はあまりの美しさに息を吞んだ。

広大なオリーブ畑。李《すもも》や葡萄《ぶどう》がたわわに実る豊かな果樹園。野原を紫色に染《そ》めるラベンダーの群生。十六世紀のルネッサンス様式を今に伝える、石造りの優美な古城……。

南仏の明るい日差しの下、野原から渡ってくる風は、ほんのりとハーブの芳香《ほうこう》をはらんでいた。

この地に果樹園つきのパティスリーを持つ、世界的に有名なシェフ兼実業家、ブノワ・ゴーラン氏に招かれたことが、達也が渡仏したきっかけだった。

イギリス人観光客も多く訪れるルールマランの村では、パリよりもマルセイユよりも英語が通じた。バカンスシーズンを迎えた村は、朗《ほが》らかな活気と、人々の笑顔であふれていた。

車で周囲を案内してくれる達也は、この村にもゴーランのパティスリーにもすっかり馴染《なじ》んでいるようで、東京にいたときより、ずっとリラックスした様子だった。

海外の時間は特別だ。ほかに知っている人はいないし、なにより、涼音には帰国のリミットがある。勿体《もったい》をつけたり照れたりしている余裕はなく、互いの気持ちに正面から向き合うしかない。

しかもそれが、光あふれる南仏プロヴァンスの夏《エテ》であるなら……。

東京のホテルでは時間に追われ、ストイックに働いていた涼音も達也も、すっかり現地の人たちのおおらかさに感化され、二十一時を過ぎても日が沈まない明るい夏の日々を心ゆくまで楽しんだ。最初の年こそ、シャンブル・ドットと呼ばれるＢ＆Ｂ《ベッドアンドブレックファスト》の宿に泊まったが、次の年から、涼音は達也のアパルトマンに泊まるようになった。

毎年、七月の繁忙期《はんぼうき》に長い休みを取るのは大変だったけれど、先輩の園田香織《そのだかおり》や同僚の林瑠璃《はやしるり》がシフトを調整してくれた。

南仏の夏は気温が三十度を超える日があっても、日本のように湿度が高くないので木陰に入れば過ごしやすい。達也がパティスリーで働いている間、涼音は果樹園の林檎《りんご》の木の下にチェアを置いて、遠くの古城やラベンダーに染まる丘を眺めながら、ゆっくりと読書を楽しんだ。

そして、夕刻には仕事を終える達也と連れ立ち、いつまでも明るい夏の宵の石畳《いしだたみ》を歩き、カフェや雑貨店をひやかした。たまには達也のお土産《みやげ》のピュイダムールを食べながら。

ピュイダムールはパイ生地《きじ》にカスタードクリームをたっぷりと詰め、表面をキャラメリゼしたフランスでは定番のお菓子だ。

一口かじると、サクサクのパイ生地から、濃厚なクリームがとろりとあふれ出す。焼き立てが一番美味《おい》しいため作り置きはできないが、達也の働くパティスリーでは時間決めでピュイダムールを販売していて、いつも飛ぶように売れていた。運よく売れ残りが出ると、達也はそれを紙に包んで涼音へのお土産にしてくれた。

ワイン、チーズ、田舎風《いなかふう》のパテ、焼きたてのバゲット、オリーブオイルをたっぷりかけた新鮮な野菜や果物のサラダ……。

アパルトマンで向き合って食べる夕食は、シンプルだけど、いつもとびきりの味がした。

日本に帰ったら、一緒に自分たちのパティスリーを作らないか。

三度目の夏、ベランダで食後のデザートワインを飲んでいるとき、達也から改まって切り出された。自分は最高のアントルメを作ることには自信があるけれど、接客はできない。接客のプロとして力を貸してはもらえないかと。

涼音は、社内の接客コンテストで優勝したことがある。そのスキルを求められているのだろうと考えたとき、達也は首を横に振った。力を貸してほしいというのは違う。同じ目標を掲げ、共に生きていきたいのだと、達也は言い直した。

〝涼音に出会わなかったら、今、俺はここにいない〟

真っ直ぐな眼差しにとらえられ、涼音は胸が熱くなった。

〝涼音にＤＸを指摘されなければ、俺は自分と向き合う勇気を持てなかった。俺はこれからも、ずっと涼音と一緒にいたい。二人で最高のパティスリーを作りたい〟

達也は真剣な表情で申し出た。自分と結婚し、パティスリーの「マダム」になってほしいと。

いささか唐突ではあったけれど、単刀直入《たんとうちょくにゅう》な物言いが、達也らしいと感じられた。だから、涼音も素直《すなお》に応《こた》えた。

〝喜んで〟

本当の舞台に上がろうとしている達也が、自分をパートナーに選んでくれたことが純粋に嬉しかった。

あの日、涼しい風を頰《ほお》に受けながら、達也の胸にもたれて眺めた美しい夕景を、涼音はこの先、一生忘れることがないと思う。

着替えを終えた涼音は、いい匂いの漂うリビングへと入った。

「うわあ、美味しそう……」

テーブルの上には、夏野菜がたっぷり入ったミネストローネと、茹《ゆ》でた海老《えび》とサーモンのオ・ブールが並んでいる。オ・ブールとは、溶かしたバターを絡める調理法だ。バターでソテーするのは日本でもお馴染みだが、フランスではバターをあえ物としても使うのだ。

「大変だったでしょ？　達也さんだって、今日は内装《ないそう》の打ち合わせがあったのに」

「いや、たいしたもの作ってないから」

プライベートではまったく料理をしないシェフもいるようだが、達也は割と気軽に日々の料理を作る。試作の意味もあるのかもしれないけれど、結局のところ、調理が好きなのだろう。

もっとも、これで「たいしたもの作ってない」と言われてしまうと少々プレッシャーなのだが、涼音が作る素人《しろうと》料理も、達也は淡々と口にする。

「冷めないうちにどうぞ」

「いただきます！」

両手を合わせ、涼音は箸《はし》を手に取った。

まずは賽《さい》の目《め》に切った夏野菜の彩《いろど》りが美しいミネストローネから。野菜の甘みがじんわりと口中に広がり、思わず溜《た》め息《いき》が漏《も》れた。

レモン汁の酸味とディルで香りをつけ、隠し味にほんの少し醤油《しょうゆ》を垂《た》らしたオ・ブールも、ご飯に合う美味しさだ。茹でたての海老にたっぷりとバターソースを絡め、一息に頬張った。

「どう？」

「最高！」

涼音は満面に笑みを浮かべる。

「これ、もしかして、グラスフェッドバター？」

「御名答《ごめいとう》。北海道のを取り寄せてみたんだ」

南仏の野菜や果実の美味しさにも驚いたが、フランスの乳製品の美味しさもまた、忘れ難いものだった。

達也の休みに合わせ、一度だけフランス北部にモン・サン・ミッシェルを見にいったことがある。その帰りに寄ったノルマンディーの街のレストランで、潮風《しおかぜ》を浴びた草原の草を食べて育った牛の原乳から作る、グラスフェッドバターをひとなめしたとき、涼音はあまりの美味しさに悶《もん》絶《ぜつ》しそうになった。

パンでもスープでも、このバターを一さじ加えただけで、たちまち力強い味に変わる。

「ノルマンディーの漁村のグラスフェッドバターに、近い製法で作られているらしい」

「うん、確かにノルマンディーで食べたのと同じ味がする」

なのだ。

フランスではバターは油脂《ゆし》ではなく、調味料と考えられている。料理の味を決める大切な食材なのだ。

フランスのパティスリーには生菓子や焼き菓子の他に、キャロットラペやパテのようなちょっとした総菜が置かれている店が多い。達也は現在、総菜作りにも力を入れていた。

帰国当初、達也は南仏のイメージに近い、房総《ぼうそう》や伊豆《いず》で物件を探していたが、たまたまこの商店街に理想的な居抜き物件を見つけ、結局、東京で不動産を取得することにした。

この一軒家は、かつてフランス人のマダムが料理教室を開いていた家だ。一階が本格的な厨房を持つ料理教室で、二階が居住スペースになっている。高齢となったマダムがフランスに帰国することになったため、達也が厨房機器ごと、買い取りの交渉を進めたのだ。

観光地ではなく、商店街に物件を求めたのは、実は涼音のアイデアでもあった。会社からの帰り道に、美味しいケーキや総菜を買えたらどんなにすてきだろうと、かねてから考えていたのだ。

それはホテルのラウンジで余ったスコーンやキッシュを持ち帰ることができていた、自らの経験から生まれた着想だった。

店舗スペースと居住スペースの玄関が分かれているのもよかったし、すぐ傍に大きなムクロジの保存樹があることも気に入った。

現在、二人は来年のオープンに向けて、少しずつ準備を始めている。

これまで内装の案件はすべて達也に任せていたが、桜山ホテルでの任務をひとまず終えた涼音も、今後は諸々《もろもろ》の交渉事に顔を出していくつもりだ。

この先、涼音と達也は公私を共にするパートナーとなる。

「婚姻届《こんいんとどけ》なんだけど」

サーモンをバターソースに絡めながら、涼音が切り出した。

達也の本籍は出身地の茨城《いばらき》にあるため、涼音の本籍地の役所に婚姻届を出す予定になっていた。

「そのとき、達也さんの戸籍謄本《こせきとうほん》が必要になるみたい。今は全部事項証明書とか言うんだっけ」

「分かった。手配しとく」

よく結婚することを「入籍」というが、それは正しくはない。結婚と同時に男性の家の戸籍に女性が入っていた明治民法は戦後に改正され、現在、法的な結婚とは、男性と女性が新たな戸籍を「作る」ことを指す。

達也と一緒に、新しい自分たちの生活を作る。

この制度を、涼音はそう理解していた。それは喜ばしく、とてもすてきなことに思えた。

結納《ゆいのう》や式は省いて開店資金に充てると、お互い決めていた。ただ、近々両家の顔合わせはしなくてはならない。

「茨城から、親父とおふくろを呼ばないとな」

あらかた料理を食べ終えた達也が立ち上がる。

「お店は私が探しておこうか」

「助かるよ。そんな格式ばったところじゃなくていいから」

「浅草《あさくさ》の牛すきとかは？」

「親父が喜びそうだな」

言いながら、達也はキッチンに向かった。

「ゆっくり食べてなよ。今日は特別なデザートがあるから」

その言葉に胸を躍《おど》らせつつ、涼音はグラスフェッドバターのオ・ブールを味わう。オ・ブールはバゲットと合わせても最高だが、炊《た》きたてのご飯との相性もまた格別だった。魚介のエキスが滲《し》みたバターがつやつやとした米粒に絡み、箸がとまらない。

茶碗《ちゃわん》と皿が空になったとき、「はあ」と、満足の息をついた。

太っちゃうかな……。

一瞬心によぎった懸念が、キッチンから漂ってきた甘い匂いに吹き飛ばされる。戻ってきた達也が手にした皿の上で、焼きたてのピュイダムールがまだちりちりと音をたてていた。

「わあ、ピュイダムール！」

思い出のお菓子の登場に、涼音は瞳《ひとみ》を輝《かがや》かせる。

「私、紅茶淹《い》れるね」

涼音は達也と入れ違いにキッチンに向かった。

ラウンジ仕込みの手順で丁寧《ていねい》且つ迅速にアールグレイを淹れる。キッチンに華やかなベルガモットの香りが立ち込めた。

ティーカップを盆に載《の》せてリビングに戻り、達也と向かい合って食後のデザートを楽しむ。贅《ぜい》沢《たく》で最高な時間の始まりだ。

ピュイダムールを食べるのに、気取った作法は必要ない。パティスリーの屋台で焼きたてを食べるパリっ子たちのように、紙に包んで手で食べるのが一番だ。

サクサクのパイ生地に歯を立てると、熱々のカスタードクリームがとろりと溶け出す。火傷《やけど》をしないように気をつけながら、ゆっくりと濃厚なクリームを味わった。

カスタードクリームは、フランス語で菓子職人《クレーム・パティシエール》のクリームと呼ばれる。

シュー・ア・ラ・クレーム、エクレール、クレームブリュレ……。このクリームで、代表的なフランス菓子の美味しさのすべてが決まると言っても過言ではない。

涼音は、達也の作るカスタードクリームが大好きだった。

くどさのない上品な甘さ。卵のこくとバニラビーンズのふくよかな香り。ほんのり残るラム酒の後味《あとあじ》。何口食べても飽きがこない上質な味と、滑《なめ》らかな舌触り。どこを取っても満点だ。

「幸せ……」

眼を閉じて、涼音はピュイダムールを味わった。目蓋の裏に、初夏の南仏のオリーブ畑や果樹園の風景が広がる。

「涼音、手を出して」

達也の声に眼をあけると、四角い小箱が差し出された。

胸の奥が小さく跳ねる。

ゆっくりと小箱を開けば、深い湖を思わせる紺碧《こんぺき》のサファイアの指輪が現れた。サファイアは、九月生まれの涼音の誕生石だ。

「結納とかしないから、これだけだけど」

達也が小箱から指輪を取り出し、涼音の左手にそっと触れる。自分の薬指に指輪がはめられるのを、涼音は黙って見ていた。胸が一杯で、なにも口にすることができなかった。

「……指輪とか、よかったのに。これからお金もかかるんだし」

ようやく押し出した声がかすれる。

「気持ちだから」

達也が少し真面目《まじめ》な顔になった。

「今後とも、よろしく」

その言葉に頷《うなず》くと、自然と涙が頬を伝った。

ピュイダムール。

思い出のお菓子のフランス語の意味は、愛の泉。パイ生地の泉から、甘い愛があふれ出す。

食べかけのピュイダムールを挟み、涼音と達也はいつまでも見つめ合っていた。


六月半ばの週末、達也の両親が茨城から上京した。

涼音は浅草の仲見世《なかみせ》通りから一本奥まったところにある、老舗《しにせ》のすき焼き専門店の個室の昼膳《ひるぜん》を予約した。できるだけ古き良き江戸情緒の残る場所をと心を砕いた涼音の選択に、久々に上京したという達也の両親はことのほか喜んでくれた。

長い廊下を渡って案内された個室からは、イロハモミジの滴《したた》るような緑が見える。

「仲見世通りの近くなのに、こんなに静かなんですね。立派な床の間があって、障子枠も趣《おもむき》があってとってもすてき」

意匠《いしょう》の凝らされた座敷の周囲を見回し、達也の母がうっとりとした声をあげた。

達也が南仏のパティスリーに招かれることになったとき、送別会を兼ねて開かれた「フェアウェルアフタヌーンティー」で既に顔を合わせている達也の母と涼音の母の麻衣子《まいこ》は、仲見世通りをひやかしているときからすっかり打ち解けていたが、今日が初顔合わせの達也の父と涼音の父の弘志《ひろし》は、少々ぎこちない様子だった。

座席の順番でひとしきり揉《も》めた後、結局達也の両親に上座に座ってもらい、涼音は注文がすぐにできる入り口の一番近くに腰を下ろした。

「涼音ちゃん。忙しいのに、私たちのためにこんなすてきなお店を予約してくれてありがとうね。

どうせ、達也はなにもしてないんでしょ？」

掘りごたつ式の席に着くなり、達也の母に労《ねぎら》われる。

「いえ、達也さんは、開店準備を頑張《がんば》ってくれてますから」

涼音は首を横に振った。達也は、両親の隣でいささか居心地が悪そうにしている。

〝別に嫌いなわけではないけど、苦手なんだ〟

いつだったか、達也は家族について、そんなふうに言っていた。

達也に識字障碍があることを両親は知らない。そもそもＤＸなどという概念が浸透《しんとう》していなかった時代だ。読み書きが苦手な達也は、単純に成績不振だと思われていたらしい。

特に達也の父親は、一人息子《むすこ》が早くに大学進学をあきらめて菓子職人の道に進んだことを、今でも快《こころよ》く思っていないという。

涼音はそっと、飛鳥井家の様子を窺《うかが》った。達也の母は本当にくつろいでいるようだったが、達也とその父は、あまり似ていないそれぞれの顔に、微《かす》かに緊張した表情を浮かべている。

やがて、葱《ねぎ》や茸《きのこ》などのざく一式と共に、見事な霜降《しもふ》りの牛肉が運ばれてきた。最初の一枚だけを店の従業員が焼いてくれた後は、もっぱら涼音と母親たちが鍋《なべ》を任されることになった。

「それでは、遠山さんは工場長でいらっしゃるんですか」

涼音が注《つ》いだビールを傾《かたむ》け、達也の父が弘志を見やる。

達也の父はもともと地元の工務店で事務職をしていたが、会社が大手に吸収合併された際にリストラされ、今では高校時代の同級生が経営する観光農園を手伝っているという。

「いえいえ。工場なんて大げさなものではありません。父が起こした町工場《まちこうば》を継いだだけですから。要するに大手の孫請けってところですよ」

ビールのコップを手に、弘志が首を横に振った。

「それも私の代でおしまいです。息子はまったく関係のない業種につきましたから」

「そうでしたか。それは少々残念ですね」

「いやぁ、今は子どもを縛るような時代でもないですからねぇ」

「いい時代になったものですよ」

「私たちのときとは違ってねぇ」

最初のうちこそ、達也の母と麻衣子が会話を引っ張っていたが、ビールが進むにつれ、むしろ男親たちのほうがにぎやかになってきた。

「それでも、遠山さんはたいしたものですよ。私なんかは、半分隠居の身ですから。日本の高度経済成長を支えたのは、実際には町工場だって言うじゃないですか」

「いやいや、とんでもないです」

差しつ差されつであっという間にビール瓶を空にし、二人の声はどんどん大きくなっていく。

高度経済成長って、一体、いつの話だろう。

父の代になってから、工場はずっと低空飛行のはずだけれど……。

達也の父の見え透いたお世辞に、父がすっかり顔を赤くして笑っているのを少々白けた気分で眺めながら、涼音はビールの追加を注文した。

「涼音さんも、さすがに接客のプロですね。お店選びや注文も手慣れたものだ」

達也の父のお世辞が、涼音にも向けられる。

「いえいえ、世間知らずで困りますよ」

謙遜《けんそん》のつもりなのか、弘志が強く否定した。

「達也くんのような立派な青年にもらっていただけることになって、本当にありがたく思っています」

もらっていただける？

酔いが回っているとはいえ、父の無神経な物言いに、涼音は肉を焼く手をとめそうになる。

「おい、達也」

達也の父が、今度は隣に座っている息子を見やった。

「お前、新しく開く自分の店では料理も作るんだろう？　だったら、菓子店なんかじゃなくて、レストランにすればいいじゃないか」

父や涼音に対していたのとはまったく違う、ぞんざいな口調だ。恐らく、こちらが達也の父の地なのだろう。遅かれ早かれ、この口調は涼音にも向けられることになるに違いない。それに気づけないほど、涼音ももう子どもではなかった。

「おい、なんとか言ったらどうなんだ」

畳みかけられて、無言ですき焼きを口に運んでいた達也の顔色がにわかに曇る。

「お父さん、今更、なに言ってるの。達也はパティシエなんですよ」

さすがに達也の母がたしなめたが、達也の父はとまらなかった。

「パティシエだかなんだか知らないが、要するに菓子職人だろう？　ホテル勤めならともかく、個人の菓子店なんかで本当に経営が成り立つのか？　人様の大切な娘さんをいただくんだぞ。菓子店よりも、レストランのほうが、まだ収入だって安定するだろうが」

またしても、いただく、だ。

この人たち、私をものかなにかだとでも思っているんだろうか。

「涼音さんだって、そのほうが安心でしょう？　どうせ、料理も作るっていうんだし」

いきなり矛先を向けられ、むっとしかけていた涼音は慌てて作り笑いを浮かべる。

「お義父《とう》さん。私と達也さんが作ろうとしているのは、フランスのパティスリーのようなお店なんです。本場のパティスリーはお菓子だけでなく、家で軽く食べるのに丁度いい、お惣菜も置いているんですよ」

仕事で疲れた帰り道に、ちょっと凝ったお惣菜と美味しいケーキを買うことができたら、それだけで、その日の食卓は特別なものになるのではないだろうか。

たとえば、嬉しい日はより華やかに。最悪な日だって、ほんの少しだけましに。

丁寧に手をかけた惣菜や、味も見た目も麗《うるわ》しいケーキは、日常にささやかな魔法をかける。

それこそが、涼音が達也と一緒に目指そうとしているものだ。

「いや、うちの息子はこの通り、昔っから愛想の欠片《かけら》もない男でね。涼音さんの内助《ないじょ》の功《こう》がないと、なんにもできないと思うんですよ。だから、菓子ばっかりにこだわってる息子の夢に付き合う必要なんかありませんて。むしろ、こいつを尻に敷くぐらいのつもりで、引っ張っていってもらわないと」

ちょっと待って――。

達也の父に身を乗り出してこられて、涼音は焦った。

内助の功？　夢に付き合う？

達也の父は、根本《こんぽん》からなにか勘違いしているのではないだろうか。パティスリーは達也だけのものではなく、涼音自身のためのものでもあるのだが。

そうでなければ、あれだけ憧れて入った桜山ホテルを辞めたりしない。大好きだったホテルで培《つちか》ってきた経験と技量をより自由に試せると思ったからこそ、その先に進もうと決めたのだ。

「あ、あの、お義父さん……」

「いやあ、飛鳥井さん。そんなふうに言っていただけるとは感激だなぁ」

涼音が誤解を解《と》こうとしたとき、弘志が素《す》っ頓狂《とんきょう》な声をあげた。

「自分の好きなことばかりしていて、花嫁《はなよめ》修業もろくにしてこなかったような娘ですが、頼りにしていただけて嬉しいです。おい、涼音。しっかり達也くんを支えるんだぞ」

弱いくせに何杯もビールを飲み、昼間から真っ赤になっている顔を向けられて、涼音はほとほと閉口した。

「いやいや、遠山さん。結婚したら、女房が強いくらいのほうが、家庭は円満ですから。もちろん、我が家も例外ではないんですがね」

「うちもずっと、私は尻に敷かれっぱなしですよ、飛鳥井さん」

「結婚は女の幸せといいますが、男にとっては人生の墓場ですから」

「いやあ、まったくです」

二人の父親は顔を見合わせて、わはははと大笑いした。麻衣子と達也の母は、完全に白け切った顔つきで、黙々《もくもく》とすき焼きを食べている。

「で、籍を入れるのはいつなんだ？　そのときには、涼音さんや遠山さんたちを、今度は地元にご案内しなきゃいけないぞ」

達也の父が腕まくりした。

「そんな時間ないって」

すかさず達也は遮ったが、それは逆効果だったようだ。途端に、達也の父が鼻息を荒くする。

「なにを言っているんだ。結納もなし、仲人《なこうど》もなし、式も挙げないってだけでもとんでもない話なのに、親戚への紹介もしないつもりなのか。入籍すれば、涼音さんは飛鳥井家の一員になるんだぞ」

今度ばかりは、鍋の上の涼音の手が本当にとまった。

籍は、結婚する男女がそれまで属していた家族の籍から独立して新しく作るもので、入るものではない。ましてや、涼音が飛鳥井家の〝一員〟になるわけではない。

この人だってそうした手続きを踏んで結婚したはずなのに、一体なにを言っているのか。

「お父さん、飲みすぎだよ」

達也の母がぴしゃりと言い放つ。

「来年、達也のお店が正式にオープンするなら、そこでちょっとしたパーティーでも開けばいいじゃない」

「まあ、それもそうだな」

ようやく達也の父は収まったが、涼音は腑《ふ》に落ちなかった。

〝内助の功〟〝結婚は女の幸せ〟〝飛鳥井家の一員〟〝達也のお店〟……。

当たり前のように放たれた達也の両親の一言一言が、胸の中に澱《おり》のように溜《た》まる。頼みの綱の達也は、不機嫌そうに黙り込んでいるだけだ。ふと母と眼が合うと、きまり悪げに視線を逸《そ》らされた。

鍋の中で、スキヤキがぐつぐつと煮詰まっていく。

週明け、涼音は新居の二階の作業デスクで、朝からずっとパソコンとにらめっこをしていた。

当面はパティスリーが中心だが、いずれ、店内にはティーラウンジを併設するつもりでいる。ラウンジで使用する茶器や食器を選ぶのは、涼音の担当だ。本来なら、本場英国のヴィンテージをそろえたいところだが、あいにく、それほどの予算はない。けれど、ポットはもちろん、カップの厚さや薄さによっても、お茶の味は大きく異なる。

たかが入れ物、されど入れ物。器《うつわ》を侮ることはできない。

近々、合羽橋《かっぱばし》の問屋街《とんやがい》を回ってみようと考えながら、涼音はたくさんのホームページの中から、目ぼしい店舗をチェックした。

この日、達也は顧問税理士と一緒に、銀行に出向いている。昨夜、涼音は達也から、屋号《やごう》のことで相談された。まだ正式に店名を決める必要はないが、店用の口座を作るに当たり、屋号が必要になるのだそうだ。

〝とりあえず、シンプルに『飛鳥井』にしておこうかと思うんだけど、いいかな?〟

達也に尋ねられ、涼音は「いいと思う」と即答した。

東京で一番初めにアフタヌーンティーを提供したと言われる桜山ホテルのラウンジの元シェフ・パティシエで、日本でも人気のあるブノワ・ゴーランが経営する南仏のパティスリーで更に経験を積んだ飛鳥井達也の名前は、お菓子業界ではよく知られている。新店舗を軌道に乗せていく上で、そのネームバリューを利用しない手はない。

〝ホテル勤めならともかく、個人の菓子店なんかで本当に経営が成り立つのか?〟

会食時の達也の父の言葉が甦り、涼音は軽く口元を引き締める。個人パティスリーの経営が簡単ではないことくらい、自分も達也も十二分に承知しているつもりだ。

それにしても、週末の会食はなかなかに気疲れした。

〝うちの親父が好き勝手なことばっかり言って、本当にごめん〟

二人きりになるなり、達也が真剣に謝ってくれたが、この先が思いやられる。もっとも、〝好き勝手なこと〟を言われていたのは自分だけでなく、達也も同様だ。

〝どの道、茨城とは距離もあるし、今後はたいして関係ないけどな。あの年代の親父に、今更なにを言っても無駄だから〟

しかし、距離と年代を理由に〝なにを言っても無駄〟と開き直られてしまうのは、それはそれで違う気もするのだが。

少し休憩《きゅうけい》がしたくなり、涼音はパソコンを閉じて席を立った。

キッチンに入り、備えつけの棚をあける。引き戸の奥には、今後店でも出そうと検討している紅茶の缶がいくつも並んでいた。

暫し考え、涼音はルールコンドラの茶葉を選んだ。ルールコンドラは、スリランカで最古と言われている茶園でのみ栽培《さいばい》している稀少な茶葉だ。強い香りと渋みが特徴で、ミルクティーにも適している。この日、涼音はルールコンドラに豆乳を合わせてみることにした。ミルクパンで豆乳を温め、ロイヤルミルクティー風に茶葉を煮出す。

ハシバミ色のソイティーをマグカップに注ぐと、温かな香りが鼻腔《びこう》をくすぐった。

うん、美味しい――。一口飲んだ瞬間、自然に口角が上がる。甘みのある濃厚な豆乳が、ルールコンドラのこくを引き立てていた。

蜂蜜《はちみつ》を垂らしてみてもいいかもしれない。

そんなことを考えながら、涼音はマグカップを手にデスクに戻ってきた。ふと、デスクに積まれた書類に眼をやる。婚姻届を出すための書類だ。

そろそろ、こちらにも手をつけなければならない。

涼音は書類を検《あらた》めてみた。婚姻届、本人確認の証明書、それから達也の戸籍謄本……。必要なものはあらかたそろったようだ。

ちょっと記入してみようかと、涼音は婚姻届と雛形《ひながた》をつき合わせる。ソイティーを飲みつつ、記入欄を一つ一つ確認した。

新住所、新世帯主、現本籍と新しい本籍……。

こうして書類の準備をしていても、夫婦となる二人は自動的に現在の戸籍を抜けて、自分たちの新しい籍を作ることになるのは明白なのに、どうして、人はいつまでも結婚を〝入籍〟と称するのだろう。考えてみれば、芸能ニュースでも結婚報道のたびに、入籍、入籍と繰り返される。籍を入れることになりました、と、指輪を見せながら頰を染める女性タレントの姿も幾度となく見てきた。

自《おの》ずと、左手に視線が走る。

深い湖のように、どこまでも澄んだ碧《あお》。シンプルな一粒石だけれど、カットの美しいサファイアが薬指で輝いている。涼音の瞳には、それが達也との新しいスタートの印に映った。

前向きな気持ちで、涼音は書類に記入を始めた。間違いがあってはいけないと、一つ一つ雛形をしっかりチェックする。

書類を確認するうちに、しかし、涼音は途中で「ん?」と首を傾《かし》げた。

戸籍の筆頭者と世帯主って、なにがどう違うのだろう。

マニュアルをひっくり返しても、あまりに丁寧に説明されていて、却《かえ》ってよく分からない。スマートフォンで調べたほうが早いと感じ、涼音はデスクの先に手を伸ばした。

ところが検索しかけた矢先に、母の麻衣子から連絡が入った。何事だろうと、涼音はスマートフォンを耳に当てる。

「もしもし」

「ああ、涼音？　この前、あなた宛ての郵便物を渡そうと思ってたんだけど、忘れちゃって」

「あれ？　郵便局に転送届は出したんだけど、まだ、そっちに届いちゃってるんだ」

「ざっと見た感じ、急ぎのものはなさそうだけど」

「それじゃ、近いうちに取りにいくよ。まだ、運んでない荷物もあるし」

「そうしてちょうだい。おじいちゃんも、あなたがいなくて寂しがってるから」

おじいちゃん……。

涼音の脳裏に、大の甘党の滋の姿が浮かんだ。今度帰るときは、お土産に達也の作った焼き菓子を持参しようと思った。

そのまま色々と話をするうちに、涼音は先日の会食に対する不満をこぼしたくなってきた。

「この間のスキヤキ、全然食べた気がしなかった。達也さんのお父さん、なんだかんだ言いつつ、私のこと完全に〝嫁〟扱いなんだもの」

「そりゃ、仕方ないわよ」

一緒に憤慨《ふんがい》してくれるかと思ったのに、麻衣子は諭《さと》すように言う。

「いくらお店のためとはいえ、あなたたち、結納も式も省くんだから。あちらのおうちがよく認めてくれたと思うわよ。そもそも、結婚は二人だけの問題じゃないでしょう。地方出身の一人息子さんと結婚する以上、それくらいの覚悟はしないと」

「えー、お母さんも一人息子と結婚してるけど、そんな覚悟したの？」

「うちはおじいちゃんの生い立ちが特殊だし、おばあちゃんも穏《おだ》やかな人だったから、そういう問題はそんなになかったけど。その分、姉からは、私は楽してるだの、ずるしてるだの、散々言われたわよ」

「え、本当に？」

「本当よ」

麻衣子の声に溜め息が交じった。

「あなたは親戚が少なくて楽なんだから両親の介護をやれって、当たり前のように言われたし」

麻衣子が父母の病院付き添いを最後まで一人でしていたことを、涼音も思い出す。その背景に、滋が戦災孤児だった過去が絡んでいたとは今の今まで知らなかったが。

「でも、お父さんもお父さんだよ。私のこと、〝もらっていただける〟だって」

「まあね……」

それには、麻衣子も苦笑いした。

「ただあの日、お父さん、すごく緊張してたから。飲めないお酒も無理やり飲んで、酔っぱらってたし」

「だけど、あれじゃ、嫁扱いしてくれって、こっちから言ってるようなものだよ」

「それでも、お父さんがあなたの幸せを願ってることに変わりはないんだから」

そう言われてしまうと、涼音もこれ以上愚痴《ぐち》をこぼすことはできなかった。

「ねえ、お母さん。話は変わるけど」

涼音は書きかけの書類に眼を移す。

「今、婚姻届の準備をしてるんだけど、戸籍の筆頭者と世帯主って、どう違うの？」

「えーと、なんだったっけ。両方とも家族の代表者ってことなんじゃないの」

「お母さん、結婚してるのに分かんないの？」

「そういうのは、とりあえず、男性を代表にしておけばいいのよ。確か、戸籍筆頭者っていうのは、苗字が変わる人はなれないはずだし」

「なんで？」

「なんでもなにも、皆がやってることなんだから、雛形通りに書いておけばいいのよ。お母さん、それで困ったことなんて、一度もなかったし」

随分《ずいぶん》と適当だ。

涼音が黙していると、麻衣子が忍び笑いを漏らした。

「なに？」

「いや、変わってないなと思って」

麻衣子が笑いながら続ける。

「あなたって、子どもの頃から、いろんなこと、なんで、なんでって聞いてくる子だったから。答えようのないことまでしつこく聞いてくるから、お父さんと二人で結構参ってたのよ」

幼少期の記憶がぼんやりと甦る。皆から鬱陶《うっとう》しがられる子どもだった自分に、最後まで辛抱強く、色々なことに答えてくれたのは、やはり、祖父の滋だった。

明確な答えは出なくても、疑問に感じることを一緒に考えてもらえるだけでも嬉しかったことを覚えている。

「そんなに気になるなら、自分でちゃんと調べなさい」

もとよりそのつもりだが、実際に結婚している母が、意外と無頓着《むとんちゃく》なことに驚いた。

とりあえず、近いうちに実家に帰るので、祖父によろしく伝えてくれるようにと念押しをして通話を終わらせた。

早速、スマートフォンで戸籍筆頭者と世帯主を調べてみる。

戸籍筆頭者――戸籍の最初に記載されている人。原則として、婚姻の際に氏《うじ》を変えなかった側のものを言う。

世帯主――世帯の中心となる人。所帯主。

結局、なにがどう違うのかよく分からない。涼音は頭を抱えた。

どちらにせよ、筆頭とか、中心とか、家族に優劣をつけるみたいで、あまりよい感じはしないけれど。

とりあえず、男性を代表にしておけばいい。それで困ったことは一度もない。

先刻の母の言葉を反芻《はんすう》し、本当にそんなに適当でいいのかと、涼音は眉根《まゆね》を寄せる。

詳細は後で調べ直すことにして、雛形と照らし合わせながらもう一度記入欄を見ていった。

「婚姻後の夫婦の氏」という欄で、雛形に従い「夫の氏」のほうにチェックを入れそうになり、はたとペン先がとまる。

あれ?

今、どうして自分は当たり前のように、「夫の氏」を選ぼうとしたのだろう。雛形がそうなっているということもあるし、ほとんどの場合はそちらを選ぶのかもしれない。

達也のプロポーズを受け入れたとき、自分が飛鳥井姓になることを考えなかったわけでもない。だけど。

ここにチェックをつけたら、〝遠山涼音〟はこの先どこへいってしまうのだろう。

改めてそう考えると、突如、これまでたいして意識していなかった大きな喪失感が押し寄せてきて、涼音は暫し茫然《ぼうぜん》とした。

「それでは、スズさんの前途を祝して、カンパーイ！」

林瑠璃の威勢のいい掛け声に合わせて、あちこちでグラスのぶつかる音が響いた。

生春巻《なまはるま》き、青パパイヤのサラダ、トムヤムクン、空芯菜《くうしんさい》のオイスターソース炒《いた》め……。色とりどりのタイ料理のビュッフェが並ぶ店内は、今夜は貸し切りだ。アジアンリゾートを思わせる内装の店内には、ガーリックやハーブやナンプラーの食欲をそそる匂いが漂っている。

六月の下旬、今年オープンしたばかりのタイレストランで、桜山ホテルのスタッフたちが、涼音の送別会を開いてくれた。

パリピ――パーティー大好き人間――を自称する瑠璃のセレクトだけあり、お店は朝の五時まで営業しているという。

「どうすか、スズさん。今夜はオールでもオッケーですよぉ」

主賓の涼音以上に乗り乗りの瑠璃が、大皿にタイ風焼《パッタイ》きそばを山盛りにしてテーブルに戻ってくる。

「オールは、ちょっと無理かなぁ」

タイビールのグラスを片手に、涼音は苦笑した。

バンケット棟の宴会担当からホテル棟のアフタヌーンティーチームに異動して以来、瑠璃はラウンジで最も長く一緒に働いた同僚だ。まだ二十代と年齢は若いが、ラウンジでのキャリアは涼音より長い。

初めて瑠璃を見たとき、まるでフランス人形のような可愛《かわい》らしい容姿に、涼音は軽く衝撃を受けた。さすがは入社初年度にホテルの顔であるラウンジに配属されるわけだと、羨望《せんぼう》に近い感嘆《かんたん》を覚えた。

ところが、一緒に働き始めてすぐに、瑠璃が所謂《いわゆる》〝詐欺化粧《マジックメイク》〟の達人であることを悟らされた。毎朝就業時刻ぎりぎりに現れるぼさぼさ頭の眉のない女性が瑠璃だとは、初日には気づけなかったほどだ。「うおっしゃあ」というかけ声と共に、ロッカールームで手早く大変身する瑠璃の姿に、涼音は改めてつくづく感心した。

今日の瑠璃はラウンジのときとはまた違う、いかにもパリピなラメ入りギャルメイクで装《よそお》っている。

「でも、瑠璃ちゃん。いいお店見つけてくれてありがとう。ホテルにも近いし、料理も美味しいし、内装もすてきだし」

遅くまで働く調理班のスタッフたちが、途中からでも気兼ねなく参加できるビュッフェ形式のお店にしてもらえたのは、大正解だったと涼音は思う。温かい料理も次々と補充されるし、好きな具材と麺《めん》の種類を選ぶと、その場で作ってもらえる屋台風タイヌードルのブースも楽しい。

「だっしょう？　今、この店、うちらの間でも一推《いちお》しなんすよねー」

瑠璃が鼻を高くする。

スパイシーなタイフードとタイビールを楽しみながら、涼音は馴染みのアフタヌーンティーチームのスタッフたちとおしゃべりに花を咲かせた。

「それじゃあ、結婚式も披露宴《ひろうえん》もやらないことにしたの？」

ラウンジのチーフを務める園田香織からの問いかけに、涼音は頷く。

「開店準備とか、色々と物入りなんで……」

「個人店舗はオープンまでが大変だものね。確かに、披露宴とかやってる場合じゃないかも。式場でやるにせよ、ホテルでやるにせよ、あれってものすごく手間も費用もかかるから。おまけに男性って、そういうの全然協力的じゃないし」

自分のときのことを思い出したのか、香織が眉間にうっすらとしわを寄せた。

「あー、飛鳥井シェフ、興味なさそうっすねー。ウエディングケーキ作りならともかく、人前に出なきゃいけない披露宴となると」

パッタイを頬張り、瑠璃もうんうんと頷く。

「飛鳥井シェフ、自分の送別会ですら、調理場に引っ込んで、なかなか出てこようとしなかったすもんね」

「うちの旦那《だんな》や飛鳥井さんに限らず、男性ってなぜか結婚式の準備とかは大抵女性に丸投げなの」

「へー、そういうもんなんすか」

「そのくせ、招待客の数とか、義父母はやたら口出ししてくるのよ。なんか最後のほうは両家の意地の張り合いみたいになって、本当に大変だった」

「面倒くさそうっすねー」

涼音は二人のやりとりを眺めながら、以前、瑠璃と一緒に育児休業中の香織を訪ねたことを、ぼんやり思い返した。当時、四十代で初めて子どもを出産した香織は、〝ママ友ができない〟と嘆《なげ》いていた。

周りは一回り以上違う二十代や三十代のママばかりで、そこへ入っていくことができない。会社から一歩外に出ると、自分はただの〝高齢出産者〟でしかないと――。

涼音が桜山ホテルへの入社を目指したのは、新卒採用情報ページで、香織のインタビューを読んだのがきっかけだった。輝かんばかりの笑顔で香織が語っていた「季節ごとにテーマを変えるアフタヌーンティーの開発」という言葉に、涼音は完全にノックアウトされた。

日本で初めて本格的なアフタヌーンティーを提供したといわれる桜山ホテルの伝統のラウンジで、なんとしてもアフタヌーンティーの開発に携わりたいと熱望した。

念願かなって桜山ホテルに新卒入社したものの、最初はホテル棟ではなくバンケット棟に配属された涼音を、ラウンジスタッフに抜擢《ばってき》してくれたのは、産休と育休に入ることになった香織だった。涼音は香織の後任という形で、アフタヌーンティーチームに加わったのだ。

その恩人でもあり、憧れの先輩でもあった香織が、ワンオペ育児ですっかりやつれ切っていることに、あのとき、涼音は少なからぬショックを受けた。

〝もし子どもが欲しいなら、出産は早いほうがいいと思う。とにかく、体力もいるしね〟

しみじみと告げられた言葉は、今も涼音の心のどこかに引っかかっている。あれは、香織の経験から出た本音だったのだろう。

涼音にとっても他人事《ひとごと》ではなかった。

気力も体力も一番充実する三十歳前後《アラウンドサーティー》が出産適齢期であるという事実は、どれだけ時代が変わっても、そうそう変わるものではない。

今年、涼音は三十三歳になる。

今まさに新たな夢を目指そうとしているのに、あと数年で、動かしがたい高齢出産の壁がやってきてしまうのだ。焦りを覚えないと言ったら、嘘《うそ》になる。

夢を追うのも、結婚するのも、出産するのも、生きていくのって、結局大変だよな……。

涼音は内心小さく溜め息をついた。

現在、香織の子どもは四歳になった。まだまだ手はかかるものの、随分楽になったらしい。この日は、近所に住む義母《ばあば》の家に預けてきているそうだ。

「結婚式の代わりに、店のオープン記念でちょっとしたパーティーはやろうと思ってるので、その際は、ぜひ皆さんもいらしてくださいね」

気持ちを切り替えて、涼音はテーブルに集まっているアフタヌーンティーチームの面々を見回した。

「わあ、嬉しい」「飛鳥井シェフのケーキ、懐かしい」

途端に、サポーター社員と呼ばれるパート制のラウンジスタッフたちからも歓声があがった。

長い歴史を持つ桜山ホテルのラウンジは、実のところ、ほとんどが非正規の契約社員たちによって支えられている。このテーブルについているのも、チーフの香織と瑠璃以外は、全員がサポーター社員だ。

香織が入社した当初は正社員のほうが多かったと聞くから、恒常的な不景気の間に、ホテルの顔であるラウンジのスタッフの比率も、大きく変わってきたということなのだろう。

〝正社員はいいよね。雇《やと》いどめはないし、産休もとれるし、もちろん育休もとれる〟

ふと、優秀なサポーター社員だった呉彗怜《ウースイリン》の怜悧《れいり》な眼差しが甦り、涼音の胸がちくりと痛んだ。

〝でも、正社員が手厚い保護を受けている間、その穴埋めをしてるのは一体誰？　契約や派遣の非正規スタッフなんじゃないの？〟

今では彗怜は転職した外資系ホテルのラウンジでチーフを務めているが、かつて投げつけられた問いかけには、未だに明確な最適解が見つからない。

このテーブルでにこやかに談笑しているサポーター社員の中にも、彗怜と同じような思いを胸に秘《ひ》めているスタッフがいるのではないかと、涼音は密《ひそ》かに考えた。

「あのー……」

そのとき、テーブルのすみから声が上がった。黒縁眼鏡《くろぶちめがね》をかけたもっさり頭の若い男性が、おずおずと手を挙げている。

これまで、ラウンジのスタッフは全員女性だったが、最近新たに加わった男性サポーター社員、長谷川俊生《はせがわとしお》だ。

「僕、飛鳥井シェフとは全然重なってないんですけど、皆さんと一緒に伺ってもいいでしょうか」

「もちろん！」

涼音が即答すると、唯一の男性ラウンジスタッフである俊生は、心底嬉しそうにぱあっと頰を染めた。

「実は僕、飛鳥井シェフのお菓子、一度食べてみたかったんです」

俊生は百八十センチ近い長身だが、どこかなよやかで大柄《おおがら》な男性に特有の圧がない。まだ二十代前半の俊生は、圧迫面接に屈して新卒入社に失敗した末、このラウンジへたどり着いたと聞く。

「美味しくて有名ですよね。飛鳥井シェフの特製菓子《スペシャリテ》」

にこにこと微笑《ほほえ》んでいる俊生の様子を、涼音は改めて眺めてみた。

度の強いロイド眼鏡に、もっさりとした坊《ぼっ》ちゃん刈《が》りのような髪型。

外資系ホテルのラウンジにいるスタイリッシュな黒服男性からは程遠いが、素朴《そぼく》で丁寧な俊生の接客は、桜山ホテルの常連の老齢の婦人たちにそこそこ受けがよかった。

「やあ、遠山さん、瑠璃ちゃん。遅くなって、申し訳ない」

そこへ、須藤秀夫《すどうひでお》や山崎朝子等調理班のスタッフが、バンケット棟のスタッフたちと一緒にどやどやとやってきた。あっという間に、店内が人で一杯になっていく。

「タイ料理だって？　うまそうな匂いだな」

胡麻塩《ごましお》頭の秀夫が鼻をうごめかせた。

秀夫は一度定年退職した後《のち》に、シニアスタッフとして、アフタヌーンティーの食事系《セイボリー》メニューを担当しているベテランシェフだ。

「遠山さん、久しぶり……って言っても、まだ一か月経ってないか」

達也のあとを受けて、桜山ホテルのラウンジのスイーツのチーフ——シェフ・パティシエールを務める朝子が白い歯を見せる。

「須藤さん、山崎さん、皆さん、お疲れさまです」

涼音は立ち上がって頭を下げた。

「すみません。お忙しい中、いらしていただいて」

「いやいや、『蛍の夕べ』も、ようやく一段落したからね」

秀夫の言葉に、涼音は水辺を飛び交う蛍の情景を思い出す。「蛍の夕べ」が終わっても、七月の半ば頃まで、庭園の茂みのどこかに、あえかな明滅を眼にすることがあった。

四季折々の宝物が潜む広大な日本庭園を毎日のように散歩できなくなったのは、今でも少々心残りだった。

「須藤シェフ、お疲れさまっすー。皆も集まりましたし、改めて、乾杯《かんぱい》の挨拶をお願いできませんか」

瑠璃の提案に、拍手が沸き起こる。

「それでは、僭越《せんえつ》ながら」

香織から注いでもらったビールを手に、秀夫が皆の前に立った。

「えー、本日はお日柄もよく……」

杓子定規《しゃくしじょうぎ》な常套句《じょうとうく》から始まった挨拶は、途中から徐々に熱を帯びてくる。涼音がいかに熱心にアフタヌーンティーの開発に取り組んでいたかを、秀夫は滔々《とうとう》と語りあげた。

「当初から、遠山さんのアフタヌーンティーに対する情熱と創造性は群を抜いたものがあり、我々調理班にとっても、大きな刺激と励《はげ》みでした」

聞いているうちに、涼音は段々居心地が悪くなってきた。

〝もう少し、普通でいいんじゃないかな〟

涼音のクリスマスアフタヌーンティーのプレゼンに秀夫が半笑いしていた過去など、まるでなかったみたいだ。

「遠山さんのような優秀なスタッフを失うことは、僕たちにとっても大きな損失《そんしつ》であるわけですが、かつてラウンジから巣立っていった飛鳥井シェフのあとについていくというなら、止める手立てなどございません！」

ここで秀夫は紙ナフキンで涙をぬぐう真似《まね》をした。周囲からはどっと笑いが起こったが、涼音は内心、違和感を覚える。

達也のあとについていく？

独立するのは、涼音もまったく同じなのだが。

「この際、桜山ホテルのラウンジから、このように素晴らしいカップルが誕生したことを、僕たちも共に喜ぼうではありませんか」

涼音の送別会の挨拶というより、なんだか結婚式のスピーチのような塩梅《あんばい》になってきた。

「結婚にも、パティスリーの経営にも一度失敗している僕が言うのもなんですが、個人店舗の経営には、家族の理解と応援が必要不可欠です。ぜひ、遠山さんには、ラウンジで培ってきた才覚を生かし、飛鳥井シェフを盛り立てていっていただきたい」

これは完全に、内助の功とか、達也くんをしっかり支えろとか言っていた、達也の父と弘志と同じ乗りだ。

「遠山さん、本当におめでとう」

だが、満面の笑みでそう言われると、涼音も笑顔で応じるしかなかった。

「それでは、遠山さんの新たな門出を祝って、乾杯！」

再び店内にグラスのぶつかる音が響く。

新しく加わったスタッフたちのテーブルに、挨拶がてら涼音はビールを注ぎに回った。

「やあ、遠山、久しぶり」

その中には、バンケット棟で共に働いていた同期の男性スタッフもいた。

「ラウンジに異動して、シェフ・パティシエを捕まえるなんて、お前もやるじゃん」

笑いながら肩をたたかれ、思わず身を引きそうになる。

〝なんか知らないけど、変に頑張っちゃってさ……〟

早速ビールを一気飲みしているその男は、涼音が社内の接客コンテストで優勝したとき、背後でそう囁《ささや》いていたスタッフだった。

「おい、お前らも頑張れよ」

同期の男性スタッフが、バンケット棟の新卒入社組の女性スタッフたちに言いかけ、

「……って、今のラウンジのシェフは女性なんだっけ。ザーンネーン」

と、おどけてみせた。涼音の胸に、もやもやとした不快感が込み上げる。

接客コンテストで頑張ったことを腐《くさ》した男が、新卒入社の女性スタッフたちに、なにを〝頑張れ〟とけしかけているのだろう。

「遠山さん、ご結婚おめでとうございます」

しかし、当の若い女性スタッフたちから次々とお辞儀され、強い言葉を口に出すことはできなくなった。

内心辟易《へきえき》しながら元のテーブルに戻った瞬間、朝子と眼が合ってしまう。涼音が気まずく視線をさまよわせると、「大丈夫」と肩をすくめられた。

「飛鳥井シェフと比べて力不足だと思われるのは、今に始まった話じゃないし」

やはり、「ザーンネーン」という同期の台詞《せりふ》が耳に届いていたのだろう。

「いや、さっきのはそういう話じゃなくて」

「でも、女のシェフが残念がられるのは事実だから」

「そんな……」

涼音は言葉を詰まらせた。

長年、スー・シェフを務めてきた朝子には、未だに〝達也の後釜《あとがま》〟と思われてしまう嫌いがある。ホテルラウンジのシェフ――チーフ――に女性が少ないことも、それに拍車《はくしや》をかける原因になっていた。その鬱屈が決して小さなものではないことを、涼音は理解しているつもりだ。

自分と達也の独立も、完全に達也マターになっている。

義父や実父だけでなく、送別会でも、涼音は達也を「捕まえ」て、「あとについて」いき、「盛り立てて」いくことになっている。涼音の主体は限りなく薄い。

〝そういうのは、とりあえず、男性を代表にしておけばいいのよ〟

ふいに、先日の母の言葉が甦り、涼音はハッとした。

途端に、胸の中のもやもやとしたわだかまりが、一つの形になっていく。

「婚姻後の夫婦の氏」を、結局、涼音は選ぶことができなかった。達也は現在農家との契約に忙しく、日本全国をあちこち飛び回っている。昨日からは、北海道に出張中だ。

帰ってきたら、「婚姻後の夫婦の氏」について、改めて相談しなければならない。

しかし、相談したところで、達也は自分の姓を変えることなど、露《つゆ》ほども考えていないだろう。

涼音とて、達也が「遠山」姓になることなど想像もできない。

「飛鳥井達也」の名前は、お菓子業界では一つのブランドだ。

お店の屋号に「飛鳥井」を使うことは、涼音もまったく異存がなかった。

だけど、それと同じくらい、「遠山涼音」がこの世からいなくなってしまうことに違和感を覚えるのだ。

今やマイナンバー制度で、あらゆることが個人に紐《ひも》づけされているはずなのに、どうして、家庭に〝筆頭〟や〝中心〟が必要なのだろう。そして、何故《なにゆえ》に、〝代表は男性にしておけばいい〟ということになるのだろう。

皆がやっていることなのだから、雛形通りにやっておけ。それで困ったことは一度もない。母はそう断言していたけれど。

「どうしたんすか、スズさん。あんま、食べてないじゃないですか」

揚《あ》げたての春巻きを大皿に盛って、瑠璃がテーブルに戻ってきた。香織と秀夫は、タイヌードルのブースに並んでいる。

「わあ、林先輩、ありがとうございます。僕、タイ風の揚げ春巻き大好きなんです」

俊生が嬉しそうに顔を輝かせた。

「うっせー、眼鏡。別におめーのために持ってきたんじゃねーよ」

口では腐しつつも、瑠璃は大皿を俊生の近くに置いてやっている。

長年、ラウンジで最年少だった瑠璃にとって、俊生は久しぶりにできた年下の後輩だ。少々どんくさいところのある俊生を、ラウンジでもたびたびさりげなくフォローしていた。

「山崎シェフ、熱いうちに食べてくださいね」

少し暗い顔をしている朝子にも、すかさず声をかけている。パリピを自称していながら、実は瑠璃は空気をしっかり読む、気配り上手でもあった。

「スズさん。料理、口に合いませんか」

「そんなことない。すごく美味しいよ」

俊生や朝子に続き、涼音も揚げ春巻きを自分の皿に取る。甘酸っぱいチリソースをつけてかじれば、さくさくとした衣の中から、小海老の身がぷりっとはじけた。

「ただね、須藤シェフの挨拶を聞いてたら、ちょっとね……」

涼音は小声で打ち明ける。

「私、別に飛鳥井シェフのあとを追うために、桜山ホテルを辞めるわけじゃないから」

一瞬、余計なことを口にしたかな、と思ったが、瑠璃は淡々と頷いた。

「そっすよねー。新しいお店は、スズさんのお店でもありますもんね」

「瑠璃ちゃん!」

ようやく自分の気持ちを分かってくれる人が現れたことに、涼音は感動を覚える。

「だって、スズさん、仕事大好き人間じゃないすか。そんなの、一番近くで一緒に働いてたんだから、よく分かりますよ」

「だけど、達也さんのお父さんはもちろん、うちの父までが、私のこと完全に添え物扱いなんだよ。みんなして、〝達也のお店〟だし」

涼音は手短に先日の会食の様子を説明した。

「あー、それ、あるあるっすよ」

揚げ春巻きをつまみに、瑠璃がビールを飲み干す。

「須藤シェフにせよ、あの年代のオッサンたちは、頭ガチガチだからしょうがないっす。まともに取り合うだけ、疲れますって。でも、結婚さえしちゃえば、こっちのもんじゃないすか。同居するわけでもないし、たまに会うだけなら、割り切っちゃったほうの勝ちですよ」

目蓋のラメをきらきらと光らせ、瑠璃はウインクしてみせた。このドライなまでの割り切りの速さもまた、涼音を感嘆せしめる瑠璃の個性の一つだった。

この子なら、きっと上手《じょうず》にやるんだろうな――。

涼音は半ば尊敬の眼差しで、きらきらメイクに彩られた瑠璃の顔を見返す。

「どうしたの？　なんの話？」

タイヌードルの碗を手に、香織が席に戻ってきた。酒飲みの秀夫は、男性スタッフが多いバンケット棟のテーブルに合流したようだ。

「いや、須藤シェフの挨拶、良くも悪くも昭和のオッサンの乗りだったなぁって話っす。飛鳥井シェフを盛り立てて～とか」

香草《パクチー》をたっぷり盛ったヌードルをテーブルに置き、香織が苦笑する。

「ああ、それね」

「私もさっき、フォーを作ってもらってる間、〝今日は子どもは大丈夫なのか〟って、散々聞かれた。悪気はないんでしょうけどね」

「あるあるっすねー」

瑠璃の相槌《あいづち》に、香織は肩をすくめる。

「あんなに言われると、なんだか、こっちが悪いことでもしてるみたいな気分になっちゃう。ほら、須藤さんって、基本的にいい人じゃない。だから、余計にきついよね」

その瞬間、涼音は痛く合点した。

達也の両親も、涼音の両親も、〝いい人〟だ。そして本当に、達也と自分の幸福を願ってくれている。その人たちから無神経な言葉をぶつけられるのが、地味にきついのだ。

「あと、私、実はもう一つ、納得できないことがあって」

涼音は思い切って、ずっと胸の中につかえている問題を吐き出してみる。

「結婚すると、なんで『婚姻後の夫婦の氏』を、強制的に選ばないといけなくなるんですかね」

一瞬、テーブルの面々がぽかんとした。

涼音の頭の中には婚姻届の雛形が浮かんでいたが、若い瑠璃や俊生には今一つピンとこなかったようだ。

「ああ、夫婦同姓のことね」

既婚者の香織が頷く。

「遠山さんには、なにか、自分の姓を残したい特別な理由があるの？　ご両親から言われているとか」

「いや、そういうことはないですけど……」

戸惑う涼音に、瑠璃が問いかけてきた。

「あれ？　スズさんって、確かお兄さんいませんでしたっけ？」

頷けば、

「それなら、問題ないじゃない」

と、香織がなんでもないように続ける。

「遠山姓は、お兄さんが残せばいいんだし」

「え？」

そういう問題なのかと、涼音は絶句した。

「遠山さんが言ってるのは、そんなことじゃないですよね」

そのとき、焦《じ》れたように朝子が口をはさんできた。

「夫婦同姓って、結婚したら、大抵改姓させられるのは女性のほうですよね。それが納得できないって話なんじゃないんですか？　実際、私も不公平だと思いますし」

いささか尖《とが》った眼差しで、朝子がテーブルの面々を見回す。その視線は、特に香織に当てられていた。

あ、まずい……。

涼音はひやりとする。

実のところ、チーフとして復帰した香織と、シェフとなった朝子の相性は、あまり円満とは言えなかった。達也と共に華麗《かれい》なアフタヌーンティーを開発してきた香織の眼には、朝子の得意とする和スイーツが地味に映り、仕事一筋の朝子の眼には、子どものために早退や遅刻を繰り返すワーキングマザーの香織の姿が、歯がゆく映っているようだった。

「いや、それともまたちょっと違うんですけど」

テーブルがおかしな雰囲気になってきたことに、涼音は焦る。

涼音自身がわだかまりを覚えるのは、女性が改姓させられることではなく、どちらかが強制的に改姓しなければならないことだ。遠山涼音がいなくなることにも実感が伴わないが、飛鳥井達也がいなくなることも考えられない。

それをどう説明すれば、うまく伝えることができるのだろう。

「女性男性に限らず、どちらかが本名を失うっていうのは……」

「つまりは、自分の名前に愛着があるってことね?」

涼音がぐずぐずと言いよどんでいると、香織が断定するように続けた。

「だったら、通称で遠山を名乗ればいいじゃない。仕事で旧姓を通称に使ってる人なんて、うちのホテルにもたくさんいるでしょ。私は夫の姓に改姓したけど、慣れてしまえば、別にどうってこともないし」

母の麻衣子と同じようなことを言って、香織はヌードルをすする。

「確かに夫婦別姓問題は、最近いろんなところで話題になってるけど、今のところ、日本は夫婦同姓なんだから、結婚を決めた以上、そうするしかないでしょ」

パクチーを箸でつまみ、香織は諭すように涼音を見やった。

「ただのマリッジブルーならいいけど、今になってそんなことを悩んでるなんて、飛鳥井さんには伝えないほうがいいと思うよ。相手のご家族の印象も悪くなるだろうし。結婚は二人だけでするものじゃないんだから」

マリッジブルー？

新たな概念の出現に、涼音は驚く。

別に涼音は結婚に躊躇《ちゅうちょ》しているわけではない。「婚姻後の夫婦の氏」を強制的に決めなければならないことに、単純に疑問を感じているだけだ。

しかし、香織は本気で涼音のことを案じている様子だった。

「なんで、結婚って、いつまで経っても二人だけでしちゃいけないんですかね。今って、令和ですよ。家《いえ》制度のあった、明治時代じゃあるまいし」

これまでの会話の流れにあきれたように、朝子が吐き捨てる。

さすがに香織がむっとした表情を浮かべた。サポーター社員たちがそそくさとビュッフェを取りにいき、アフタヌーンティーチームのテーブルが妙に静かになった。

「私も、料理取りにいってきます」

朝子が勢いよく立ち上がる。

「ごめんね、遠山さん。せっかくの送別会なのに、変な雰囲気にしちゃって」

涼音にだけは申し訳なさそうに頭を下げ、朝子はテーブルを離れていった。

「私も、ちょっと化粧室に……」

気まずい雰囲気の中、ヌードルを食べ終えた香織が席を立つ。

結局、涼音と瑠璃と、幸せそうに揚げ春巻きを食べている俊生が、アフタヌーンティーチームのテーブルに残された。

「ねえ、瑠璃ちゃん。最近、香織さんと山崎シェフ、なんかあったの？」

黙々とパパイヤのサラダを食べている瑠璃に、涼音は囁いた。涼音がラウンジにいたときから、あまりうまくいっていなかった二人だが、今日の衝突は、少々露骨すぎる気がした。

「実はこの間、クレーマーみたいな客がきて……」

瑠璃が小声で話し始める。

若い女性を伴った老齢の男性ゲストが、桜山ホテルの三段スタンドのアフタヌーンティーを、見掛け倒しだの邪道《じゃどう》だのと散々非難したという。

「本場のイギリスの高級ホテルでは、スコーンは温かいまま提供するから、コース仕立てなんだとか、やれサヴォイがどうした、クラリッジスがどうしたって、これ見よがしに大声出しちゃって」

やれやれと、瑠璃は肩をすくめた。

確かに、ロンドンのフォーマルなホテルでは、アフタヌーンティーをコース仕立てにしたり、二段スタンドにしたりして、スコーンを後出しにするところが多いようだ。

だが、見た目の華やかさを重視して、桜山ホテルではあえて三段スタンドを採用している。そのためスコーンはできるだけ焼きたてを用意するように、調理班もラウンジスタッフも気を配ってきた。

「でも、私がそれを説明したら、〝こっちは教えてやってるんだ〟って余計怒っちゃって」

なにも知らない若い娘は黙っていろとまで言われたらしい。

「香織さんが対応に出たんですけど、シェフを呼べって聞かなくて」

「それで、山崎さんが呼び出されて、嫌な思いをしたとか?」

「いやあ、それがですねぇ……」

香織が、アフタヌーンティー調理班の本当の中心であるスイーツ担当の朝子ではなく、セイボリー担当の秀夫に対応を任せたと聞いて、涼音は返す言葉を失った。

「実際、それしかなかったとは思うんすよ。あそこで、まだ三十代女子の山崎シェフが出ていっても、丸く収まったとは思えませんし。須藤シェフが出ていったら、ジイサンも満足したのか、機嫌直すどころか、今度は二人で古典菓子の話で盛り上がっちゃって」

そこまで話すと、瑠璃は大きな溜め息をついた。

「それ以来、まあ、二人はあんな感じなんすよ」

ラウンジのチーフである香織としては、最善の策を取ったつもりだったのだろう。しかし、そのときの朝子の気持ちを考えると、涼音は複雑だった。

〝女のシェフが残念がられるのは事実だから〟

先刻の朝子の言葉が耳の奥に響く。

今度は瑠璃が窺うように涼音を見た。

「だけど、スズさんって……」

「い、い、い、そういう人でしたっけ？」

「そういう人って？」

「えーと、こういう言い方していいのかどうかあれですけど、フェミの人っていうか……」

フェミの人？

先刻の「婚姻後の夫婦の氏」の話の延長だと思い当たり、今度は涼音がぽかんとする番だった。

「瑠璃ちゃんの言うフェミの人っていうのが、どういう意味合いなのかよく分からないけど」

涼音は純粋に不思議になる。

「瑠璃ちゃんは、もし自分が林瑠璃でなくなるとしても、違和感はないの？」

「全っ然、ないっすねー」

ところが、あっさり否定されてしまった。

「え、本当に？」

「ないない。マジ、ないっす」

顔の前で、瑠璃はぶんぶんと手を振る。

「だって自分、林っすよ、林。一文字だし、どこにでもある苗字だし。別に愛着なんてないっす」

瑠璃はきっぱりと言い切った。

「そんなことより、マジ、早いとこ結婚したいっすよ。なんだかんだ言って、自分もう二十八っすよ。女の市場価値考えたら、ぐずぐずしてられませんて」

腕組みして、瑠璃が問いかけてくる。

「逆に、スズさん、なんで飛鳥井姓が嫌なんすか？」

「嫌なんじゃないよ」

どうもこの件は、なかなか相手に通じない。自分がおかしいのだろうかと、涼音はにわかに不安になった。

「飛鳥井なんて、かっこいいじゃないですか。憧れますよ、三文字姓。綾小路《あやのこうじ》とか、鬼龍院《きりゅういん》とか、西園寺《さいおんじ》とか、伊集院《いじゅういん》とか」

「林先輩、僕も三文字姓ですよ。長谷川」

そこへ、まさかの俊生がにこにこと割り込んできた。

「うっせー、話に入ってくんじゃねえ、眼鏡」

すかさず撃退しようとする瑠璃に、涼音は待ったをかける。

「あ、でも、男性の長谷川くんにも聞いてみたい。『婚姻後の夫婦の氏』で、夫婦のどちらかが改姓しなきゃいけないことをどう思う？」

「そうですねぇ……」

俊生は少し真面目な顔になった。

「どちらかが我慢して改姓するのは、あんまりよくないですよねぇ。相手の女性がどうしても嫌だといったら、僕が改姓することはやぶさかではないですが、その女性が佐藤《さとう》だったら、さすがに躊躇しますよねぇ」

「はあ？　なんで？」

瑠璃が眉根を寄せる。

「だって、佐藤俊生《さとうとしお》ですよ」

佐藤俊生……さとうとしお……砂糖と塩。

思い至った瞬間、涼音も瑠璃も爆笑していた。

涙が出るほどゲラゲラ笑っていると、料理を持ったサポーター社員たちがテーブルへ帰ってきた。やがて、香織も席に着き、和やかな雰囲気が戻ってくる。

朝子が別のテーブルにいってしまったことは少し気になったが、涼音ももう、話を蒸《む》し返そうとはしなかった。

その後、あらかた料理を食べ終えると、涼音には祝福の言葉と一緒に抱え切れないほどたくさんの花束とプレゼントが渡された。

「ありがとうございます。本当にお世話になりました」

涼音も感謝の気持ちだけを伝え、送別会は盛大な拍手と共に、お開きとなった。

大きな一枚硝子《ガラス》の向こうには、昼下がりのオフィス街が広がっている。立ち並ぶ虎《とら》ノ門《もん》の高層ビル群の隙間には、東京タワーも見えた。

桜山ホテルのラウンジから眺める日本庭園も素晴らしいが、四十一階のバーラウンジから都会の街並みを見下ろすのは、ちょっとした遊覧飛行のような開放感がある。

桜山ホテルのスタッフたちによる送別会の翌週、涼音はかつての同僚、呉彗怜と久しぶりに顔を合わせていた。

窓に面したテーブルには、足つきのコンポート皿に盛られたセイボリーと、重厚感のある黒い平皿に並んだ美しいスイーツが置かれている。涼音の退職を知った彗怜が、慰労《いろう》代わりにアフタヌーンティーをご馳走してくれることになったのだ。

彗怜が予約したのは、自らが勤める外資系ホテルのラウンジではなく、東京の御三家ホテルの一つに数えられる老舗ホテルのバーラウンジだった。

勉強熱心な彗怜のことだ。丁度、夏のシーズナルメニューに切り替わる時期だったので、ライバル視察の意味もあったのかもしれない。

新鮮なトマトのカプレーゼ、マスクメロンの果肉がたっぷり入ったジュレ、ココナッツのタルト等、初夏にぴったりのメニューがずらりとそろえられている。バーのラウンジらしく、アフタヌーンティーであっても、モクテルから始まるという構成も個性があって面白かった。

「……で、涼音《リャンイン》は、皆の反応が腑に落ちないっていうわけね」

パッションフルーツのモクテルを片手に、彗怜がくすすと笑う。

先週の送別会で、夫婦同姓について疑問を呈《てい》したところ、それを香織に「マリッジブルー」で片づけられそうになったことを、涼音が話したときだ。

「香織《シャンチー》らしい反応だよね。彼女はなんだかんだ言って、保守的《コンサバ》だから」

モクテルを飲み干し、彗怜はナフキンで軽く唇《くちびる》をぬぐった。

同世代だが、既に一児の母である彗怜は、今では外資系ホテルのラウンジのチーフとなっている。もともとあか抜けていた美貌には、ますます磨《みが》きがかかっているようだ。

「腑に落ちないっていうか、なんで誰も不思議に思わないんだろうって、考えちゃう」

セイボリーのプティハンバーガーをかじりながら、涼音は首を傾げる。ホテルの指定牧場で飼育された牛肉のパテを使っているという定番のハンバーガーは、肉のうま味が強く、食べ応えがあって美味しかった。

「でも、そのリャンインの疑問は、理所当然《リースオダンラン》だと私は思うよ」

桜山ホテルのラウンジ時代、涼音の中国語の師匠でもあった北京《ペキン》出身の彗怜は、会話中、しばしば中国語を挟む。理所当然《リースオダンラン》とは、至極当然という意味だ。

「だって、未だに夫婦同姓を法律で義務づけている国は、世界でも日本だけなんだよ」

「ええっ！」

スタイリッシュなラウンジには不釣り合いの大声をあげてしまい、涼音は肩をすくめる。

「なんだ、知らなかったの？」

「全然知らなかった」

というか、ほかの皆は知っているのだろうか。

「今は世界中の国が、婚姻後の姓は基本、選択制だよ。イギリスでは夫婦別姓が標準《デフォルト》だって聞くし、フランスでは夫婦別姓どころか、事実婚がどんどん増えてるでしょ？」

そう言われれば、フランスで出会ったほとんどのカップルは、ＰＡＣＳというパートナーシップ制度を使った事実婚だった。事実婚といっても、ほとんどのカップルが子どもを持ち、涼音の眼には婚姻制の夫婦となんら変わらないように見えた。

「中国は建国の翌年の一九五〇年から、ずっと夫婦別姓。私にとっては、それこそが当たり前」

モクテルのグラスを下げてもらい、彗怜はアールグレイのポットを傾ける。テーブルの上に、ベルガモットの爽《さわ》やかな香りが漂った。

「日本人は姓と名前を分けるけれど、中国人は大抵フルネームで呼び合うからね。だって、姓で呼び始めたら、一体どれだけの張《チャン》さんや李《リー》さんがいると思う？　中国人の姓は、日本人の姓みたいに複雑じゃなくて、同姓が多いもの。日本風に『ウーさん』って呼ばれたら、中国では何人も振り返るよ。呉彗怜《ウースイリン》で一つの名前。だから、それがどこかで変わることなんて考えられない」

「その場合、子どもはどっちの姓になるの？」

「そこは話し合い。でも大抵は、夫の姓になるかな。うちの娘もそうだし」

彗怜の娘は、上海《シャンハイ》出身の夫の姓を引き継ぎ、周《チョウ》というそうだ。

「話し合いで決着がつかない場合、夫と妻の姓を連結させる場合もあるよ。うちだったら、周《チョウ》呉《ウー》とかね」

「へえ……」

「韓国に至っては、伝統的に夫婦別姓。こっちは基本、改姓ができないの。子どもは原則として夫の姓だったけど、今は少しずつ変わってきているみたい」

彗怜の博識に、涼音はすっかり感心した。

と、言うか――。

達也との結婚が具体化するまで、こうしたことをまったく知らなかった自分に、半ば呆《あき》れてしまう。

しかし、こんな話を聞くと、結婚によって、夫婦のどちらかが強制的に自らの名前を失わなければならないことが、益々不思議に思えてくる。

「じゃあ、なんで日本だけが、夫婦同姓にこだわっているんだろう？」

「それは、私こそ知りたい」

彗怜が肩をすくめた。

「一部の日本人は、同姓でないと家族の絆が保てないとか言うけど、姓が違うからといって、私と娘の間に隔たりがあったことなんて、一度もないよ。隔たりがあるとすれば、それは姓ではなく、また別の問題」

「理所当然的《リースオダンランダ》（まったくその通りだね）」

涼音の眼から見ても、中国人の家族の連帯感の強さは、日本人を上回っているように思える。桜山ホテルのラウンジにも、たくさんの中国人たちが一家総出でやってきた。相当の高齢者から、ときには赤ちゃんまで。そこに、日本なら家族と距離を置きたがる難しい年頃の少年少女がごく自然に交じっていることに、涼音はいつも内心感嘆していた。

「世界中の国が選択制や別姓を実践しているんだから、システム上の問題ではないはずだよ。日本だって、国際結婚の場合は、別姓が認められるんだし」

「そうなの？」

涼音は再び驚く。

外国籍の人との結婚では別姓が認められて、日本人同士だと認められなくなるとは、いよいよ謎だ。

「だけど瑠璃《リウリー》が言うみたいに、それをフェミニズムの問題とごっちゃにしている以上、なかなか自分事にならないんだろうね」

〝そういう人でしたっけ〟

怪訝《けげん》そうに問いかけてきた瑠璃の様子を、涼音は思い返す。

自分の名前でいたいと思うことに、本来性差《ジェンダー》は関係ないはずだ。

涼音は、自分が「遠山涼音」でいたいと思うのと同様に、達也には「飛鳥井達也」でいて欲しいと思っている。

現在の婚姻の気持ち悪さは、一見「どちらの姓を選んでも自由」という、もっともらしい定義が掲げられていることだ。婚姻届の欄に印をつけるのは、あくまでも当事者自身。選択内容を強要されることはない。

但《ただ》し、ほとんどの人たちが「夫の氏」を選択し、雛形も「夫の氏」に印が入っている。

涼音も最初は、自然に「夫の氏」を選ぼうとした。

とりあえず男の人を代表にしておけばいい、と母は言ったが、それが標準となっている世の中では、「妻の氏」を選ぶ場合、多くの理由や弁明が必要になってくるだろう。そこには確かに性差がある。

だから、標準的に姓を変えさせられる側の女性が疑問を呈すると、フェミニズムの問題にすり替えられてしまうのかもしれない。だけど、それは「ひっかけ」だ。

一番の問題はそこじゃない。

結婚によって自分の名前を失いたくないと思う人の権利が、端《はな》から損なわれていることこそが問題なのだ。

香織や瑠璃のように婚姻相手の姓になることに違和感がないという人たちは改姓して夫婦同姓になり、涼音のように自分の姓でいたいと思う人たちは婚姻後も改姓をせずに夫婦別姓を選べばいい。ただ、それだけのことだ。

しかし、こんな単純なことを、これまで「自分事」として考えてこなかったのは、「とりあえず男性を代表にしておけばいい」世の中に、涼音自身がすっかり慣れ切ってしまっていたせいかもしれない。

「とにかく、飛鳥井シェフとは一度きちんと話し合ったほうがいいと思うよ。リャンインが納得できないまま、婚姻届を出すのはよくない」

彗怜の提言に深く頷き、涼音はマスクメロンのジュレを口に運んだ。ラム酒を利かせたジュレの芳醇《ほうじゅん》な香りが口一杯に広がり、完熟《かんじゅく》マスクメロンの果肉が舌の上でとろりと溶ける。

贅沢な味わいに、涼音は一瞬、これから向き合わなければならない様々な問題を忘れてうっとりした。メロン特有の青臭さがまったくなく、濃厚なのに爽やかな甘みが口中に深い余韻《よいん》を残す。

やっぱり、アフタヌーンティーって最高のご褒美かも。

一匙《ひとさじ》ずつ余韻を楽しみながら、涼音は胸の中で呟《つぶや》いた。

セイボリーとスイーツをあらかた食べ終えたところに、別皿で焼きたてのスコーンが供された。涼音はホテルオリジナルのダージリンブレンドをリクエストし、彗怜はアールグレイのお代わりを頼んだ。

「かしこまりました」

黒服の男性が恭《うやうや》しく目礼し、空いた皿を下げていく。本来バーのせいなのか、たまたまなのか、このホテルのラウンジに女性のスタッフはいなかった。

もし桜山ホテルのラウンジスタッフが瑠璃のような若い女性ではなく、こうした男性たちだったら、件《くだん》の初老のゲストはクレームを口にしただろうかと、涼音は頭の片隅で考える。

このバーラウンジのアフタヌーンティーは三段スタンドではなくコース仕立てだが、やはりオリジナル性の強いメニューだ。イギリスの伝統的なアフタヌーンティーにこだわるなら、セイボリーはキュウリやレバーペーストのサンドイッチになる。ハンバーガーが出ることは、まずないだろう。

それを邪道と取るか、工夫と取るかはゲスト次第だ。

涼音と彗怜は、暫し会話を中断し、焼きたてのスコーンに専念した。小ぶりのスコーンには、クロテッドクリームと、ブルーベリージャムが添えられている。

ジャムファーストか、クリームファーストかは、本場イギリスでも永遠の論争だけれど、涼音はデヴォン派と呼ばれるクリームを先に載せる食べ方が好きだった。スコーンの熱でクリームが溶けるのを防ぐため、ジャムを先載せするジャムファーストが長らく正統とされてきたが、それに反旗を翻《ひるがえ》したのが、乳製品の産地の一つであるデヴォン州の人たちだ。

曰《いわ》く、溶ける分など気にせず、クリームをたっぷり先載せするのこそが伝統的な食べ方という主張だ。実際にやってみると、クリームの塩気がスコーンに滲みて、後から載せるジャムの甘さと絡み合い、絶妙な美味しさになる。

とは言え、こればかりは個人の好みの問題だと涼音は思う。要するに、正統か邪道かを考えるより、自分にとって一番美味しい方法で食べることが肝要《かんよう》なのだ。

「未だに選択的夫婦別姓が実現しない日本については謎でしかないけど……」

二つに割ったスコーンにブルーベリージャムを塗りながら、彗怜が再び口を開いた。

「夫婦別姓問題とフェミニズムは、まったくの別ものだよ」

ジャムファーストで仕上げたスコーンを口に運び、ベージュのネイルカラーを施《ほどこ》した綺麗な指先で、ティーカップのハンドルをつまむ。

「夫婦別姓が実現している国にだって、いくらでもジェンダーギャップはあるから。中国は建国以来、男女平等を掲げているし、私も夫も大都市出身だから、まだましなほうだとは思うけど、それでもやっぱりね」

アールグレイを一口飲み、彗怜は窓の向こうのオフィス街に眼をやった。

「結婚や妊娠をすると、日本でも中国でも、無条件に〝おめでとう〟って言うじゃない？　私も妊娠したとき、〝恭喜《コンシー》（おめでとう）〟の嵐だったんだ。もちろん子どもができたのは嬉しかったよ。ずっと欲しかったから。だけど、私はそのせいで、職を失ってもいたからね。あっちにいっても、こっちにいっても、〝恭喜、恭喜〟〝おめでとう、おめでとう〟で、しまいにはふざけるなって思った」

話を聞きながら、かつて契約社員だった彗怜が、妊娠の際に雇いどめに遭っていることを、涼音は思い出した。

「結婚とか妊娠って、実際にはおめでたいだけじゃないよね。覚悟がいることだし」

「是的《シーダ》（そうだね）」

涼音は中国語で相槌を打つ。

「だけどね、リャンイン。この世の中には、結婚や妊娠を、とにかく〝おめでたいもの〟にしておきたい流れが大昔から脈々と息づいているんだよ」

「〝おめでたいもの〟にしておきたい流れ？」

「そう」

窓の外を眺めていた彗怜が、こちらに向き直る。

「リャンインは、トンヤンシーって知ってる？」

「え、分からない。どう書くの？」

涼音の問いに彗怜がペンを取り出し、紙ナフキンに「童養媳」と書きつけた。

「読んで字のごとく、子どもを養う嫁って意味。昔……って言っても、それほど昔じゃないけど、中国の田舎では、よくあった風習だよ。まだ十代の女の子に、綺麗な服を着せて、これまで食べたことのないようなすごいご馳走を食べさせて、夢見心地にさせて婚礼を行うんだけど、蓋をあけると、夫は五、六歳の子どもなの。反対に、老人ってこともある。要は、体《てい》のいい人買いだよ。婚礼のときだけ〝恭喜、恭喜〟って思いっ切りちやほやして、その後は一生、嫁いだ家で使用人並みにこき使われるってわけ」

急に、食べていたスコーンが味気なくなる。

「さすがに今はそこまでのことはないけど、この手のマインドは、結局、廃《すた》れてないと思う。特に、アジアにおいては」

ティーカップをソーサーに置き、彗怜が眼を据わらせた。

「今の中国は男女平等を提唱しているけど、もともとは二千年以上にわたり、儒教《じゅきょう》を信奉《しんぽう》してきたんだもの。儒学の祖である孔子《こうし》が説いた三従《さんじゅう》の教えは、『女性は生家では父に、嫁いだら夫に、夫の死後は子に従え』だよ。加えて七去《しちきょ》の教えっていうのもあって、これはもっと酷《ひど》い」

七去の教えとは婚姻後の嫁への規定で、「夫の親に従わない、子を産まない、嫉妬《しっと》する、ふしだら、悪病を持つ、口数が多い、物を盗む」は離縁に値するというものだという。

「これが中国を中心に、アジアに浸透している二千年のマインドだよ。そりゃあ、建国から七十五年の『男女平等』より、二千年以上の刷り込みのほうが断然強いよね。なんだかんだ言って、今でも、子育てや親の介護は女性が中心でしょう。ときには親戚づきあいまで含めて」

周囲からの反応に違和感を覚えるたび、結婚は二人だけでするものではないと、母の麻衣子からも、先輩の香織からもたしなめられた。

そのたびに自分の感覚がおかしいのではないかと不安になったが、どうやらそれだけではなさそうだと、涼音は彗怜の話に耳を傾ける。

「結婚や妊娠を、とにかく〝おめでたいもの〟にしておきたい流れの根底にある意図に気づいてしまうと、猛烈に腹が立ってくる。〝恭喜〟なんて、ただの呪《のろ》いだよ」

ちぎったスコーンを口に放り込み、彗怜はティーカップに残っていたアールグレイを一気に飲み干した。

三従七去ほど酷くなくても、とりあえず男性を代表にしておけばいい世の中では、確かに結婚や妊娠は、どこまでも「おめでたい」のかも分からない。そして、無条件に繰り返される「おめでとう」という祝福の前では、それに対する違和感を口に出すことも憚《はばか》られる。

涼音自身、「おめでとう」の前で、本当に返したかった言葉を何度も呑み込んだ。

フランスの合理的なカップルたちが、本来、同性愛者のために制定されたＰＡＣＳ制度を利用して、どんどん事実婚に乗り出している理由が、なんとなく理解できるような気がしてきた。

ひょっとするとフランスで出会った彼女や彼たちは、結婚を二人だけでするものに近づけようと奮闘しているのかもしれない。

「私、達也さんとは、しがらみなく結婚したい」

気づくと、涼音はそう口にしていた。途端に、胸の内がすっとする。これまで周囲を憚って言葉にできなかった本音を、ようやく吐き出せた気がした。

もちろん、達也の両親のことは、パートナーの家族として大切にしたい。けれど、達也と結婚することで、〝飛鳥井家の一員〟になりたいとは思わない。

実の父から〝もらっていただく〟なんて言われたくないし、達也の父からも〝人様の大切な娘さんをいただく〟なんて、思われたくない。

こんなことを口に出せば、我儘《わがまま》だとか、世間知らずだとか、子どもだとか、誇《そし》られてしまうだろうし、「皆があなたの幸せを願っているのに」と、呆れられてしまうに違いない。

だけど「おめでとう」や「幸せ」を人質に、口封じをされているような状態は、正直こりごりだ。

後についていくのでも、下から支えるのでもなく、涼音は達也と正面から向かい合って結婚したい。

あの南仏の美しい夏《レテ》。

焼きたてのピュイダムールを食べながら、石畳を二人きりで歩いたように、これからも、二人で手を取り合って同じ道を進んでいきたい。

ピュイダムールの意味は、愛の泉。

恋愛と結婚は違うと、多くの人は言うけれど、本当にそうだろうか。

作り置きのできないピュイダムールと同様に、愛は冷めてしまうというのが常套だが、そんなに簡単にあきらめたくはなかった。

「そうしなよ」

彗怜がにっこりと微笑んだ。

「名前の件も、二人でとことん話し合えばいいよ。リャンインと飛鳥井シェフなら、それができる気がする」

聡明で博識な彗怜の激励が、涼音の背中を押してくれる。

スコーンを食べ終え、アフタヌーンティーも終わりかと思った矢先、ふいに最後の皿盛り《アシェット》デザート《デセール》がテーブルに届けられた。

「当ラウンジ特製のピーチ・メルバでございます」

旬の白桃《はくとう》を丸々一つ使った美しい特製菓子《スペシャリテ》に、涼音も彗怜も小さく歓声をあげる。

「こちらには、ローズティーがよく合うかと」

黒服の男性のお薦《すす》めに、一も二もなく従った。アフタヌーンティーにデセールがつく構成は珍《めずら》しいが、こんなサプライズは大歓迎だ。

イギリスの名門ホテルの料理長が、オーストラリアの歌姫ネリー・メルバに捧げたのが由来とされる、桃にラズベリーソースとバニラアイスを組み合わせたピーチ・メルバは、桜山ホテルの夏季アフタヌーンティーでも人気メニューの一つだが、このバーラウンジのピーチ・メルバは皿盛りデザートなだけに、とにかく桃が大振りで見事だった。

アフタヌーンティーって、本当にすてき。

眼にも鮮やかな麗しいメニューの一つ一つに、プランナーやシェフたちのたゆまぬ努力と工夫が込められている。

いずれは自分たちのパティスリーでも、アフタヌーンティーを提供してみたいと涼音は胸を膨《ふく》らませた。このラウンジでは三段スタンドを使用せずに、足つきのコンポート皿と平皿で高低差を出していたが、そうした演出も参考になった。

必要不可欠な食事とは違う、アフタヌーンティー。

その醍醐味《だいごみ》は、日常を離れ、香り高いお茶と甘いお菓子の組み合わせ《マリアージュ》をゆっくりと楽しむ、特別で優雅な時間そのものだ。

薔薇《ばら》の香りがする華やかな紅茶と、新鮮な桃を丸ごと使ったデセールを楽しみながら、友との語らいはまだまだ続く。

暫し浮世の憂さを忘れ、涼音は久しぶりの豪華なアフタヌーンティーを、心ゆくまで堪能《たんのう》した。

第二話

エクレール

七月に入り、日差しが一層眩《まぶ》しくなった。まだ梅雨《つゆ》は明けていないが、ここ数日晴天が続き、桜山《おうざん》ホテルの日本庭園の樹々は、旺盛《おうせい》に緑を茂らせている。

東京に外資系を含む宿泊施設《アコモデーション》は随分増えたが、都心でこれだけ自然豊かな庭園を持つホテルはやはり珍《めずら》しい。配膳室《パントリー》から眺めるラウンジの光景は、まるで避暑地のレストランのようだ。

調理班が運んできたスイーツの皿を、瑠璃《るり》は銀色の三段スタンドに手早くセットした。

完熟《かんじゅく》パパイヤのガトー、パイナップルのタルト、パッションフルーツのエクレール……。

トロピカルアフタヌーンティーのスイーツは、向日葵《ひまわり》を思わせる明るい黄色やオレンジがテーマカラーで、いかにも夏らしい。メインの特製菓子《スペシャリテ》はマンゴーとキウイのセミフレッドだ。セミフレッドとは半解凍のアイスケーキで、アイスクリームやジェラートの原形だといわれている。

アフタヌーンティーチームのシェフ・パティシエール、山崎朝子《やまさきあさこ》は、キューブ型にカットしたセミフレッドをピックで交互に刺《さ》し、それを冷やしたグラスに盛り付けていた。

マンゴーのオレンジとキウイのグリーンの対比が、眼にも鮮やかで美しい。

「林《はやし》先輩」

ラウンジで唯一の男性スタッフの俊生《としお》が押してきたワゴンに、瑠璃は三段スタンドを丁寧《ていねい》に載《の》せた。

「五番テーブルさんにお願い。セミフレッドは半解凍だから、できれば冷たいうちにお召し上がりくださいって勧めて」

「了解です」

高い上背をかがめて、俊生がワゴンを押していく。その後頭部に軽い寝癖《ねぐせ》がついているのが気になったが、最初の頃に比べれば、俊生の接客もだんだん様になってきているようだ。多少たどたどしいながらも、柔《やわ》らかく丁寧な俊生の接客態度は、特に老齢の婦人たちに受けがいい。

さて——。

これで、第一弾のゲストへのサーブはすべて終わったはずだ。一息つき、瑠璃はパントリーからラウンジの様子をそっと窺《うかが》う。

窓側のテーブル席では、背広姿の中年男性がアフタヌーンティーを食べていた。シーズナルメニューが変わるたび、必ず一人でラウンジを訪れる、通称〝ソロアフタヌーンティーの鉄人〟だ。恐らく有給か半休を使い、ゲストの少ない平日の午前中を狙《ねら》って現れるあたり、筋金入りのアフタヌーンティーマニアではないかと、瑠璃たちは踏んでいる。

一見、髪も心許《こころもと》なく、風采《ふうさい》が上がらない、少々くたびれたオジサンなのだが、セイボリーやスコーンを食べる作法や仕草が堂に入っていて美しい。なにより、心からアフタヌーンティーを楽しんでいることが伝わってきて、見ているこちらまでが幸せな気分になるのだ。

今日も鉄人は庭の景色を愛《め》でながら、美味《おい》しそうにエクレールを食べていた。

日本ではエクレアという名称でも親しまれるエクレールは、シュー・ア・ラ・クレームと並ぶ、シュー生地《きじ》とカスタードクリームを組み合わせた代表的なフランス菓子だ。

朝子はこのエクレールが得意で、和三盆《わさんぼん》や抹茶《まっちゃ》やフランボワーズ等を使った様々なバリエーションを、毎回スイーツのメニューに加えていた。

今日の鉄人のセレクトは、春摘《ファーストフラッシュ》みと夏摘《セカンドフラッシュ》みを贅沢《ぜいたく》にブレンドしたダージリンティー。ここに飛鳥井《あすかい》シェフがいたら、ペアリングもばっちりだと唸《うな》るだろう。

優雅にカップを傾《かたむ》けながら、スイーツを食べている様子を眺めていると、冴《さ》えないオジサンがいつしか古《いにしえ》の貴婦人の姿に見えてくるのだから不思議なものだ。

「瑠璃ちゃん、お疲れ様」

そこへラウンジのチーフの香織《かおり》がやってきた。

「これで、午前中はとりあえず一段落ね。少し早いけど、昼休憩《きゅうけい》に入ってくれる？」

棚に備えられた茶葉の缶をチェックしながら、香織が指示を出す。

「了解っすぅ」

敬礼を返し、瑠璃はパントリーを後にした。

途中で厨房《ちゅうぼう》に寄り、セイボリー担当の秀夫《ひでお》が用意しておいてくれる賄《まかな》いのサンドイッチをピックアップする。

今日のサンドイッチは、瑠璃の好きなコンビーフとクレソンだ。牛もも肉と香味《こうみ》野菜をじっくり煮込んだ秀夫特製のコンビーフは、缶詰とは比較にならないほど美味しいのだ。

誰もいないバックヤードに入り、ホテルのシンボルカラーである桜色のスカーフを緩《ゆる》めた。

「まだ時間も早いしな……」

紙に包んだサンドイッチにかぶりつく前に、スタッフ用のノートパソコンのスイッチを入れた。

瑠璃は画像投稿サイトのラウンジ公式アカウントの運営も担当している。

サンドイッチを撮影し、「本日の賄い」というハッシュタグをつけて投稿した。これも、マーケティングを兼《か》ねるラウンジスタッフの大事な仕事の一つだ。瞬《またた》く間に、いくつかの「いいね」がつく。ＳＮＳの拡散作用はバカにならない。

次に瑠璃は、「桜山ホテル」「アフタヌーンティー」のハッシュタグをたどってみる。続々とサマーアフタヌーンティーの投稿画像が現れた。その一つ一つに、瑠璃も感謝を込めて「いいね」を返していく。

アフタヌーンティーだけではなく、庭園の緑や、江戸風鈴《えどふうりん》を写した画像もあった。中でもシダが影を落とす清流や、木漏れ日《こもれび》を散らす青もみじなどをセンス良く切り取った画像が眼を引いた。

「この人の投稿、本当にすてき」

〝クリスタ〟というアカウント名の投稿を、瑠璃はうっとりと眺める。

桜山ホテルの常連のものと思われるアカウントには、ラウンジや庭園の他に、手製らしいシルクフラワーやビーズアクセサリーの画像が掲載されていた。

野菜たっぷりのスープ、ハナミズキの緑、仄《ほの》かに灯《とも》るカンテラの画像もある。

この手の投稿サイトにありがちな〝いかしたアテクシ〟的な自分語りが一切ないので、どのゲストの投稿なのかは見当がつかないが、きっとすてきな女性なのだろう。

たくさんの「いいね」をつけてから、瑠璃は画像投稿サイトのブラウザを一旦《いったん》閉じ、予約リストのページを開いた。連日大盛況だった蛍《ほたる》シーズンは終わったけれど、これからは夏休みの繁忙期《はんぼうき》がやってくる。

八月には、サマーアフタヌーンティーの一部のメニューがマンゴーから白桃《はくとう》に変わるため、常連客は先々まで予約を入れていた。

最近、白桃は苺《いちご》に並び、アフタヌーンティーの一大人気テーマになりつつある。

来月の予約リストをスクロールしていくうちに、見覚えのある名前にぶつかり、瑠璃ははたとマウスを操《あやつ》っていた手をとめた。

「うへぇ」と思わず声が漏れる。

篠原和男《しのはらかずお》。忘れもしない。先月ラウンジにやってきて、瑠璃たちを怒鳴り散らしたクレーマーもどきの客だ。クラリッジス、サヴォイといった英国高級ホテルのコース仕立てのアフタヌーンティーを引き合いに、桜山ホテルのラウンジの三段スタンドを「邪道《じゃどう》だ」「見掛け倒しだ」と、散々腐《くさ》してきた。

わざわざ周囲のゲストにも聞こえるように大声を出すのだから、まさに顧客による嫌がらせ《カスタマーハラスメント》というやつだ。

「あのカスハラジジイ、またくんのかよ～」

パソコンの画面を眺めながら、瑠璃はぼやく。

「そんなに本場がいいなら、頼むから、ここじゃなくてロンドンのホテルにいってくれよ」

なにも知らない若い娘は黙っていろと上から目線でこき下ろされたことを思い返すと、ほとほとうんざりする。とはいえ、外部の予約サイト経由でブッキングされてしまった以上、今更満席だと断ることもできない。

今度また、あのジジイが「シェフを呼べ」と騒いだら、香織は再び秀夫に対応を任せるのだろうか。想像しただけで気が重かった。

もともとあまりそりの合わなかった香織と朝子は、カスハラジジイの対応以来、一層ぴりぴりしている。今週の企画会議も酷《ひど》かった。

週明けの会議の様子を思い返し、瑠璃は我知らず溜《た》め息《いき》をつく。

通常、アフタヌーンティーチームは七、八か月前にはシーズナルのテーマを決めるのだが、毎度毎度、香織が飛鳥井シェフ考案のメニューばかりを持ち出すので、朝子はいい加減、腹に据《す》えかねているようだった。

本当にプランニングをするつもりがあるのかと、朝子は不快感をあらわにした。

〝遠山《とおやま》さんだったら、いくつも新しいアイデアを出してくれるのに〟

最後に吐き捨てられた一言には、冷静を装っていた香織も顔色を変えた。

「まったくさぁ……」

ノートパソコンを閉じ、瑠璃は椅子にもたれる。

香織も朝子もそれぞれはいい先輩なのに、どうしてああなってしまうのか。あれだけ露骨《ろこつ》にいがみ合われると、後輩としては身の置き所がなかった。

〝そうだよね、瑠璃ちゃん〟〝林さんは、どう思いますか?〟

双方《そうほう》からいきなり同意や意見を求められたりするので、涼音《すずね》がプランナーを担当していたときのように、うっかりうたた寝することもできない。

ラウンジにきたばかりの涼音も達也《たつや》とたびたび衝突《しょうとつ》していたが、あそこまで殺伐《さつばつ》としてはいなかった。

もう一人のシェフの秀夫は「女は怖いねぇ」などと、これまた女性差別めいたことを言って、お気楽に笑っているし……。

こんなとき涼音がいてくれたら、と、瑠璃もつい考えてしまう。

涼音なら適度に両方の顔を立てながら、彼女自身が追求する「最高のアフタヌーンティー」作りに没頭《ぼっとう》するだろう。

でも、ああいう人は、一つのところに縛《しば》られたりしないんだよな。

涼音が退職を申し出たとき、香織は相当ショックを受けていたようだが、いずれ彼女が独立するであろうことを、瑠璃は薄々感じ取っていた。

だって、スズさんは本当にこの仕事が好きな人だもの――。

アフタヌーンティーを始めとするスイーツにかける涼音の情熱は、ラウンジで最も長く一緒に働いていた瑠璃が一番よく知っている。

〝私、別に飛鳥井シェフのあとを追うために、桜山ホテルを辞めるわけじゃないから〟

送別会のときに涼音が小声で打ち明けてきた本音は、瑠璃にとって至極納得のいくものだった。

飛鳥井シェフのパートナーとなったことも大きいだろうが、どの道、涼音はいずれ自分自身のお店《パティスリー》を持つことを考えたに違いない。

涼音が自覚的だったかどうかは定かではないけれど、そういう理想があるからこそ、損得《そんとく》を抜きに、このラウンジでもあんなに懸命に働いていたのだろう。

情熱――それは一つの才能だ。

そして、そうした熱いものが自分に備わっていないこともまた、瑠璃はわきまえている。格式のあるホテルに新卒入社できたのは御《おん》の字《じ》だと思ってはいても、瑠璃自身、ラウンジの仕事にそれほどこだわりがあるわけではない。

カスハラジジイに指摘されるまでもなく、自分は〝なにも知らない若い娘〟だ。

ロンドンの高級ホテルはもちろん、生まれてこのかた、国外に出たことすらない。

子どもが生まれる前は、年に一度海外旅行へいっていたという香織とも、単身で南仏の飛鳥井シェフを訪ねていった涼音とも違う。

結局、自分は選択肢のない世代なのだと、瑠璃は思う。

金融《きんゆう》危機、震災、水害、紛争、テロ……。物心ついた頃から、耳に入ったり、眼にしたりするのは、そんな事柄ばっかりだ。景気のいい話とは、とんと縁《えん》がない。

なにもかもを世代でくくるのはバカバカしいかもしれないけれど、周囲の環境に影響を受けない人間もまたいないだろう。おまけに、この先はほとんどの職をＡＩに奪われるという。ラウンジの仕事だって、いつまで安泰《あんたい》かは分からなかった。

つくづく、明るい未来が見えない。

だから、私は賭《か》けに出る。

スタッフの身だしなみチェックのために置いてある姿見に、瑠璃は自分の全身を映してみた。

陶器《とうき》のような白い肌に、ぱっちりとした二重目蓋《ふたえまぶた》の大きな瞳《ひとみ》。ふっくらとした桜色の唇《くちびる》。艶《つや》めく栗色の巻き髪。フランス人形を思わせる完璧な容姿。

全ては詐欺化粧《マジックメイク》のなせる業《わざ》だが、外見至上主義《ルッキズム》が幅を利かす世の中では、このみてくれは武器になる。特に、婚活市場において、女性の若さと美貌は絶大なる得点《ポイント》だ。

たとえなにも知らなくても、二十代の私は、一応まだ〝若い娘〟。そのポテンシャルを、最大限、利用しない手はない。

瑠璃は現在、高収入男性を対象にしたマッチングアプリで知り合った九歳年上の総合商社勤めの相手と、結婚を前提とした交際に漕《こ》ぎ着《つ》けつつある。

今夜は四回目のデート。そろそろ、相手宅への訪問を示唆《しさ》されそうな気配だった。

うまくやる。

鏡に向かって小首を傾《かし》げ、瑠璃は完璧に可愛《かわい》らしくみえる笑みを浮かべた。

これが素顔でないことくらい百も承知だけれど、結婚さえしてしまえばこっちのものだ。

自分には、香織のような役職も、涼音のような情熱も、朝子のようなスキルもない。あるのは、割り切りの速さと、要領のよさだけだ。

同じ選択肢のない世代でも、陰《いん》キャのオタクが「異世界転生」とやらに全能《チート》を求めるなら、〝パリピで陽《よう》キャの瑠璃ちゃん〟は、ハイスペック男との結婚にベットする。

〝なにも知らない若い娘〟にとって、玉《たま》の輿《こし》は未だにキラーコンテンツなのだ。ありかなしかで言えば〝なし寄りのあり〟でしかない現在の自分を変えるのに、これほどのタイムパフォーマンス《タイパ》のよい近道《ショートカット》はない。

回り道にも意味はあるってことだよ――。

いつだったか、飛鳥井シェフに言われたことがある。

確かにそうなのかもしれないが……。

でもね、飛鳥井シェフ。あなたは世界でも名の知られるタツヤ・アスカイだけれど、私は無名のパリピなの。気がつけば、出産適齢期の二十八歳。そろそろ、〝若い娘〟でもいられなくなる。

これ以上、ぼんやりしているわけにはいかない。

タワーマンションに住む人たちに見下ろされながら、「若者よ、みんなで貧《まず》しいながらも楽しく暮らしましょう」とか言われても、なんの説得力もない。

たった一度の人生。自分だって、タワマンに住む側になってみたいではないか。チートを手に入れたいなら、今しかない。

抜かりなくやり通してみせる。そして、なんだか殺伐としてきたこのラウンジを卒業するのだ。

あざとさ満点の笑みを改めて鏡でチェックしてから、瑠璃はふと素に戻り、大口をあけて賄いのサンドイッチにかじりついた。

その晩、瑠璃がお相手の清瀬敬一《きよせけいいち》に連れてこられたのは、大手町《おおてまち》にあるイタリアンレストランだった。皇居《こうきょ》のお濠《ほり》に面したガーデンにはテラスがあり、ライトアップされたオリーブの樹の下のテーブル席に瑠璃は惹《ひ》かれたが、「あんなところ、蚊《か》がいるよ」という敬一の一言で、店の奥のソファ席に座ることになった。

アンチョビと黒オリーブ、牛肉のタリアータ、ミラノサラミ、牛の胃袋を煮込んだトリッパ。テーブルの上に並んでいるのは、すべて敬一がオーダーしたメニューだ。

〝私、こんな高級なお店のメニューよく分からないので、敬一さんのお勧めでお願いしますぅ〟

最初に連れていかれたフレンチレストランで瑠璃が愛嬌《あいきょう》たっぷりにそう言ってから、敬一は当然のように、すべてのメニューを一人で決めるようになった。大抵は、アルコールに合う味の濃い前菜と肉料理ばかりだ。

正直、ただのリップサービスのつもりだったんだけどな……。

瑠璃は自分の皿に取った黒オリーブをフォークでつつく。

いくら庶民出の〝なにも知らない若い娘〟とはいえ、瑠璃は曲がりなりにも格式ある一流ホテルのラウンジスタッフだ。メニューに限れば、フランス語でもイタリア語でも、おおよその見当はつく。

本当は、グリーンアスパラガスと甘えびのタルタルや、桃と紅芯《こうしん》大根のサラダや、季節野菜のバーニャカウダとかも食べてみたかった。

ちらりと眼に入ったメニューを、瑠璃は思い浮かべる。だが、デートを重ねて分かってきたのだが、どうやら敬一は野菜全般が苦手なようだ。魚もあまり得意ではないらしい。

考えてみれば、瑠璃自身は、敬一から好き嫌いを尋ねられたこともない。

まあ、いっか。

黒オリーブを口に運びながら、瑠璃はあっさりと割り切る。

どうせ、勘定はすべて敬一持ちなのだし。

敬一がセレクトした赤ワインを一口飲み、瑠璃は上目遣いに敬一を眺めた。

身長はそれほど高くない。マッチングアプリのプロフィールに書かれていた百七十三センチというのは、絶対嘘《うそ》だ。恐らく、百七十センチに届いていない。

もっとも瑠璃とて「趣味はお菓子作り」と大嘘を記載しているのだから、その辺はお互い様だ。

ミラノサラミをつまみ、更に観察を続ける。

三十七歳という年齢にしては、いささか童顔だ。見ようによってはイケメンと言えなくもないが、ちょっと揉《も》み上《あ》げが濃すぎる気がする。お洒落《しゃれ》に整えられた顎鬚《あごひげ》も、残念ながらたいして似合っていない。だけど、見るからに仕立てのよいサックスブルーのシャツは清潔感があり、ワイングラスを持つ左手の手首には、イタリアブランドのロゴの入った高級腕時計が巻かれている。

メディアでたびたび話題に上るハイスペ男の特徴には、かつては3Kと呼ばれていた高学歴、高収入、高身長に加え、コミュニケーション能力の高さ、マナーのよさ、育ちのよさ、ついでに家事能力の高さまでがあげられる。

とはいえ、そんなユニコーンのような男は、現実世界にはそうそう存在しない。

そして、流行の漫画やドラマに登場するユニコーン男子は、大抵、同性愛者として描かれる。

所謂《いわゆる》、ボーイズラブ《BL》と呼ばれるジャンルが、お茶の間でも市民権を得つつあることは理解しているが、瑠璃自身はどうしても馴染《なじ》めない。

同性愛が問題なのではない。絶対に自分が傷つかずに済む領域から、理想の男同士の恋愛模様を眺めて妄想に浸る女性たちのマインドが、やっぱりどこか臆病で陰湿に感じられてしまうのだ。そんなところで絵空事に心酔していないで現実を見ろよ、と言いたくなる。

厳しい現実と対峙すれば、この辺で手を打っておくのが妥当だと気づくだろう。

男性は収入面、女性は容貌面で、比較的厳しい審査がある会員制アプリとはいえ、マッチングアプリで結婚相手を探している三十代後半という時点で、多少の難があるのは覚悟の上だ。

一通りの注文を終えると、敬一はむっつりと黙って、アンチョビやトリッパを肴《さかな》にワインを飲み続けている。四回目のデートともなると、月並みな質問は互いに終えてしまっているので、話題が見つからないのかもしれない。

「最近、お仕事はいかがですかぁ」

瑠璃は気を遣って、尋ねてみた。

「うん……。まあ、普通に忙しい」

「ここのお料理、美味しいですねぇ」

「まあ、普通にうまいかな？」

「ワインリストも多いですよねぇ」

「うん、普通にそろってるね」

なにを聞いても「普通」かよ――。瑠璃は内心鼻白む。

だがこういうとき、ひょっとすると敬一は、意外に女慣れしていないのではないかとも考えた。或《あ》るいは苦労知らずのボンボンがそのまま歳《とし》をとると、こういう中年になるのだろうか。瑠璃を見るなり、すぐさまホテルにいきたがった成金男たちに比べれば、まだましなのかもしれないが。

肝心《かんじん》なのは、敬一が大手総合商社に勤める、年収一千万超えの男だということだ。加えて敬一は、シンガポール駐在を控《ひか》え、結婚相手を探しているという逸材《いつざい》でもあった。

大手総合商社には、既婚者のほうが駐在の条件がよくなるという暗黙の了解があるらしい。つまり、この男と結婚すれば、運転手や家事使用人つきの、夢の〝駐妻生活〟が約束されるということなのだ。話がつまらないことくらい、別にどうということもない。

敬一のグラスが空になるや、瑠璃はすかさずクーラーからボトルを取り出してワインを注いだ。面白い話をして笑わせてくれる見てくれのいい男なら、パリピ仲間にもごまんといる。だけど、ほとんどの場合、彼らは非正規《ひせいき》か、下手《へた》をすれば無職だった。中には、正規社員である瑠璃に、平気でたかろうとする男もいた。

あんな駄目男たちにかかずらうほど、私はバカじゃない。

結婚は契約だ。

楽しいだけの恋心や、不確かな愛情が歳月と共に廃《すた》れたり潰《つい》えたりすることを、瑠璃は周囲の情報からも、自らの経験からも知っていた。

私は別に、スズさんと飛鳥井シェフみたいに、同じ目標を持つ恋愛なんて、したこともする予定もないんだしね――。

希望も理想も選択肢もない私。だけど、ドライなまでの割り切りはある。

だったらそれを武器に、現時点で最高の条件である結婚を勝ち取るしかない。

自分の母親や周囲を見ていても、結婚後の夫の比重はそれほど大きくない。経済面での安定さえ保証してくれれば、子育てだって、心身の充実だって、夫の力など借りずに完遂する自信が瑠璃にはあった。

そこは、〝パリピで陽キャの瑠璃ちゃん〟だもの。社交と美容とショッピングに精を出す駐妻なんてやらせたら、右に出るものはいないと思う。多分。

「こんなところきて、ジュースとか飲んで、なにが楽しいのかね」

ふいに敬一がせせら笑った。視線の先を見れば、三十代と思《おぼ》しき二人の女性がブラッドオレンジジュースで乾杯《かんぱい》している。

「ここは、一応、都内ではワインリストがそろってる店なんだ。酒が飲めないなら、わざわざくんなっつーの」

小馬鹿にしたように敬一は鼻を鳴らしたが、彼女たちが食べている平目のカルパッチョやマッシュルームのアヒージョが美味しそうで、瑠璃は一瞬、羨望《せんぼう》を覚えた。なにより、彼女たちは本当に楽しそうに会話に花を咲かせていた。

「女同士でつるんじゃって、みじめだね」

なおも敬一が言い募る。

うるせえ、とっちゃん坊や。

本人たちが楽しければ、それでいいじゃないか。眼の前の女を楽しませる会話もできないお前が、他人《ひと》のことをとやかく言うな。

喉元まで出かかった言葉を呑み込み、瑠璃は小首を傾げて曖昧に笑ってみせた。

「あ、それで、今月末なんだけど」

瑠璃の葛藤《かっとう》にはまったく気づかず、敬一が真顔になってこちらを見る。

「親父とおふくろが別荘でホームパーティーを開くから、そこに瑠璃もこないかって」

訪ねるのが、真鶴《まなづる》の高台にある別荘と聞き、瑠璃の心臓がとくんと跳ねた。

別荘――。未だに両親と下町の狭《せま》いアパートで暮らしている瑠璃は、景勝地の別荘なんていったことがない。

「別荘っていっても、親父が引退してから、二人はほとんどあっちに住んでるんだ。あそこを終《つい》の棲家《すみか》にするつもりなんじゃないかな。まあ、どうでもいいんだけど」

あくび交じりに告げられた言葉に、瑠璃は密《ひそ》かにほくそ笑む。

よいではないか。自立したご両親。

義父母が真鶴に永住してくれるなら、シンガポールから帰ってきて東京で暮らすことになっても同居はない。敬一が一人息子《むすこ》であることが少々気にかかっていたが、問題はあっさりと解決してくれそうだ。テーブルの下で、瑠璃はぐっと拳を握る。

「お待たせいたしました」

そこへ、スタッフが大皿を持って現れた。

げっ……。

テーブルにサーブされた大盛りのイカ墨《すみ》パスタに、瑠璃は思わず眉《まゆ》を顰《ひそ》める。

こんなの、食べられるわけないじゃん。

イカ墨独特の香りと、大蒜《にんにく》の強い香りが入り混じり、確かに美味しそうだが、四回目のデートで頼むようなメニューではない。

瑠璃のためらいをよそに、敬一は自分の皿にイカ墨パスタを盛ると、豪快に食べ始めた。その口元が瞬く間に黒く汚れる。これは一口も食べられそうにないと、瑠璃は桜色のルージュで彩《いろど》った唇をナフキンで軽く押さえた。

「普通にうまいけど、やっぱ、ヴェネチアで食ったのにはかなわないな」

はいはい、本場が一番ってやつですね……。

カスハラジジイと同じようなことを宣《のたま》う敬一を、瑠璃は白けた思いで眺めた。その視線に気づいたのか、敬一がぴたりと食べるのをやめる。

「ねえ、瑠璃。この後、時間あるなら、少し静かなところにいこうか」

静かなところというのが、レストランに隣接したホテルのバーであることに気づき、瑠璃は呆《あき》れた。お坊ちゃん臭くても、そういう欲望は〝普通に〟あるらしい。

「ごめんなさぁい。明日も仕事早いんでぇ」

小首を傾げながら、しかし、瑠璃はきっぱりと断った。結婚を前提に付き合っているのだから、その覚悟がないわけではない。だとしても。

大蒜臭いお歯黒《はぐろ》で、人を口説《くど》いてんじゃねえよ。

好条件なのに、この男が売れ残っていた理由がよく分かる。

期待と失望がせめぎ合う胸の裡《うち》で、瑠璃は大きく溜め息をついた。


翌週の休日、瑠璃は涼音と一緒に地元の問屋街《とんやがい》を回っていた。新店舗のカトラリーを買いつけたいという涼音のために、案内役を買って出たのだ。

問屋街近くの下町で暮らしながら、瑠璃自身はなにかを買いつけたことはなかったけれど、店の評判や、入り組んだ路地の歩き方なら、ある程度の見聞があった。

カトラリーの他に、涼音はヴィンテージ硝子《ガラス》のグラスや、花瓶にも使えそうな大型のジャーなどを購入し、発送手続きを行っていた。

「ねえ、瑠璃ちゃん。あそこで一休みしようか」

一通り買い物の目途《めど》がついたところで、涼音がジェラート店を指さす。

「さっすが、スズさん。あそこ、美味しいんですよ」

　この日も、朝から大変な暑さで、瑠璃も喉がカラカラだった。

「ごめんね、瑠璃ちゃん。せっかくのお休みなのに、暑い中つき合わせちゃって」

「いや、いいっすよ。休みっていっても、どうせ、やることありませんし」

　ホテル勤めの悲しさで、土日祝日が休めない瑠璃は、パリピ仲間たちと会うこともできず、休日を持て余してしまうことが多い。こうして気心の知れた人を相手に、地元の案内でもしているほうが、余程気分転換になった。

「今日は、私におごらせてね」

「えー、悪いっすねー。ランチもご馳走《ちそう》になったのに」

　話しながら、色とりどりのジェラートが並ぶショーケースをのぞきこんだ。

「わあ、種類が一杯ある」

「美味しそうっすねー」

　定番のミルク、チョコレート、ナッツ系から、苺、オレンジ、レモン等のフルーツ系、トマト、アスパラ、枝豆等の野菜系までがずらりとそろっている。

　瑠璃はキウイとオレンジ、涼音はレモンとジンジャーハニーのジェラートをそれぞれ選び、窓側の席に着いた。

「瑠璃ちゃんの、グリーンとオレンジですごく綺麗《きれい》」

　瑠璃のカップに盛られたジェラートを、涼音が指さす。

「今、ラウンジのトロピカルアフタヌーンティーのスペシャリテが、セミフレッドなんすよ。山崎さんのは、キウイとマンゴーなんですけど。色合いが綺麗で、それに影響されたのかもしれません」

「セミフレッドか。いいね」

「スズさん、一口ずつ交換しませんか?」

「あ、いいね!」

一匙《ひとさじ》ずつ交換し合ったジェラートは、どれも素材の味が生きていて、瑞々《みずみず》しく美味しかった。

「香織さんと山崎シェフ、その後、どう?」

レモンのジェラートを口に運びながら、涼音が少し心配そうに尋ねてくる。

「あー、相変わらずって感じですねぇ」

瑠璃は眉を顰めた。

「来月、また、カスハラジジイの予約が入ってるんですよ」

「えー」

「なにごともないといいんですけどねぇ」

「そうだねぇ……」

なんとなく会話が途切れ、瑠璃は窓の外を見た。立ち並ぶマンションの向こうには巨大な入道雲が湧き、街路樹からはシーシーと蟬《せみ》の声が降ってくる。そろそろ五時になろうとしているが、夏の夕暮れはまだまだ明るい。

ふいに涼音が話し始めた。

「セミフレッドってね、実は婚姻《こんいん》によって広がったお菓子なんだよ」

「セミフレッドって、確かジェラートやアイスクリームの原形っすよね」

瑠璃は自分のカップを指し示す。

「そう。そのセミフレッドは、元々、イタリアのフィレンツェの大富豪で、実質的な支配者だったメディチ家のために作られたお菓子だと言われているの」

その大富豪の娘、カトリーヌ・ド・メディシスが十六世紀中ごろに、後のフランス王、アンリ二世となるオルレアン公に嫁《とつ》いだとき、大勢の料理人や菓子職人たちを率《ひき》いてきた。

そのときフランスに持ち込まれたセミフレッドがやがてはジェラートに、そしてカトリーヌの孫のアンリエット・マリーがイングランド王チャールズ一世に嫁いだ際に、イギリスにもアイスクリームとして伝わっていったという説がある。

「カトリーヌの婚姻によって、ヨーロッパ全土に広がっていったお菓子って、結構たくさんあるんだよ。フロランタン、マカロン、フィナンシェ……」

涼音が指折って数えてみせた。

「どれも、定番のお菓子じゃないすか」

瑠璃は眼を丸くする。今では定番となっているお菓子が、たった一人の大富豪の娘の輿入《こしい》れと共にヨーロッパ全土に広がっていったとは。

たかが結婚、されど結婚だ。

「銀食器を代表とする、お洒落なカトラリーの使い方をフランス社交界に広めたのも、カトリーヌだって言われてるんだよね。つまり、今日私たちがすてきなカトラリーを見て回れたのも、元をたどれば、カトリーヌのおかげだったたってわけ」

「すげーな、富豪の娘」

明《あ》け透《す》けな瑠璃の物言いに、涼音が噴き出す。涼音があまり楽しそうに笑うので、瑠璃までが可笑《おか》しくなった。

しかし、結婚といえば――。

「そう言えばスズさん、あれ、どうなりました？」

ひとしきり笑い合った後、瑠璃は切り出してみる。

「あれって？」

「あれですよ、あれ。夫婦同姓がどうとかっていう」

先月の送別会の席で、涼音が「婚姻後の夫婦の氏《うじ》」を強制的にどちらか一方に決めなければいけなくなるのはなぜかと、急に〝フェミの人〟みたいなことを言い出したことを、瑠璃は思い返していた。

「ああ……」

涼音がふと顔を曇らせる。

「ねえ、瑠璃ちゃん」

改まったように、涼音は瑠璃を見た。

「夫婦同姓が法律で義務付けられているのって、世界で日本だけだって知ってた？」

「はあ？　マジすか」

瑠璃は再び仰天《ぎょうてん》する。

そんなことは、今の今まで考えたことがなかった。日本がそうなのだから、世界的にもそうなのだろうと、当たり前のように思い込んでいた。

「この間、彗怜《スイリン》から聞いて、私も初めて知ったんだけど」

「あー、ウーさんだったら、そういうこと詳しそうですね」

日本語も英語も堪能《たんのう》な呉《ウー》彗怜のすらりとした容姿が脳裏に浮かんだ。いかにも切れ者という才気走った女性だった。彼女は確か、現在は外資系ホテルのラウンジでチーフを務めているはずだ。

「それで、私もその後色々と調べてみたんだけれど、導入が遅かったフィリピンでも、少し前に選択制を実現してるんだよね」

フィリピンの選択的夫婦別姓制度の実現以降、夫婦同姓にこだわっているのは、本当に世界で日本だけになってしまったのだそうだ。

「今はほとんどの女性が仕事を持っているわけだし、そうなると、途中で姓が変わることに不都合が起きることが多くて、それを是正《ぜせい》するっていうのが、世界的な動きみたい」

涼音が淡々と説明する。

それじゃあ……。

夫婦同姓を不思議に思うのは、別段〝フェミの人〟に限った話ではないということなのか。

ジェラートの最後の一口を食べ終え、瑠璃は思わずぽかんとした。

送別会のときに涼音にも伝えたように、瑠璃自身は、自分の姓を変えることに少しも抵抗がない。敬一と結婚するなら、清瀬に改姓することになるわけだが、林瑠璃より清瀬瑠璃のほうが、字面も響きもいいのではないかとさえ考えている。

ただ、結婚した友人たちは皆、改姓の手続きの煩雑《はんざつ》さに頭がおかしくなりかけたとぼやいていた。パスポートや免許証や保険証の他に、銀行のカード、携帯電話《スマートフォン》、クレジットカード、病院の診察券、各種会員証まで全部修正しなければならなくなったと聞かされた。

瑠璃はパスポートも免許証も持っていないけれど、「結局、なんだかんだ色々出てくるんだって」と強調されて、成程面倒そうだと思ったことは覚えている。

現在は旧姓の併記が可能となり、少しは状況が改善されているようだが、二つの姓を使い分けるのが、これまた厄介《やっかい》らしい。

とはいえ、それが結婚するということなのだから仕方がないとも感じていた。

「それで、飛鳥井シェフには、そのこと話したんですか」

空のカップを弄《もてあそ》びながら、瑠璃は尋ねてみる。

今更、そんなことを持ち出すべきではない。相手の家族の印象も悪くなるし、結婚は二人だけでするものではないのだからと、香織は言っていたが。

「うん、一応」

しかし涼音がそれを伝えずにはいられない性分であることも、瑠璃はなんとなく理解している。

「で、飛鳥井シェフは？」

「それがねー……」

珍しく言葉を濁《にご》し、涼音が遠くに視線をやった。つられて、瑠璃も窓の外を眺める。

先ほどまで、かんかんに日が照っていたが、今は空に雲が広がり始めていた。どこか遠くでごろごろと鈍い雷鳴《らいめい》が響いている。

やばい。一雨くるのかな。

そんなことをぼんやり考えていると、長らく言葉を探していた涼音がようやく口を開いた。

「実はね、私が『婚姻後の夫婦の氏』について話したとき、達也さんは全然ぴんときてないみたいだった」

要するに、瑠璃同様、女性が改姓することを〝当たり前〟と考えていたということだろう。

「そりゃそうだよね。婚姻届を書くまで、私だってぴんときてなかったんだから」

涼音はきまり悪そうに苦笑する。

それでも達也は、涼音の話に真剣に耳を傾けてくれたそうだ。そして、一通りを聞き終わると、落ち着きはらい、おもむろに問いかけてきたという。

〝それじゃ、涼音は俺に婿養子《むこようし》になって欲しいってこと？〟と——。

「そういうことじゃないんだけどなぁ」

もどかしそうに、涼音が首を横に振る。

しかし、日本で結婚後の女性の姓を残そうとすれば「妻氏婚《つまうじこん》」となり、それは多くの場合、改姓する男性が「婿養子」ととらえられてしまうらしい。

「本当は、妻氏婚イコール婿養子ではないんだけどね。戸籍筆頭者が妻でも、世帯主が夫ってことのほうが多いみたいだし」

「なんすか？　戸籍筆頭者と世帯主って」

「両方家族の代表的な人ってことかな？　でも戸籍筆頭者には、原則、改姓した人はなれないの」

「それじゃ、戸籍筆頭者が妻で、世帯主が夫の場合、どっちが本当の代表になるんですか」

「世帯主……じゃないのかな。戸籍筆頭者は、戸籍の最初に記載されるだけで、法律的な権利はないみたいだから」

「妻氏婚」をしていても、世帯主が夫の場合、家族の代表は夫になるのだと涼音が説明する。

聞けば聞くほど、瑠璃にはちんぷんかんぷんだった。

だが涼音のように疑問に思ってつきつめて考えなければ、全ての代表は、当然のように男性である「夫」になるということだ。両親や友人を含め、この世のほとんどの人たちは、そうやって夫を代表にして結婚してきたということになる。

もっとも、それはそれでいいのではないかという思いも、瑠璃にはあった。

私は別に「フェミの人」ではないのだし……。

面倒なことは全部男に任せておけばいい。所詮、この世の中は、男中心にできているのだから。

そう考えた瞬間、いつも一人で勝手にメニューを決めてしまう敬一の様子が脳裏をよぎった。

不快ではあるけれど、「まあ、いっか」と割り切った。

まあ、いっか。

だけど、そうやって何度も眼をつぶっていくうちに、いつしか、本当に大切なものを、当たり前のように見過ごしてしまうことが起こりうるのではあるまいか。

いや、もう、とっくに起きてたりして――。瑠璃は初めてそんなことを、茫然《ぼうぜん》と考えた。

「私、達也さんに遠山姓になってもらいたいわけじゃないの」

透き通ったレモンのジェラートを口に運び、涼音が眉根を寄せる。

「でも、そう言ったら、じゃあ、一体どうしたいわけ？　って、聞かれちゃって……」

〝だったら、俺たち結婚できないじゃない〟

仕舞いには、冷たくそう言われてしまったそうだ。

悄然《しょうぜん》と肩を落とす涼音を前に、瑠璃はかける言葉を失った。

選択的夫婦別姓を実現できていない日本は、世界的に見れば遅れているのかもしれないが、今現在、この国では夫婦同姓は法律で義務付けられた約束事なのだ。そのきまりを遵守《じゅんしゅ》できない限り、日本での結婚はできない。

合理的な飛鳥井シェフのことだ。そう答えるのは想像に難くない。

「私は、ただ、一緒に考えて欲しかっただけなんだけど」

ジェラートを食べ終えた涼音は、伏《ふ》し目《め》がちになって頬杖《ほおづえ》をついた。

「開店準備でただでさえ忙しい時期に余計なこと言っちゃったみたいで、それ以来、なんか、ぎくしゃくしちゃってるんだよね」

溜め息交じりの呟《つぶや》きを聞きながら、一緒に考えることなど、端《はな》から無理そうな男との結婚に挑もうとしている己《おのれ》のことを、瑠璃は胸の奥底で思いあぐねた。

自分の婚活の危うさに比べれば、たかだか「夫婦同姓」なんて、贅沢な悩みではないか。

「元気出してくださいよ、スズさん」

胸の裡に広がりかけた黒いものを抑え込もうと、瑠璃はできるだけ明るい声を出す。

「そう言えば、今日、スズさんに会うって話したら、山崎さんがエクレールをお土産《みやげ》に持たせてくれたんですよ。うちの冷蔵庫で冷えてますから、帰りにピックアップしてってください」

それを聞いて、涼音がぱっと顔を上げた。

「わあ、山崎シェフのエクレール、懐かしい。だったら、私も実家に寄って帰ろうかな。うちのおじいちゃん、山崎シェフのエクレール大好きだから」

その表情から沈鬱《ちんうつ》な影が消えている。きらきらとした鳶色《とびいろ》の瞳を見返しながら、本当にお菓子が好きな人なのだなと、瑠璃は微《かす》かな感嘆を覚えた。

好きなものがある人って、羨ましい。

心から大好きだと思えるもの。これさえあれば大丈夫だと思えるもの。

そんなものが、果たして自分にはあるだろうか。

瑠璃がつくづくと考えたとき、ふいに周囲がぴかっと白く光った。暫《しば》しの間を置いて、巨大なものが砕けるような轟音《ごうおん》が響き渡る。

「ひゃあっ」

瑠璃は思わず悲鳴をあげた。

瞬く間に空がかき曇り、大粒の雨がぼたぼたと降り始める。もう一度雷鳴がとどろいたときには、バケツをひっくり返したような大雨になっていた。

最近の夏ではおなじみの、ゲリラ豪雨というやつだ。

表を歩いていた人たちも、ばたばたと走り出す。何人かは、店の中に避難してきた。

「これは、しばらく出られそうにないね」

涼音も驚いたように外を見る。

「追加で飲み物頼んで、少し雨宿《あまやど》りしよう。私はホットのカフェオレにしようかな。瑠璃ちゃんは、なんにする？」

腰を浮かして、涼音が尋ねてきた。

「あ、じゃあ、ここは自分が……」

「いいって、いいって。エクレールもいただくんだし、最後までご馳走させて」

「それじゃ、自分もホットのカフェオレで」

「オッケー」

涼音が席を立とうとした瞬間、街路樹の向こうの空に、はっきりとジグザグの稲妻が走った。

数秒後、凄《すさ》まじい轟音が鳴り響く。

「おっそろしー！」

瑠璃も涼音も同時に身をすくませた。あまりに凄まじくて、なんだか笑えてきてしまう。

「ねえ、瑠璃ちゃん、知ってる？」

まだくすくすと笑いながら、涼音が問いかけてくる。

「エクレールって、フランス語で稲妻っていう意味なんだよ」

「マジすか」

瑠璃は眼を瞬《しばたた》かせた。

シュー・ア・ラ・クレームは、クリーム入りのキャベツという意味で、それはふっくらとした形状から想像がつくのだけれど、同じくシュー生地とカスタードクリームのお菓子に、なぜ「稲妻」などという名前がつけられたのだろう。

「それには諸説あって、焼いた表面にできる割れ目が稲妻に似てるからというものや、チョコレートのアイシングがきらきら光るからというものや、美味しいクリームが飛び出さないように、稲妻のようにあっという間に食べるべしっていうものまであるの」

どの説をとるかはその人次第なのだと、涼音は微笑《ほほえ》んだ。

「私だったら、最後の説をとるかな？」

そう言って、軽やかな足取りで注文に向かう涼音の後ろ姿を、瑠璃はじっと見つめる。

涼音は、お菓子の歴史や雑学をよく知っている。ただ、好きなだけじゃない。こだわって勉強している。努力をしているのだ。

楽しいだけのパリピ仲間たちと、遊びほうけている自分とは違う。

だけど、自分は涼音にはなれない。

要領のよさと割り切りの速さを武器に、最短の道をいくしかない。自分自身を納得させるように、瑠璃は何度もそう心に繰り返した。

インフィニティープールのある温泉ホテル、高原のテラス付きコテージ、富士山が見える湖畔《こはん》のグランピング――。

その日、瑠璃はバックヤードのノートパソコンでテレビを見ながら、遅い昼食を食べていた。

午後のワイドショーでは、夏休みにいきたい近場のリゾート特集をやっている。

〝すごーい、海しか見えません！　水平線が広ーい！　絶景ですー〟

インフィニティープールに入った水着のタレントが、大仰な歓声をあげた。

以前ならこうした光景は、すべてテレビ用の演出に思えた。実際にいってみれば、電線が存外近くにあったり、すぐ下を車がびゅんびゅん通っていたり、あまりに混んでいて、人の頭越しに水平線を見ることになったりするのが関の山だと。

テレビの情報を鵜呑《うの》みにすると、大抵はそんな目に遭わされる。

だけど、現実にあるんだよなぁ。あるところには……。

賄いのサンドイッチを咀嚼《そしゃく》しつつ、瑠璃は週末の光景に思いを馳《は》せた。

高台のテラスから眺めた、大きな蒼《あお》い海。本当に、周囲に遮るものはなにもなかった。水平線の彼方には、初島《はつしま》や大島《おおしま》の影が見えた。聞こえてくるのは、遠い潮騒《しおさい》と小鳥の囀《さえず》りだけだった。

回想していると、今でもぼんやりとしてしまう。

週末、なんとか休みをとって訪ねた敬一の両親が暮らす真鶴の別荘は、瑠璃の想像を遥《はる》かに超える素晴らしい邸宅だった。

あの広いテラスで一日中海を眺めていられたら、どんなに幸せだろう。そんなことを考え始めると、秀夫特製のサンドイッチを食べていながら、どうしても上の空になる。

全粒粉のパンに、今が旬のズッキーニのソテーと田舎《いなか》風パテを挟《はさ》んだサンドイッチは、セイボリーでも人気の一品だ。粒マスタードがぴりっと効いていて、後を引く。もっと集中して食べなければ、もったいない。

そう思いながらも、瑠璃の脳裏からは週末の光景が離れなかった。

仕方ないよな。あんな場所にいったの、生まれて初めてだったんだもの……。

大海原《おおうなばら》を見渡せる眺望《ちょうぼう》がとにかく見事だったが、瑠璃を驚かせたのは、それればかりではない。ホテルのエントランスのような玄関、鈴蘭《すずらん》の形のシャンデリアが吊《つ》るされた廊下。大きな窓から海を望む広々としたリビングには立派なソファが置かれ、部屋の隅にはどっしりとした暖炉《だんろ》が設《しつら》えられていた。映画やドラマや雑誌でしか見たことのない世界が、眼の前にあった。

だけど、そのゴージャスな雰囲気を楽しめたかと問われると、途端に心許なくなる。

ホームパーティーの開始時間より少し早めに到着した別荘で、瑠璃は最初、敬一と共に応接室に案内された。そこで挨拶した敬一の両親は、父の一郎《いちろう》が七十代、母の鞠子《まりこ》が六十代と見受けられた。

でっぷりと太った赤ら顔の一郎は猛禽類《もうきんるい》のような鋭い眼差《まなざ》しをしていたが、ほっそりとして色白の鞠子はにこやかで優しそうだ。ただ、鞠子の白い貌《かお》に赤い唇が妙に映えていた。

応接室の壁には、たくさんの絵画が飾られていた。一つ一つ立派に額装《がくそう》され、ちょっとした画廊のようだった。

〝随分、たくさん絵があるんですねぇ。お父様は美術がお好きなんですかぁ〟

これらの絵画がすべて一郎の収集品だと聞かされた瑠璃がそう尋ねると、敬一があっさりと首を横に振った。

〝いや。うちの家族に、美術に興味のある人間なんていないよ。全部、親父の投資だ〟

投資？　一瞬、きょとんとした瑠璃に、一郎が唐突に尋ねてきた。

〝この部屋にある絵が全部でいくらになるか、あなたに分かるかな〟

絶句する瑠璃を前に、〝分かるわけないか〟と呟き、一郎は鼻を鳴らすようにして笑った。本人はそうと意識すらしていないような、ごく自然ににじみ出る侮《あなど》りの態度だった。そして、鞠子がお茶と一緒にテーブルに出してくれた、瑠璃の手土産のエクレールを一口かじるなり、〝なんだ、ちっとも甘くないな〟と吐き捨てた。

自分で作ったと偽《いつわ》って持参した、朝子作の抹茶のエクレールが食べかけのまま皿の上に取り残されているのを、瑠璃はじっと見つめた。

父親が糖尿病だと敬一から聞いていたから、わざわざ一番カロリーの少ない低糖質のお菓子をセレクトして持っていったのだが——。

投資のために絵を集めるということが、今でも瑠璃にはぴんとこない。

その後、ホームパーティーに集まってきた人たちも、株式の銘柄《めいがら》や株価の話ばかりしていて、まったく輪の中に入っていけなかった。

パリピの瑠璃ちゃんなのにね。

サンドイッチを咀嚼しつつ、瑠璃は小さく自嘲《じちょう》する。豪華な別荘でのホームパーティーは、仲間たちと楽しんできたパーティーとはまるで質が違っていた。

唯一の救いだったのは、鞠子が思いのほか優しかったことだ。

〝気を遣わなくていいのよ。ほとんどケータリングだから〟

敬一が相変わらずむっつり黙ってワインを飲んでいるだけなので、途中からキッチンに入った瑠璃に、鞠子は真っ赤な唇で微笑んだ。

〝あ、でも、デザートにガトーショコラを出そうと思うから、それを一緒に作りましょうか〟

しかし、そう続けられたときは、正直焦った。

あのときのことを思い出すと、瑠璃は今でも冷や汗が滲《にじ》みそうになる。〝趣味はお菓子作り〟と称していた瑠璃の嘘を、鞠子が見抜けなかったわけがない。

事実、不器用にチョコレートを刻む瑠璃の手際は酷いものだった。持参したエクレールが手製でないことも、完全にばれていたはずだ。

だけど鞠子はなにも言わなかった。すぐに、紅茶の用意をするように指示を切り替えてくれた。

瑠璃は恐る恐る鞠子の表情を窺ったが、そこに呆れたような様子は少しも浮かんでいなかった。

〝さすがは一流ホテルのラウンジスタッフさんね。すごくいい匂い〟

それどころか、紅茶を淹《い》れる手腕《しゅわん》を褒《ほ》めてくれさえした。

見かけ通りの優しい人――。

瑠璃が感動を覚えていると、鞠子は冷蔵庫から大きな肉の塊《かたまり》を取り出した。

〝うちのお食事は専門の方が作ってくれるものが多いんだけど、お菓子とステーキだけは私が焼くの。パパは毎晩、お肉がないと駄目な人だから〟

成程、敬一の肉料理好きは、父親譲りなのかもしれない。そんなことを考えつつ、ガスレンジに向かう鞠子の手元を何気なく覗《のぞ》き込《こ》み、瑠璃はぎょっとした。

すごい量だったよな……。

今思い返してもいささか圧倒される。フライパンの中には巨大なバターの塊が投入されていた。

確かに素晴らしく美味しそうだったけど、糖尿病なのに、あんなの食べて大丈夫なのかな？

ガトーショコラにも、結構な量の砂糖とクリームを使っていたし。

サンドイッチの最後の一欠片《かけら》を口に入れ、瑠璃は首をひねる。

それとも、あんな食生活だから、糖尿病になったのだろうか。一郎は、食後にもブランデーのお供にガトーショコラをたっぷりと食べていた。

強いお酒と濃厚なケーキの相性がいいことは、瑠璃だって知っている。だけど、その二つともカロリーの爆弾だ。食前にも食後にも、薬は飲んでいたようだが。

一人で鞠子特製のステーキを平らげた後、こってりとしたガトーショコラを平気でいくつも口にする一郎を、敬一はもちろん、鞠子もたしなめようとはしていなかった。

というか……。

本来ならホームパーティーのホステスである鞠子は、ほとんどリビングに出てこなかった。敬一も始終つまらなそうな顔をして、部屋の隅のほうにいた。

パーティーでも、家族でも、でっぷり太った一郎が、圧倒的な中心人物に見えた。その一郎が、時折自分を石ころかなにかのように眺めていたことを思い返すと、瑠璃の心は重く沈む。

〝分かるわけないか〟

初対面とはいえ、夜遅くまで続いたパーティーの後片付けを最後まで手伝ったのに、その一言以降、言葉をかけられることもなかった。途中でホームヘルパーさんたちが帰ってしまったので、瑠璃は鞠子と二人で、新幹線の終電までグラスを洗い続けた。

海の見える別荘はすてきだったが、あの父親が牛耳《ぎゅうじ》る家に嫁ぐことを想像すると、瑠璃はやっぱり戸惑いが先に立つ。そもそも、自分はあの家で、花嫁候補として認められたのだろうか。

猛禽類のような一郎の眼差しと、なぜだか鞠子の赤い唇が脳裏をよぎる。

瑠璃がすっかり考え込んでいると、ノックと共に、バックヤードの扉が開いた。

「あ、E657系ひたち」

賄いのサンドイッチを片手に入ってきた俊生が、ノートパソコンの画面に映る特急電車を指さす。ワイドショーのリゾート特集は、今度は交通機関の紹介に移っていた。

「あらー、東武鉄道500系リバティ」「おおう、E261系サフィール踊り子」「いよー、E257系さざなみ」

特急電車が映るたびに、俊生が歓声をあげる。

「電車を一々系で呼ぶのやめてくれる？　うぜえから」

瑠璃は音を立ててノートパソコンを閉じた。

「す、すすす、すみません、つい」

途端に、俊生が真っ赤になって下を向く。

ったく、オタクがよ……。瑠璃は内心舌打ちした。

以前、有楽町《ゆうらくちょう》に涼音の送別会用のプレゼントを買いにいったときも、俊生は東京寄りのホームの端からなかなか動こうとしなかった。

〝ここは東京に向かって線路がカーブになってまして、電車の全景がよく見えるんですね。あっ、N700系東海道新幹線！〟

あの日も訳の分からないことを言って、一人でいつまでも盛り上がっていた。荷物持ちにもならないと呆れたものだ。

「眼鏡《めがね》、おめー、鉄《て》っちゃんなの？」

サンドイッチを包んでいた紙をダストボックスに捨てながら、瑠璃は一応尋ねてみる。

「いやあ、それほどでも」

すると、なぜだか俊生は今度は嬉《うれ》しそうに照れ始めた。

「一つも褒めてねえし」

俊生といると、どうにも調子がおかしくなる。

「でも、お昼これから？　随分、遅いじゃん」

「ああ、はい……。ちょっと、常連のご婦人たちにつかまっちゃって」

俊生を孫扱いしたがる老齢の婦人たちから、長い世間話を聞かされていたらしい。人のいい俊生のことだ。自分の昼休みがなくなることも構わず、延々相手をしていたのだろう。

「今日はラウンジが空《す》いてるからまだいいけどさ。そういうの、ほどほどにしときなよ」

念のため、瑠璃はそう忠告した。ラウンジで唯一の男性スタッフである俊生は、常連の老婦人たちからおもちゃにされ始めている節がある。

「おめーは、良くも悪くも圧がねえからな」

そのせいか、俊生が相手だと、瑠璃も普段隠している地が自《おの》ずと出てしまう。

「お気遣いありがとうございます」

丁寧に頭を下げてから、俊生はテーブルについた。

「ところで林先輩は、僕を眼鏡、眼鏡と呼びますが……」

賄いのサンドイッチを包んでいる紙を破り、俊生が改まった口調で切り出した。

「は？　なに？　ポリコレ棒でもふりまわすつもり？」

ポリティカル・コレクトネスという言葉が、日本でもよく使われるようになって結構経つ。差別や偏見《へんけん》を生まない表現を心掛けるという指標だが、これにこだわりすぎると、軽口の一つもたたけなくなる。

「眼鏡くらいで、〝差別主義者はいねがー〟とか言うわけ？」

「いえいえ」

身構えた瑠璃の前で、俊生は大きく首を横に振った。

「実際、僕の存在証明って、眼鏡だと思うんですよねぇ」

「はあ？」

またしても訳の分からないことを言い始めた。俊生のとぼけた言い分は、ときとして瑠璃の予想の遥か斜め上をいく。

「いや、僕のこの眼鏡、実は中学受験に合格したときに父親から買ってもらったクラフトで、めちゃくちゃかっこいいなぁと思って、それ以来、修理しながらずっと使ってるんです」

大真面目《おおまじめ》な表情で、俊生が自分の眼鏡を指さした。

「あ、そう」

気圧《けお》されたように、瑠璃は頷《うなず》く。

正直、野暮《やぼ》ったい黒縁のロイド眼鏡にそんなこだわりがあったとは、思ってもみなかった。

「僕、小学生の頃からド近眼で、ずっと眼鏡かけてきましたから、眼鏡外しちゃうと、自分でも誰だか分かんないんですよ」

そう言って、俊生が眼鏡を外してみせる。遠くへ向けられた瞳が意外に澄んでいることに、瑠璃はどきりとした。

「僕、歳の離れた姉がいるんですが、その姉に、たまたま眼鏡を外しているところを、スマホで撮られちゃって。でも、その写真見たら、違和感しかなかったんですよねぇ。まったく自分が自分に思えませんでした」

眼鏡をかけると、いつもの俊生が戻ってくる。

「姉からは、しつこくコンタクトにしろって言われるんですけど、全然そんな気になれなくて」

歳の離れた姉が弟にコンタクトレンズを勧める気持ちが、瑠璃には分かった。

眼鏡を外すと、俊生は案外綺麗な眼差しをしている。

コンタクトにして、髪型を今風にすれば、ひょっとすると敬一よりもずっとイケメンになるかもしれない。

「多分、この眼鏡は、傍《はた》から見ればどうでもいいものかもしれませんが、僕にとっては、僕が僕であるための存在証明なんです」

瑠璃の考えをよそに、俊生はださい眼鏡をくいっと持ち上げ、にっこり笑った。

「つまり、そういうことなんじゃないですかね」

「え？　なにが」

「この間の送別会で、遠山先輩が話してたことですよ。結婚後に、夫婦のどちらかが改姓しなければならないことについて、男の僕はどう思うのか意見を聞きたいって言われてから、ずっと考えてたんです」

そこへ行きつくのかと、瑠璃は軽く眼を見張る。

この間、涼音と会ったときに、婚姻後の夫婦同姓を法律で義務付けているのは世界でも日本だけだと聞いて驚いたが、俊生がそのことをしっかり考え続けていたとは思っていなかった。

「色々考えた結果、結婚で自分の苗字《みょうじ》を失うのって、男性女性にかかわらず、僕が愛着のある眼鏡を取り上げられるのと同じようなことなんじゃないのかなって、思いついたわけです」

小動物のようにちまちまとサンドイッチを食べながら、俊生が続ける。

「視力矯正《きょうせい》のときにコンタクトか眼鏡かを自分で選べるように、結婚後の同姓か別姓かも、誰かに押しつけられるんじゃなくて、自分の意志で自由に選べるようになればいいですよね」

しかし、こんなふうになんでもないことのように言ってのけられると、瑠璃はむっとした。今現在、瑠璃が固執《こしつ》している結婚そのものを、随分と軽く見られているような気がしたのだ。

「そんな単純な話じゃねえよ」

思わず吐き捨てれば、ハッとしたように俊生がこちらを見る。

「そ、そうでした。眼に病気がある場合は、自由になんて選べませんよね。し、失礼致《いた》しました」

「ちげーよ！」

頭を下げようとする俊生に、瑠璃はますます苛立《いらだ》った。

「そういうことじゃなくて、そもそも視力矯正と結婚をごっちゃに語るなって話だよ。夫婦同姓、別姓とかはともかく、結婚は人生の一大事なんだから」

「視力矯正だって、人生の一大事ですよ」

「はあ？　なに言ってんの？　バカなの？」

違和感やためらいと戦いながら挑もうとしている結婚を、視力矯正なんかと一緒くたにされてたまるものか。

「そんなの全然違うから」

「そうですかねぇ……。段階を踏むということにかけては、大差がない気がしますけど」

「段階？」

「はい」

サンドイッチをごくりと呑み込み、俊生が頷いた。

「結婚も視力矯正も、たくさんある段階のうちの一つだと思います。誰かを好きになるという段階を踏んだ後に、視野に入ってくるのが結婚でしょう？　もちろん、物事の順序や必要性は人によって違いますから、誰もが同じ段階を踏むわけではないですが」

「違うって」

瑠璃は今度は冷静に断定する。

「結婚は段階じゃなくて、契約だよ」

眼鏡をかければ視力は良くなるだろうが、それで一足飛びに環境が変わるわけではない。瑠璃にとっての結婚は、〝なし寄りのあり〟でしかない今の自分を一変させる、一世一代の賭けに等しい契約だった。

若さと外見という限られた手札を武器に、一番条件のいい契約を勝ち取ることこそが、今ここにあるミッションなのだ。

「そのために、こっちは全力で婚活してんだから」

ぽろりとこぼした途端、俊生が分厚いレンズの奥の眼を皿のようにする。

「えぇえええぇっ！　林先輩、婚活してるんですかっ」

「なんだよ、悪いのかよ！」

俊生の無礼なまでの仰天ぶりに、瑠璃の声も大きくなった。

「こう見えて、こっちはもうアラサーだぞ。子ども産むこと考えたら、のんびり構えてらんねえんだよ」

第一子を産む理想年齢に追いついてしまった今、いつまでも〝若い娘〟ではいられない。

「お相手は、シンガポール赴任を控えたエリート商社マンだぞ。結婚に漕ぎ着ければ、運転手、ホームヘルパーつきの夢の駐妻生活決定じゃん。このチャンス、絶対つかみ取ってみせるわ」

自らを奮い立たせるように、瑠璃は拳を握った。

「……林先輩」

俊生がぼそりと呟くように言う。

「その人のこと、好きなんですか」

真っ向からそう聞かれると、瑠璃は一瞬言葉に詰まった。

敬一のことを好きなのかどうか、自分でもよく分からない。会話ははずまないし、なにを考えているのかも理解できない。ただ、すこぶる条件がいいし、これまでマッチングアプリで出会った男のように無闇に手を出してくることもないし、徹底的に嫌だというわけでもない。

「……だから、契約だって言ってんじゃん」

我知《われし》らず、絞《しぼ》り出すような声が出た。

「僕には、林先輩の言っていることがよく分かりません。好きになるという段階を踏んだ上で、見えてくるのが結婚という段階なんじゃないんですか」

「そんなきれいごとばっかり言ってらんないんだってば」

頑固《がんこ》に主張する俊生に、瑠璃の苛々が頂点に達しそうになる。

「条件のいい結婚をしようと思ったら、今しかないんだよ。おめーは男で、おまけにオタクだから、そんな呑気《のんき》なこと言ってんだって」

「でも、僕には遠山先輩が、契約で結婚しようとしているようには思えません」

涼音を引き合いに出されて、瑠璃は本気でカッとした。

自分と涼音が違うことなんて、当の瑠璃自身が一番よく分かっている。

「スズさんが結婚で名前を失うのがどうしたこうしたってうだうだ言っていられるのは、自分が飛鳥井シェフっていう超優良物件を手中に収めてる余裕があるからなんだよ」

あ、嫌だ――。

口に出してしまってから、瑠璃は内心自己嫌悪に陥った。涼音のことは好きだし、尊敬もしている。それなのに、こんなことを口にする自分が、本当に嫌だ。

そう思うにもかかわらず、すべての段階をすっ飛ばして、とにかく結婚にたどり着こうともがいている自分の焦りを考えると、涼音の拘泥《こうでい》がやっぱり贅沢に感じられてしまう。

〝結婚さえしちゃえば、こっちのもんじゃないすか〟

送別会のタイレストランで瑠璃がそう言ったとき、涼音はびっくりしたような表情でこちらを見ていた。結婚さえできればいいという考えは、きっと、涼音の中には存在しないものだったのだろう。

「遠山先輩に余裕があるから、夫婦同姓に疑問を抱いているとも思えませんね。それに、人を〝物件〟呼ばわりするのはいかがなものでしょうか」

うわ、なんなの、こいつ。マジでむかつく。

「あー、はい、はい。あんたは正しい、ポリコレ眼鏡さま。だけど、私から見れば、スズさんはやっぱり余裕があるんだよ。ご指摘の通り、私とスズさんじゃ格が違うし。私は自分の名前へのこだわりもないし。もっと言えば、スズさんみたいな仕事に対する情熱みたいなものも、なんにもないから」

こんなことを口にさせる俊生を、瑠璃はにらみつけた。

「それじゃ、林先輩は、婚活が成功したら、このラウンジを辞めちゃうんですか」

「たりめーだろ。シンガポールで駐妻になるんだから」

即答すると、俊生がぐっと唇を噛《か》んで黙り込んだ。

その傷ついたような表情に、なぜだか瑠璃の胸がずきりと痛む。

「私は、電車と眼鏡さえあれば幸せになれるあんたとは違うの。もっと欲しいものがたくさんあるの。それを手っ取り早くかなえてくれるのが、今回の結婚なんだってば」

胸に走った痛みをかき消すように、瑠璃は続けた。

「それに、私はラウンジでも必要不可欠な人材じゃないじゃん。私みたいなただのパリピにとって、ハイスペ男との結婚は、一発逆転の大チャンスなんだからね」

説得しているのが、眼の前の俊生なのか、自分自身なのかが段々分からなくなってくる。

「だから、契約でいいんだよ。別にそれほど好きじゃなくたって……」

瑠璃の口調にあきらめの色が滲んだとき、押し黙っていた俊生がぱっと顔を上げた。

「でも、そんな契約、なんだか身売りみたいじゃないですか。相手にだって失礼ですよ」

「うっせえ！」

反射的に叫んでいた。

「なに、分かったようなこと言ってんの？　眼鏡のくせに。だったら、おめーに、シンガポールへの駐在ができるのかよ。新卒っていう正規雇用《こよう》への切り札を無駄にしておきながら、偉《えら》そうなこと言ってんじゃねえよ！」

その瞬間、俊生の表情が苦しげにゆがんだことに、瑠璃はハッとする。

部屋の中がしんとした。

二人が黙ると、窓の向こうから微かに蟬の鳴き声が聞こえてくる。

「……その通りですね。余計なこと言ってすみません」

やがて、俊生が小さく呟いた。

「ごめん。こっちも言い過ぎた」

さすがに大人げなかったと、瑠璃はきまりが悪くなる。これでは喧嘩《けんか》だ。いや、後輩の俊生を必要以上にやり込めてしまった。そっと様子を窺えば、俊生はうつむいてぼそぼそとサンドイッチを食べていた。もう、こちらを見るつもりはなさそうだった。

いたたまれなくなり、瑠璃は立ち上がる。

「本当に、ごめん」

部屋を出る前にもう一度謝ったが、やはり反応はなかった。バックヤードの扉を後ろ手で閉めた途端、鼻の奥がつんとする。

なんで――?

俊生を傷つけてしまったことに深く傷ついている己を自覚して、瑠璃は戸惑う。

全ての迷いを払うように大きく頭を振り、瑠璃は足早にその場から立ち去った。


八月最初の週末、瑠璃は敬一と共に、再び真鶴の別荘を訪れていた。

今度はホームパーティーではなく、敬一の結婚相手として認めてもらうための本格的な訪問だった。前回は日帰りだったが、今夜は二階のゲストルームに泊まることになっている。

浴室に天然温泉が引かれていると聞いたときは心が躍ったけれど、こうして四人だけで大きなパラソルの下のテラス席に着くと、瑠璃はどこかで気後れしている自分を感じた。

なんだかんだと躱《かわ》しつつ、敬一とはまだ関係を持っていない。敬一のほうもたいして性急ではなかったので、その点、瑠璃は助かっている。そうした理由が、いずれ結婚するのだからと鷹揚《おうよう》に構えられているのか、あるいはほかに理由があるのかは、定かではなかったが。

潮風に吹かれながら、瑠璃はちらりと隣の敬一の横顔に視線を走らせた。今日も仕立ての良さそうなシャツを着た敬一は、無表情で鞠子の手製のレモンスカッシュを飲んでいる。

相変わらず、なにを考えてるのかよく分からない男だよ……。

胸の裡で、瑠璃は独《ひと》り言《ご》ちた。

まさか、両親の別荘で手を出してくるとも思えないが、この家で入浴したり寝泊まりしたりすることが、この期《ご》に及んでも実感できない。

「いい天気になってよかったわね。今日は風も涼しいし」

一郎のグラスにレモンスカッシュを注ぎつつ、鞠子が海のほうに眼をやる。赤い唇がにっこりと笑みをたたえ、長い髪が潮風に躍った。テーブルの上には、ホテルのラウンジで出されるような綺麗な切り口のサンドイッチが並んでいる。

つられて視線を転じれば、八月の強い日差しを受けて、水平線の辺りがきらきらと輝いていた。蒼い大海原にダイヤモンドの欠片をちりばめたような光景に、瑠璃は思わず見惚《みと》れる。

「満月の時期は、あの水平線から大きなまん丸い月が昇るの」

鞠子の細く白い指先が、海の向こうをさした。

「雲のないときには、夜の黒い海に、銀色の月の道ができるのよ。まるで夢みたいな景色よ」

漆黒《しっこく》の海原に銀色の細い道が現れる情景を、瑠璃も思い浮かべてみた。聞こえてくるのは、遠い潮騒と虫の音《ね》だけ。どんなに美しい世界だろう。

「もう少し秋が近づくと、大きなオリオン座も水平線から昇ってくるの。もちろん朝日だって見えるし、ここからは、なんだって見えるのよ」

少し酔ったような調子で、鞠子が続けた。

「風が強すぎるな」

しかし、それをぴしゃりと遮るように、一郎が口を挟む。

「おまけに暑い。中に入るぞ」

提案ではなく、命令の口調だった。さっさと立ち上がりリビングに入る一郎のあとを、敬一が無言でついていく。

レモンスカッシュも、サンドイッチも、ここにあるのに。なにより、気持ちの良い海風と、蒼く輝く大海原がここにあるのに。

瑠璃はこの場に残って鞠子の話を聞いていたかったが、当の鞠子がトレイにサンドイッチやカトラリーをまとめ始めたので、それを手伝うしかなかった。

ラウンジ仕込みの手際でレモネードのピッチャーやグラスをトレイに載せて、リビングに足を踏み入れる。その途端、ソファにふんぞり返っている一郎に笑い出された。

「さすがは堂に入ったもんだな」

なぜ笑われているのか分からず茫然とした瑠璃に、一郎が畳《たた》みかけてくる。

「あんた、ホテルのラウンジのお運びさんなんだろ。どこでうちの息子に眼をつけたのか知らないが」

その言葉に、瑠璃は幾重《いくえ》にも衝撃を受けた。

〝お運びさん〟という言葉はもちろん、自分たちがマッチングアプリで知り合ったことを敬一が両親に告げていないらしいことにも、〝眼をつけた〟のが瑠璃のほうだと思われていることにも。

すかさず敬一を見やれば、きまり悪そうに視線を逸《そ》らされた。

「しかし、面白いもんだよな」

なおも可笑しそうに、一郎が二重顎を揺する。

「うちのも昔はお運びさんだったんだ。といっても、鞠子は夜のラウンジだけどな。まともな話もできないくせに、男を絡めとるのだけはうまかったんだ。料理も最初は全然できなくてな。高い金を払って、ホテルのクッキングスクールに通わせて、ようやく人並みになったわけだ」

「やめてよ、パパったら」

随分な言われようなのに、さして気分を害した様子もなく、鞠子が赤い唇で笑った。

「それに、お運びさんなんて、瑠璃さんに失礼ですよ。瑠璃さんは私と違って、格式あるホテルのラウンジスタッフなんですから」

「ホテルだろうとなんだろうと、お運びはお運びだろう」

「駄目ですよ。今はそういうこと、口にしちゃいけない時代なんです」

ねえ、と同意を求められて、瑠璃はためらう。

ここで頷いても、首を横に振っても、自分が傷つく気がした。口にしてはいけないだけで、心の中ではそう思っていることを、鞠子も認めているように感じたからだ。

「なにが時代だ。今、お前たちがのうのうと楽しんでいるこの時代を、一体誰が作ってきたと思ってるんだ」

「そりゃあ、もちろん、パパたちのおかげでしょうね」

間髪《かんはつ》を容《い》れぬ鞠子の答えに、一郎が満更でもない表情になる。

「まあ、分かってるならいいけどな。だったらその礼も兼ねて、もう少し、食べ応えのあるものを用意してくれよ。サンドイッチなんて、昼食でも食った気にならない」

ソファにもたれ、一郎は太った身体《からだ》を揺すった。

「それじゃあ、ビーフカツレツでも作りましょうか」

鞠子の言葉に、一郎が眼を輝かせる。

「そうだな。糖尿病なんてのは、結局、薬と注射で抑え込めばいいことだから」

「まずいものを食べて長生きするより、美味しいものを食べて長生きするっていうのが、パパの持論ですものね」

瑠璃からトレイを取り上げ、鞠子はキッチンへと向かっていった。

「座れば」

敬一にぼそりと促され、棒立ちしていた瑠璃は、おずおずとソファの端に腰を下ろした。

広いリビングなのに、息が詰まりそうな気分だった。体感温度の高そうな一郎に合わせているのか、部屋の中は冷房が利きすぎている。スリーブレスのワンピースを着ている瑠璃には寒いくらいだ。

お運びさん――。先ほど一郎からぶつけられた言葉が、まだ胸の奥に引っかかっている。

でも、実際、そうなのではないの?

どこか遠くで自問する声がした。

涼音のようにメニュー開発に心血を注いでいるわけでもないし、香織のようにラウンジをまとめているわけでもないし、朝子のように腕一本で製菓をしているわけでもないし、彗怜のように上昇志向があるわけでもない。

ただただ、ゲストに出来上がったメニューを運んでいるだけだ。

一郎の言い草に、傷つく必要なんてあるのだろうか。

そもそも自分は、ラウンジの仕事にたいした情熱を抱いていない。正直に言えば、最近は辞めたい気持ちのほうが勝《まさ》っている。

ラウンジ班のチーフの香織と、調理班のチーフの朝子の対立は、今やサポーター社員たちが気づくところまで深まっていた。

加えて、最近、秀夫の様子が少しおかしい。

基本的に陽気なタイプなのだが、このところ、妙にむっつりとしていることが多い。秀夫の不興は、毎日の賄いにも表れていた。試作も兼ねている秀夫の賄いは、セイボリーの残り物を使用しているとはいえ、従来のサンドイッチとは一味違い、瑠璃を含む多くのスタッフたちのランチの楽しみになっている。

ところが、ここ数日、ハムとチーズを挟んだだけの単調な賄いが続いていた。

それに……。

そこまで考えたとき、瑠璃の胸がちりちりと鈍く痛む。

バックヤードでの言い合い以来、俊生とはずっと気まずい状態が続いていた。できるだけ明るく声をかけても、捗々《はかばか》しい返事がかえってこない。業務上、必要最低限のやりとりはしているが、視線が合うことはない。完全に嫌われてしまったようだ。

そう認めると、瑠璃は一層気持ちが沈んだ。

あんなオタクにどう思われようが、知ったことじゃないはずなのに。

落ち込んでいる自分が不甲斐《ふがい》なくて、瑠璃は無理やり気持ちを奮い立たせた。

今、自分はそんなことを、くよくよと思い悩んでいる場合ではない。この婚活を成功させ、駐妻待遇を手に入れ、ぎくしゃくするばかりのラウンジから華麗に卒業してやるのだ。

そのためなら、鞠子のように「パパたちのおかげ」と話を合わせ、この場にいることを楽しむほうが、ずっと得策だ。

やがて、鞠子が揚《あ》げたてのビーフカツレツをテーブルに運んできた。たっぷりのラードで揚げたらしいカツレツは、ボリュームがあって美味しそうだ。一瞬、敬一も手を出そうとしたが、鞠子はなぜかそれを払うようにして一郎の前だけに置いた。一郎が当たり前のように一人で食べ始め、敬一が微かに落胆の色を浮かべる様子を、瑠璃は無言で眺めた。

「さあ、私たちもいただきましょう」

なんでもないように鞠子が両手を合わせる。

瑠璃は敬一と並び、見た目は綺麗だが冷たいサンドイッチを、クーラーの利きすぎたリビングで黙々と食べた。

「瑠璃さん、せっかくだから、日のあるうちにお風呂に入ったらどうかしら。二階のお風呂からも、大きな海を見渡せるのよ」

昼食を食べ終えてキッチンで後片付けを手伝っていると、鞠子がにこやかに勧めてくれた。

「え、いいんですか」

瑠璃は思わず、敬一たちがいるリビングの方向を見やる。

「大丈夫よ。後片付けなんてある程度は食洗器に任せられるし、この後、パパと敬ちゃんには瑠璃さんが持ってきてくれたデザートを出しておくから。遠慮《えんりょ》しないでゆっくり入ってきて。うちのお風呂は源泉かけ流しよ」

そう言われると、心が惹かれた。食事の間中冷房に当たり続け、すっかり身体が冷えてしまっていたし、なにより、一人になれるのが嬉しかった。

鞠子が用意してくれたふかふかのタオルを手に、瑠璃は二階に上がった。脱衣所に入れば、そこからも蒼い海原が見える。しっかりと扉を閉め、瑠璃は大きく息を吐いた。

優しい鞠子はともかく、傲岸《ごうがん》な一郎と離れられてホッとする。

瑠璃は洗面所の鏡に映る自分の姿を眺めた。今日はウォータープルーフでがっちり顔を作ってきたので、温泉に入っても大丈夫なはずだ。

とにかく、身体を温められればそれでいい。

ふと、日差しが陰った気がして、窓の外に視線を移す。先ほどまで雲一つなかった空に、暗い雲が広がり始めていた。遠くから、ごろごろと低い雷鳴も聞こえてくる。また、一雨くるのだろうか。

温暖化のせいなのか、最近の日本の夏はスコールがあると言ってもいいくらいに突発的な大雨がよく降る。しかも、傘《かさ》が役に立たないほどの激しい豪雨だ。

せっかくだから、海が蒼く見えるうちに湯船に浸かろうと、瑠璃はスリーブレスのワンピースのファスナーを下げた。ワンピースがすとんと床に落ち、下着姿になる。

その瞬間、信じられないことが起きた。

いきなり乱暴に扉があけられ、一郎が脱衣所に入ってきたのだ。あまりのことに、瑠璃は悲鳴をあげることもできなかった。

ブラジャーのホックに手をかけたまま硬直している瑠璃をじろじろと眺め、一郎はふんと鼻を鳴らした。

「なんだ、いたのか」

侮蔑《ぶべつ》に満ちた、しかし、明らかに好色な眼つきだった。

慌《あわ》ててタオルで身体を隠した瑠璃に、まったく悪びれた様子もなく一郎が笑う。

「随分、大げさな反応だな。嫁になろうとしてるくせに。あんた、この家に入り込みたいんだろ？」

一郎は口の中で、なにかを小さく呟いた。それが「小娘が」という罵《ののし》りだと気づいたとき、瑠璃の中でなにかがぷつりと切れた。

この男、絶対わざとここへきたのだ。

「ふざけんな、クソジジイッ！」

気づくと瑠璃は声の限りに叫んでいた。

思わぬ反撃に、一郎が虚を衝《つ》かれたような表情になる。その隙に瑠璃は力一杯タオルを投げつけ、頭からワンピースをかぶると脱兎《だっと》の如《ごと》く脱衣所を飛び出した。

一目散に階段を駆け下りリビングに入るなり、自分のバッグを引っつかむ。ワンピースのファスナーを上げながら出ていこうとする瑠璃に、敬一がぎょっとした顔になった。

「なにやってんだよ、瑠璃」

「うっせえ、バカ！　あの親父、おかしいよ。あんたも、おかしい。こんなところにこれ以上いられっか！」

乱暴に吐き捨て、廊下を走って玄関に向かう。瑠璃の素の口調に敬一が仰天していたようだが、もう知ったことではない。靴を履《は》くのもまどろっこしく、瑠璃は苛々とローファーのかかとを踏んで表へ出た。

一刹那《いっせつな》、周囲がぴかっと真っ白に光る。

「ひゃっ」

悲鳴をあげて数歩後じさるのと同時に、恐ろしいような雷鳴が轟《とどろ》いた。ぽつり、と、大粒の雨が頭上に当たる。

ぽつり。ぽつり。ぽつり。

瞬く間に地面に黒い染みができ、次いでバケツをひっくり返したような大雨が降り出した。瑠璃は一瞬怯《ひる》んだが、もうあの家に戻るわけにはいかない。覚悟を決めて、滝のような雨の中に足を踏み出そうとしたとき、背後で声が響いた。

「瑠璃さん！」

振り向くと、赤い傘をさした鞠子が、折り畳みの傘を差し出している。即座に首を横に振り、瑠璃は立ち去ろうとした。

「無理よ」

甲高い声が追ってくる。

「ここは私道だから、相当下まで降りないとタクシーもバスもつかまらない。それに全身びしょ濡れになったら、電車にだって乗れないでしょう」

冷静に考えれば、鞠子の言うとおりだった。瑠璃は仕方なく、鞠子の差し出す折り畳み傘を受け取る。

「……すみません」

小声で礼を言い、傘を開いた。傘をさしていても濡れてしまう土砂降りの中に鞠子を立たせておくのが忍びなく、瑠璃は告げた。

「もう平気なんで、早く家に戻ってください」

しかし、それを遮るように鞠子が続ける。

「あなたなら、大丈夫じゃないかって、思ったんだけど」

「え……？」

「だってあなた、昔の私に似てるもの。趣味がお菓子作りっていうのも嘘だし、その顔も作り物でしょう？　そういうところまでそっくり。でも、別にいいのよ」

強い風を受けながら、鞠子が瑠璃を見つめた。

「結婚さえしちゃえば、こっちのものじゃない」

以前、涼音に伝えたのと同じ台詞《せりふ》を聞かされ、瑠璃は呆気《あっけ》にとられる。

「パパはただの田舎者の成金よ。確かにお金を稼ぐのは上手だけれど、それ以外は、教養もないし、空っぽ。ホームパーティーにくる人たちだって、みんなそう思ってる。だから、とっくの昔に終わっちゃった時代に、いつまでもしがみついているの。悲しいものよ。どれだけバカにされたって、臆《おく》することなんて一つもない」

半ば憐《あわ》れむような口調だった。

「それに、パパはもう七十過ぎてるし、大抵の場合、男の寿命は女より短いんだし」

鞠子の真っ赤な唇が、ゆったりと弧を描く。

「節制もせず、美味しいものばかり食べて長生きする人なんて、そうそういやしないわよ。特に、糖尿病の患者はね」

それじゃ——。

瑠璃の背筋にぞくりと冷たいものが走った。

フライパンに投入された巨大なバターの塊。チョコレートたっぷりの濃厚なガトーショコラ。ラードで揚げたカツレツ。

こってりした料理を、鞠子が一郎にだけ出し続けている本当の意味は……。

いつもたたえられている鞠子の優しげな笑みが、これまでとはまったく違うものに見えた。

「そうなれば、この別荘は私のものよ。海から昇る朝日も、満月も、オリオン座も、全部、全部、私と敬ちゃんのもの」

ぴかっと周囲が光り、雷鳴が轟く。

激しい雨の中、長い髪を風になぶられながら、鞠子が赤い唇で微笑んでいた。

妙な家族だと思っていたけれど、一番おかしいのは、一郎や敬一ではない。

誰よりもおかしいのは――。

すっかり恐ろしくなり、瑠璃は急いで踵《きびす》を返す。一刻も早く、この場を立ち去りたかった。

「敬ちゃんは、パパほど酷くないわよ」

唄《うた》うような鞠子の声が、背後から追いかけてくる。

「パパがいなくなったら、三人で仲良くやりましょうよ」

瑠璃は二度と振り返らず、たたきつけるような雨に抗《あらが》い、公道目指して一目散に坂を駆け下りていった。


その日は、平日にもかかわらず、午前中からラウンジは満席だった。

八月の半ばに入り、お盆休みが始まったせいだろう。人気の白桃アフタヌーンティーを目当てに集まるゲストで、連日フルブック状態が続いている。

だが、忙しいほうが、いっそ気が紛れて有難い。

瑠璃は朝から大車輪で〝お運び〟をしていた。蒸し暑さのせいか、爽《さわ》やかなライムフレーバーのアイスティーがよく出た。

入り口近くの席では、ソロアフタヌーンティーの鉄人が、今日も一人でカカオブレッドのサンドイッチをつまんでいる。いつもの窓際の席を案内できなくて申し訳なく思ったが、ラウンジの混雑を見て取ると、鉄人は穏《おだ》やかな表情で席に着いてくれた。

涼音であれば、一人客でも常連を優先的に窓側の席に案内するだろうが、そこは香織の采配《さいはい》だ。瑠璃とてその指揮に異存はない。それにこの日は朝から曇り空で、庭園の緑も、いつもよりくすんで見えた。

忙しいながらも、午前中の時間は淡々と流れていく。

このまま、何事も起きなければいいんだけど……。

パントリーで、サポーター社員たちと一緒にアイスティーやシーズナルティーの用意をしながら、瑠璃は少々不安な気持ちに襲われた。

今日は正午に、カスハラジジイこと篠原和男の予約が入っている。前回と同じく、女性二人を連れての来店予定だった。

厄介なことに、こんな日に限って秀夫が急遽《きゅうきょ》休みを取った。なんでも、家族に緊急事態が起きたのだそうだ。

〝家族じゃなくて、元家族だけど〟

連絡を受けた香織に、秀夫はそう弁明したらしい。

シニアスタッフの秀夫が熟年離婚をしていることは、周知の事実だ。なんでも関西で古典菓子の店を潰《つぶ》した後、東京で雇われシェフに戻りようやく借金を返済した矢先に、それまでずっと支えてくれていた奥さんから「もう大丈夫でしょう」と別れを切り出されたのだそうだ。

とはいえ、かつてイヤーエンドアフタヌーンティーにきていた奥さんと娘さんと、秀夫は和やかに話していた。その姿は、今なお仲睦《なかむつ》まじい家族に見えた。

あの真鶴の別荘の人たちよりもよっぽど……。

もう一つの、いびつな家族の姿が脳裏に浮かぶ。

先週末、瑠璃は初めて自分から敬一を呼び出した。駅のコーヒーチェーン店で、鞠子から貸してもらった折り畳み傘を返し、もう二度と会うつもりはないとはっきりと告げた。

敬一はしばらく黙っていたが、やがてぼそりと呟くように言った。

〝瑠璃は、最初から俺のこと、別に好きじゃなかったでしょ〟

もう隠す必要もなかったので素直に頷いたけれど、それはお互い様だと思った。

〝敬一さんだって、そうですよね〟

瑠璃の問いかけに、敬一は苦虫を嚙み潰したようなゆがんだ笑みを浮かべた。

〝でも、うちの両親もそうだからな……〟

そのとき瑠璃は、出会ってから初めて、敬一の本音に触れた気がした。

〝親父は若くて綺麗な女が欲しかっただけで、お袋は親父の金が欲しかっただけだ。愛情なんて、今はもちろん、最初からなかったんじゃないのかな。それでも夫婦にはなってる〟

敬一が淡々と語るのを聞きながら、瑠璃は改めて考えた。

結婚って、一体なんなんだろう。

それを契約だと割り切ることが、敬一たち家族のいびつさを知ってしまった瑠璃にはもうできそうになかった。

鞠子とて、最初のうちは夫の早死にを望むほどゆがんでいたわけではなかったのだろう。ただ、夫から繰り返される無意識の侮りを受け流し続けるうちに、胸の中に流し切れない澱《おり》が溜《た》まり、溜まりに溜まったそのよどみから、恐ろしい夜叉《やしゃ》が生まれたのではないだろうか。

〝それでも、敬一さんは結婚したいんですか〟

そう尋ねずにはいられなかった。

〝まあ、それを望まれているからね〟

望んでいるのが、両親なのか、会社なのか、それとも世間一般的なことなのか、瑠璃にはよく分からなかった。

〝敬一さんは、どうしてマッチングアプリなんかで相手を探しているんですか〟

これが最後なので、以前から一度聞いてみたかったことを口にしてみた。敬一の経歴があれば、アプリに頼らなくても相手を探せるのではないかと思ったのだ。

〝俺、女性に好かれないから〟

しかし、敬一の答えは予想外のものだった。

子どもの頃から、異性とうまくいかないのだと、敬一は続けた。

〝お袋とですら、そうなんだ。あの人がご馳走を作るのは、いつも親父にだけだよ。子どもの頃、手を出そうとして、いきなりはたかれたこともある〟

これはパパのよ――。

ぴしゃりと手をはたいた母の顔が、まるで般若《はんにゃ》のように見えたという。

〝親父のことなんか、たいして愛してるわけでもなさそうなのに、食卓でえこひいきするんだ。あれはきつかった〟

寂《さび》しげな笑みを見て、ビーフカツレツが一郎の前にだけ置かれたとき、敬一が微かに落胆の色を浮かべていたことを思い出した。

〝だから、条件で寄ってくる子で充分だって思ったんだ〟

ちげーよ！

あのとき瑠璃は、店内の人が驚くような声で敬一の自嘲めいた言葉を遮った。

「ちげーんだよ、バカ……」

誰にも聞かれないように、パントリーの隅で瑠璃はもう一度呟く。

一流大学を出て、大手総合商社に入った敬一は、勉強や仕事はそれなりにできる人なのだろう。だけど、色々と間違っている。

鞠子が過度に高カロリーな料理を敬一に出さないのは、父親と同じ遺伝子を持つ息子が糖尿病を発症するリスクを下げるためだ。それは彼女が、一人息子の敬一のことだけは愛している証拠に他ならない。

しかし、その間違いの起因となっているのが、恐らく寂しさや悲しみであることが、瑠璃の心を一層切なくさせた。

〝あんたさ、あの親父はともかく、お母さんとはちゃんと話したほうがいいよ。親父の病気のことも含めて、子どもの頃、あんたがしんどい思いをしたこととかも、もっといろいろ〟

最後の最後に告げた言葉が、どこまで敬一に伝わったのかは分からない。それで、あの家族がどうにかなるのかもまったく想像がつかない。

だけど、あの混雑したコーヒーチェーン店で、ようやく自分たちはほんの少しだけまともに向き合うことができたのだと瑠璃は思った。

高級フレンチやイタリアンのお店での空疎なやりとりより、ごみごみした店内で交わした十分ほどの会話のほうが、ずっと心に刻まれている。

「うわー、きた」「私、絶対、近づきたくない」

サポーター社員たちのざわめきに、回想に浸っていた瑠璃は、現実に引き戻された。

「篠原さま、どうぞこちらへ」

チーフの香織直々のアテンドで、ぱりっとしたサマースーツを着た篠原と、三十代と思しき二人の女性が窓側の席に案内されている。

女性は、前回とは違う人たちだった。

「すごい、すてき」「桜山ホテルのラウンジ、一度きてみたかったんです」

庭園を見渡せる席に案内され、はしゃいだ声をあげている。

女性たちの興奮ぶりに満足げな表情を浮かべた篠原が、横柄な調子で香織に尋ねた。

「今日、シェフは？」

「申し訳ございません。本日は、ラウンジが混んでおりますので、厨房を離れられないかと。篠原さまの再訪を大変喜んでおりましたが」

香織が丁寧に頭を下げる。

「すごぉーい、篠原さんって、シェフともお知り合いなんですね！」

女性のうちの一人に感嘆され、篠原はますます鼻を高くしていた。

「一回きただけのくせにね」「しかも、そのときクレーム対応に当たったのって、セイボリーの須藤《すどう》シェフだよ」「ええっ、山崎シェフじゃないの？」「園田《そのだ》チーフがそうさせたの」「それじゃ、またシェフを呼べって騒がれたら、どうするんだろう。今日、須藤シェフ、いないじゃない」

パントリーから様子を窺いつつ、サポーター社員たちがひそひそと囁《ささや》き合う。

瑠璃はできるだけ篠原たちを視界に入れないようにして、シーズナルティーの準備に専念した。

「なんだ。このラウンジは、相変わらず三段スタンドなんかを使ってるのか」

ところが、篠原の傍若無人《ぼうじゃくぶじん》な声はここまで響いてくる。

「前にも言ったけれど、本場では、三段スタンドは、料理をいっぺんに出してしまいたい手抜きのときにしか使わないんだよ。ロンドンの老舗《しにせ》ホテル、クラリッジスでは、アフタヌーンティーはコース仕立てで出すのが常識でね……」

またしても、前回と同じような御託《ごたく》を滔々《とうとう》と並べ始めた。あまりの大声に、入り口近くの席のソロアフタヌーンティーの鉄人まで、少しびっくりしたように顔を上げる。

だが、篠原が香織を捕まえて説教でもするかのようにくどくど持論を垂《た》れているのを一瞥《いちべつ》すると、鉄人はすぐに手元のスコーンに視線を戻した。

慣れた手つきでスコーンを綺麗に割り、白桃のジャムとクロテッドクリームをたっぷり載せて口に運んでいる。

〝こういうのって、マインドフルネスとも言いますね〟

以前、鉄人がラウンジでの時間をそう話してくれたことがある。

いつも一人でラウンジを訪れる常連の女性が、偶然鉢合《はちあ》わせた同僚たちに「アフタヌーンティーは社交の場なのに、ぼっちでくるなんてありえない」とからかわれていたときだ。

涼音がその起源を語り、アフタヌーンティーは社交だけでなく、一人でじっくり楽しむこともまた本来の在《あ》り方《かた》なのだと説明をしてみせた。

余計なことはなにも考えずに、ひたすら美味しいものを満喫《まんきつ》する——。

そのとき鉄人が、眼の前のことに集中して自らを解放する瞑想《めいそう》法を持ち出して、涼音に加勢してくれたのだった。

きっと、今も鉄人は、周囲のことなど一つも気にせず、純粋にアフタヌーンティーを楽しんでいるのだろう。

ゲストがみんな、そうであってくれたらいいのに。

まだ香織を捕まえている篠原のしたり顔を、瑠璃はちらりと見やった。

本場の知識なんて、ひけらかしたりしてないで……。

あれ以来、一人客の常連だった西村京子《にしむらきょうこ》はあまりラウンジを訪れなくなったが、今も交流のある涼音から、転職をして頑張《がんば》っているのだと聞かされたことがある。

そこへ、空になったスタンドを満載したワゴンをのろのろと押しながら、俊生がパントリーに戻ってきた。

「長谷川《はせがわ》くん、それ、急いで洗い場に下げてきて。調理班から次のスタンドがくるから」

ようやく篠原から解放された香織が、戻りしなに指示を出す。

「特に、七番テーブルはあまり待たせないで。あの人、本当にうるさいからね」

篠原たちのテーブルを振り返り、香織はハーッと大きく息を吐いた。

「了解です、園田チーフ」

俊生は頷いて、やっぱりのろのろと洗い場へ向かっていく。瑠璃とは視線を合わせようとしなかった。瑠璃の胸がちりりっと痛む。

「瑠璃ちゃん、ちょっと休憩に入らせてもらうけど、なにかあったらすぐに呼んでちょうだい」

余程神経を使ったのか、香織は蒼白い顔でそう言った。

「了解ですぅ、お疲れ様ですぅ」

瑠璃はいつもの調子で、敬礼してみせる。本当に疲れ果てた足取りで、香織はパントリーを出ていった。

「園田さんが対応を引き受けてくれたのは、チーフとして当然だと思うけど、あんまりいい気にさせないで欲しい。あんなのに常連になられたりしたら、最悪だもの」「本当、本当。ああいうお客にまで、いい顔する必要なんてないよね」

その後ろ姿を見送りながら、サポーター社員たちがひそひそ話している。ラウンジを護《まも》る香織も大変だと、瑠璃は内心溜め息をついた。

それからは、ラウンジを回って、お茶のお代わりに気を配った。桜山ホテルのラウンジでは、制限時間以内であれば、好きなだけお茶の種類を楽しめる。分厚いメニューブックに載っている様々なティーコレクションの中から次に飲むお茶を選ぶのも、アフタヌーンティーの醍醐味《だいごみ》の一つだ。

「マンゴーと薔薇《ばら》の花びらをブレンドしたフレーバードティーなどいかがでしょう」

瑠璃が本日のスペシャリテ、ピーチのエクレールに合うお茶を紹介していると、突然、窓側のほうから大きな声が響いてきた。

「だから、なんでこんなものがスペシャリテなんだ！」

視線をやれば、ワゴンでスタンドを運んできた俊生が、篠原に怒鳴りつけられている。

「いいかい？　エクレールっていうのはね、チョコレートかモカ風味が本流のお菓子なんだぞ。それを、ピーチ風味って、一体、どういう了見だ。前回話したシェフは、ちゃんと古典菓子に見識のある人だったぞ」

よく見ると、俊生の肩が小刻みに震えていた。

まずい。

俊生が圧迫面接に耐え切れず、新卒入社に失敗したという話を、瑠璃は頭の片隅で思い出す。老婦人たちの愛情のある絡みはともかく、初老の男性からの圧力に、俊生はめっぽう弱いはずだ。

「で、ですが……、今回は白桃がテーマのアフタヌーンティーですから……」

途切れ途切れに、俊生が反論し始める。

「なにを言ってるんだ。君じゃ話にならないから、シェフを呼びなさいって、さっきから言ってるだろうが」

篠原の声がますます大きくなった。

あのバカ。

ヘタレのくせに、クレーマー相手に反論を試みるとは――。

急いでオーダーをとると、瑠璃は接客していたテーブルを離れた。黒いワンピースのシームポケットに手を入れる。スマートフォンを探りながら、瑠璃は暫し考えた。

ここで香織を呼び出せば、恐らく平謝りの方向で収拾を図ることになるだろう。下手をすれば、言い返した俊生が叱責《しっせき》されることにもなりかねない。チーフの香織が護っているのはラウンジであって、ラウンジスタッフではないからだ。

もしそんなことになれば、俊生はこのラウンジにもいられなくなるのではないだろうか。

瑠璃はふと、篠原の連れの女性たちが、白け切った表情をしていることに気がついた。一人の女性に至っては、顔を赤くして俊生を怒鳴りつけている篠原をよそに、無言でぱくぱくとセイボリーを食べている。

ひょっとするとこの二人は、かつての篠原の部下だったのかもしれない。ご馳走してもらえるならと、定年退職した上司の誘いに乗っただけなのかも分からない。

うるさいジジイだけど、アフタヌーンティーは食べたいものねー。差《さ》しは嫌だけど、二人なら、なんとか我慢できるかもねー。

そんなふうにほくそ笑み合う二人の姿が、脳裏をよぎった。

前回も部下らしい女性たちを連れていたけれど、美味しいものを一緒に食べたいと心から思う人が、篠原にはほかにいないのだろうか。

〝悲しいものよ〟

ふいにどこかから、鞠子の声が響く。

〝バカにされたって臆することなんて、一つもない〟

そのとき、表がぴかっと光った。

今日は朝からずっと天気が悪かったが、ついに雨が降り始めたようだ。ごろごろと低い雷鳴も聞こえる。

瑠璃はスマートフォンを探るのをやめ、覚悟を決めて窓際のテーブルに足を踏み出した。

「篠原さま、本当に勉強になりますぅ」

七番テーブルに近づき、瑠璃は小首を傾げて声をかける。篠原がこちらを見た隙に、俊生にワゴンを下げるよう、後ろ手でジェスチャーした。

俊生は茫然としていたが「早くワゴンを下げて。それから、二番テーブルさんに、マンゴーと薔薇のフレーバードティーを」と少し強く囁くと、ぎこちなく頷いてパントリーに足を向けた。

ちらりとこちらを見た俊生の眼の縁が、うっすらと赤くなっていた。

「なんだ。君みたいな、ものを知らなそうな若い娘に用はない。早くシェフか、そうでなければ先ほどの女性を呼びなさい」

篠原が不愉快そうに瑠璃をにらみつける。

「ここのラウンジのスタッフは、本当に教育がなってない。エクレールがなんなのか、少しも分かってないじゃないか」

「申し訳ございません、篠原さま」

如才《じょさい》なく篠原に近づき、瑠璃は窓の外を指し示した。

「ですが、今日はエクレールにお誂《あつら》え向《む》きの日ですよぉ、篠原さま」

まるでタイミングを合わせたかのように、庭園の上の空にぴかりと白い閃光《せんこう》が走った。

「本当に最近雷が多いですけど、エクレールってフランス語で稲妻っていう意味なんですよねぇ」

瑠璃の言葉に、篠原が虚を衝かれたような顔つきになる。どうやら、彼もそれは知らなかったようだ。

「へー、お菓子なのに、なんで稲妻なの？」「本当、不思議」

連れの女性たちが、興味を惹かれたように声をあげた。

「それには諸説があるようですけれど、篠原さまはもちろんご存じでいらっしゃいますよねぇ」

瑠璃の問いかけに、篠原が押し黙る。

桜色の唇に瑠璃は笑みを浮かべた。きっとその笑い方は、鞠子にそっくりだったかもしれない。

だけど、私はあなたにとどめを刺したいなんて思わない。

黙ってくれれば、それでいい。

若い私たちを怒鳴ることでしか自分を保てないあなたは、既に充分に悲しいから――。

「焼き上げたときに表面にできるひび割れが稲妻みたいに見えるから、上にかけたアイシングがきらきら光るから、美味しいクリームが飛び出さないように稲妻のようにあっという間に食べるべきだから……そういった説が、あるようでございますぅ」

瑠璃は二人の女性に向けて、涼音から聞いた蘊蓄《うんちく》を披露《ひろう》した。

「へー、面白ーい」

女性たちが、顔を見合わせてはしゃぐ。

「篠原さま、すぐにお茶のお代わりをお持ち致しますね。シーズナルティーでよろしいでしょうかぁ」

篠原のカップが空になっていることに気づき、瑠璃は恭《うやうや》しく頭を下げた。

「ああ、それでいいよ」

憮然《ぶぜん》とした表情で、篠原が顎をしゃくる。不機嫌そうではあったが、もう、ピーチ風味のエクレールが本流ではないという話を蒸し返そうとはしなかった。

ひょっとすると、瑠璃が「ものを知らない若い娘」ではなかったことに、少なからぬショックを受けているのかも分からない。

全部スズさんの受け売りだけどね……。

心の裡で苦笑して、瑠璃は七番テーブルを離れた。

パントリーへ戻る途中、入り口付近の鉄人が、軽く手を挙げて瑠璃を呼んだ。お茶が足りていなかったかとテーブルへ向かうと、鉄人はおもむろに胸ポケットからなにかを取り出した。

瑠璃はハッと眼を見張る。

これまでの篠原との攻防を見守ってくれていたらしい鉄人が労《ねぎら》うように差し出したのは、薄紫色の菫《すみれ》のシルクフラワーだった。

庭園の緑、江戸風鈴、シダが影を落とす清流、木漏れ日を散らす青もみじ。そして、手製のシルクフラワーや、ビーズアクセサリー。

数珠《じゅず》つなぎに、画像投稿サイトの美しい写真が甦《よみがえ》る。

「クリスタさん？」

思わずアカウント名を呟いた瞬間、鉄人が少し驚いた顔になる。

「あのすてきなインスタグラムの……」

しかし瑠璃がそう続けると、鉄人は合点がいったようににっこりと笑い、

「はい」

と深く頷いた。


雨上がりの緑の匂いがする。

篠原一行を含む正午のゲストたちを送り出してから、瑠璃は昼休憩のためにバックヤードに入った。外の空気を吸いたくて、珍しく、出窓をあけてみた。

雨はやんでいたが、旺盛に茂る木々の葉から、時折雫《しずく》が落ちる。分厚い雲が流れて日差しが戻り、くすんでいた緑が輝きを取り戻していくのを眺めながら、瑠璃は大きく深呼吸した。

それにしても――。

シームポケットから、菫のシルクフラワーを取り出す。

あのお洒落なアカウントの主が、まさか中年男性だったとは。

でも、考えてみれば鉄人は、季節ごとにこのホテルを訪れているのだ。紅葉、椿《つばき》、桜、新緑、

蛍、清流と、最高のシーンを切り取っていても不思議はない。

ちょっと冴えないオジサンが、庭園の美しさに一つ一つ眼をとめていたり、こんなに可愛らしいシルクフラワーを手作りしたりしているところなど、なんだか想像できないけれど。

すてきな淑女《しゅくじょ》や紳士《しんし》の真骨頂《しんこっちょう》に、性別は関係ないのかもしれないと瑠璃は考えた。

実のところ、こうした思い込みで見えなくなってしまっている真実が、些末《さまつ》なものから大きなものまで、この世界にはたくさんあるのかもしれない。

出窓をあけたまま、瑠璃はテーブルに着く。今日は秀夫が休みなので、コンビニエンスストアでおにぎりを買ってきた。早めに食事を済ませてラウンジへ戻らなくてはならない。午後からもたくさんのゲストがやってくる。

瑠璃がツナマヨネーズのおにぎりを食べていると、控えめなノックと共にバックヤードの扉があいた。同じようにコンビニの袋を下げた俊生が、瑠璃の姿にハッとしたような顔になる。

気まずい沈黙が、バックヤードに満ちた。

「昼？」

瑠璃が言わずもがなのことを口にすると、俊生は無言で頷いてテーブルの一番端の席に座った。

どうしよう……。

なにか話しかけるべきだろうか。それとも、さっさと食べ終えて、部屋を出るべきだろうか。

ぐるぐる考えていると、突然、俊生がテーブルに身を乗り出した。

「あ、あの……！」

「なに？」

緊張のあまり、愛想のない声が出てしまう。

俊生は一瞬怯んだが、覚悟を決めたように瑠璃を見た。

「先ほどは、ありがとうございました」

深々と頭を下げられて、なぜだか頬に血が上る。

「助けていただいて」

「べ、別に」

「本当に助かりました」

「だから、別にあんたを助けたわけじゃないから」

なぜ、こんな言い方しかできないのか。

瑠璃は密かに顔をしかめる。

私は陽キャでパリピの瑠璃ちゃんなのに。なんで、こんな陰キャのオタク相手にうまく話ができないの？　なんで、こんなに緊張してるわけ？

要領だけはいいはずなのに……。

おにぎりを無理やり口に押し込むと、瑠璃は立ち上がった。これ以上二人きりでいることに、耐えられそうになかった。

「林先輩！」

しかし、部屋を出ようとした瞬間、俊生に呼びとめられた。

「林先輩が必要です」

「はあ？」

びっくりして聞き返すと、俊生が耳まで真っ赤になる。

「いや、そうじゃなくて。そ、そういう意味じゃないんですけど……」

しどろもどろになりながらも、俊生は懸命に続けた。

「前に、林先輩は自分のことを、ラウンジに必要不可欠な人材じゃないとか言ってたじゃないですか。あれ、全然違いますよ。林先輩がいなくなったら、ラウンジは持ちません」

俊生が席を立ち、瑠璃のところまでやってくる。眼の前に立たれて、瑠璃は焦った。

こいつ、こんなに大きかったっけ。

いつも背中を丸めてワゴンを押している姿ばかり見ているせいか、俊生の上背の高さに改めて驚く。

「林先輩、いつも周囲をよく見てくれてるじゃないですか。俺がとろいのもカバーしてくれてるし、ほかのサポーターさんたちがお喋《しゃべ》りしてるのをやんわりとめてくれるし、園田チーフと山崎シェフの衝突が決定的にならないように、いつだって気を配ってるじゃないですか」

真剣な表情で、俊生は瑠璃を見つめた。

「そんなことできる人、林先輩しかいません。自分のこと、ただのパリピとか言うの、やめてください。林先輩は、このラウンジに必要な人です。だから……」

一瞬言葉を呑むと、俊生が思い切ったように言う。

「身売りするみたいに、駐妻になるのやめてください！」

「うっせえっ」

反射的に叫んでいた。

「言われなくても、駐妻なんかならねえよ。っていうか、婚活失敗した！」

その途端、俊生の表情がぱあっと一気に明るくなる。

「失敗したんですかぁ。そうですかぁ」

「なに、嬉しそうな顔してるんだ、眼鏡！」

思い切り怒鳴りつけたのに、俊生は心底嬉しそうに満面に笑みを浮かべた。

「それじゃあ、まだまだラウンジにいていただけますよね」

「たりめーだろ。婚活失敗したんだから」

「いやあ、よかったぁ。失敗して、よかったぁ。林先輩がふられて、本当によかったぁ」

「てめえ……」

瑠璃は眉を逆立てかけたが、不躾《ぶしつけ》なほど「よかった」と繰り返している俊生の様子を見ていると、胸の中にずっとかかっていた靄《もや》が、不思議と綺麗に晴れていくのを感じた。

どうして？

俊生を傷つけたことに深く傷つき、俊生が喜んでいることに深く安堵《あんど》している自分を認め、瑠璃は戸惑う。

これじゃ、まるで……。

私は要領のいい、陽キャでパリピの瑠璃ちゃんなのに、こんな調子はずれの陰キャのオタクの顔色や動向に、一喜一憂《いっきいちゆう》してるだなんて。

世の中は、なんてままならないんだろう。

ハイスペに近かった敬一にはどう思われようとまったく構わなかったのに、年下で非正規で寝癖で眼鏡でとろくて、おまけに鉄っちゃんの俊生に嫌われてしまうのは怖い。

そう自覚した瞬間、はたと気づく。これまで〝契約〟のための婚活を平然としてこられたのは、己の臆病さに目をつぶっていたからだ。

安全圏から理想の男性同士の恋愛を眺めて妄想にふけるＢＬ好きの女性たちのことを、自分は全然笑えない。

　現実の恋愛から目を背けていたのは、私も同じだ。

　ああ、恋って怖い――。

　その段階の向こうの結婚は、もっともっと怖い。

　一足飛びに、人の心は通わない。ときに、傷つけ合ったり、誤解し合ったり、諍《いさか》いをしたり、面倒な段階を経ることなしに、他者との本当の関係は築けない。

　そこに、タイパのいい近道《ショートカット》はどこにもない。

　それでも瑠璃は、段階を踏んでいきたいと思える相手が眼の前にいることに、悔《くや》しいけれど、喜びを感じてしまう。

　その人から、「必要だ」と肯定してもらえたことに、眼と鼻の奥がじんと熱くなる。

　ふいに部屋の中が明るくなった。出窓から、柔らかな光が差し込んでいる。

　瑠璃と俊生は、自然と窓辺に近づいた。

「あ！　林先輩、見てください」

　俊生が指さした先に、虹《にじ》がかかっている。

　赤、黄色、水色……。滲むようなグラデーションが、木々の上に緩やかなアーチを描いていた。

　激しい稲妻と雨の後、美しい虹を生む自然の摂理に瑠璃は打たれた。願わくは、人と人との諍いも、こんな結果に終わって欲しい。

　この虹に、たくさんの人たちが気づきますように。

　その中に敬一や鞠子も交じっていればいいと、心のどこかで小さく願う。

「晴れましたね」

にっこりと見下ろされ、瑠璃はやっぱり悔しくなる。

悔しいけれど、嬉しい。嬉しいけれど、怖い。怖いけれど、胸が高鳴る。

この先は、きっと厄介だ。

「うっせえ、眼鏡」

頬が赤くなるのをごまかすように呟いて、瑠璃は俊生と並んで虹を見上げた。

第三話

クイニーアマン

都心に向かう鎌倉《かまくら》街道は空《す》いていた。

ワンボックスを順調に走らせながら、達也《たつや》は見納めのようにのどかな風景を眺める。朝早く郊外に向かい、一仕事終えてから、帰宅する途中だった。

民家に交じり、時折、田畑が広がる。その向こうに連なる青い山並みは、丹沢《たんざわ》山地だ。道路端《はし》に火《ひ》の見櫓《みやぐら》が残っているのを発見し、達也は自分が生まれた茨城《いばらき》の田舎町《いなかまち》を思い出した。

でも、ここも東京なんだよな……。

東京も県境《けんざかい》までくると、車窓の風景は、故郷《こきょう》の街並みとたいして変わらない。

車内にさし込む日差しに眼を射《い》られそうになり、達也はルームミラーに取り付けたサンバイザーを下ろした。九月になっても相変わらず残暑が厳しいが、日が暮れるのだけは随分と早くなった。まだ四時を過ぎたばかりなのに、西日がきつい。

春から本格的に開店準備を始めて、そろそろ半年が経《た》とうとしている。けれど、やるべきことは、まだまだ山積みだ。

無意識のうちに深く呼吸すると、爽《さわ》やかな香りが鼻腔《びこう》をくすぐった。

この日、達也は朝一で果物農家を訪ねてきた。桜山《おうざん》ホテル時代にアフタヌーンティーチームでコンビを組んでいたセイボリー担当のシェフ、須藤秀夫《すどうひでお》から紹介してもらった小規模農家だ。

車内には、もいだばかりの林檎《りんご》の芳香《ほうこう》が満ちている。

現在、日本では、生食《せいしょく》用の糖度の高い果物を生産し、〝○○狩り〟をメインとした観光農園を経営する果物農家が圧倒的に多い。以前、ブノワ・ゴーランも指摘していたが、こうした果物は、加工にはあまり向かない。新鮮な実をそのまま食べるのが一番美味《おい》しい。

しかし最近では、製菓加工に適した酸味や渋味の強い果物を、敢《あ》えて昔ながらの方法で作り続けるこだわりのある農家も少しずつ増えてきた。

今回、達也が訪れたのは、東京と神奈川の境で酸味の強い紅玉《こうぎょく》系の林檎を生産している果物農家だった。九月から収穫できる小振りの林檎はそのままだと酸味が強すぎるが、コンポートやカラメリゼにすることで極上の味わいに変身するという。

その味と質については、かつて古典菓子をメインとしたパティスリーのオーナーシェフだった秀夫のお墨付《すみつ》きだ。

後ろの座席には、林檎を山盛りにした段ボール箱が積まれている。

北海道《ほっかいどう》、栃木《とちぎ》、群馬《ぐんま》、愛媛《えひめ》、宮崎《みやざき》、地元の茨城と、これまでも全国の農家を回ってきたが、今後、達也はこだわりの強い小さな農家とも、業者を介さずに直接やりとりをしようと考えていた。

やりたいことが増えるほど、やるべきことも増えていく。

正直、身体《からだ》がいくつあっても足りない。

店舗として使用する自宅の一階には、目下、内装業者が入っているが、自分が不在のときは涼《すず》音《ね》が立ち合いをしていた。

内装のイメージについては、何度も話し合ってきたし、涼音からもたくさんのアイデアが出た。一緒に店を作るに当たり、涼音以上に信頼の置けるパートナーはいない。

正式なオープンは来年を予定しているが、年内のプレオープンに向け、達也は完全予約制でホールケーキの販売を始めようと準備を進めている。併《あわ》せて涼音は、桜山ホテルで広報を担当していた経験と人脈を生かし、ホームページや公式SNSの開設や、メディア向けのピーアール活動に尽力《じんりょく》していた。

パティスリーの開店業務に関しては、自分たちの足並みは完全にそろっている。

だけど――。ふと、達也の唇から、軽い溜《た》め息《いき》が漏《も》れる。

少し前から、急に涼音が結婚後の改姓について悩み始めた。率直に言えば、「なにを今更」という思いが達也にはある。

桜山ホテルを退職した直後は、自ら積極的に婚姻手続きの準備をしていたはずだ。

ところが涼音曰《いわ》く、いざ婚姻届を書く段になって、「婚姻後の夫婦の氏《うじ》」を強制的に選ばなくてはならないことに疑問を覚えたのだという。

〝夫婦同姓を法律で義務付けているのが、世界で日本だけだって、達也さん知ってた？〟

思い詰めた表情で尋ねられ、達也は一瞬、返す言葉を失った。

最初は、「遠山《とおやま》姓」を残さなくてはならない、なにかの事情が出てきたのかと考えた。それならきちんと話を聞こうと耳を傾《かたむ》けたのだが、どうやらそういうわけでもないらしい。

婿養子《むこようし》になって欲しいのか問いかけたところ、大きく否定された。

それでは、一体、なんなのだ。

ステアリングを切りながら、達也は眉間に微《かす》かなしわを寄せる。

涼音の言わんとすることが、未だによく分からない。

店用の口座を開くとき、屋号を「飛鳥井《あすかい》」にすることに、涼音はまったく反対しなかった。そこにわだかまりが隠されていたとは到底思えない。

自分の姓に愛着があるということなら、通称として「遠山涼音」を名乗り続ければいいのではないだろうか。結婚後も旧姓の名刺を持って活躍している女性は、達也の周辺にもたくさんいる。夫婦同姓を法律で縛《しば》っているのが世界で日本だけだという事実は、達也もこれまで知らなかった。そのことに関しては、さすがに遅れているのではないかと感じる。

遺憾《いかん》は遺憾だが、それが法律である以上、現段階ではどうにもできない。遵守《じゅんしゅ》しなければ、結局、日本では結婚できないということになる。

涼音がどうしても改姓したくないというのであれば、自分が改姓するしかないだろう。郷里の父や親戚たちは猛反対するだろうが、屋号で「飛鳥井」を残すのだから、そういう選択肢もなくはないと、達也自身は考えていた。

〝そういうことじゃなくて〟

しかし充分譲歩したつもりの提案をすげなく否定されると、達也はますますもって涼音がなにに拘泥《こうでい》しているのかが理解できなくなった。

〝私は、自分が改姓するのと同じだけ、達也さんが改姓するのも嫌なの。結婚するために、どうしてどちらかが、自分の慣れ親しんできた姓名《なまえ》を捨てなきゃならないんだろう。そんなのって、どう考えてもおかしいよ〟

涼音の口調は真剣だったけれど、達也にしてみれば、お手上げだ。

世界中で実践している選択的夫婦別姓を、令和の時代になっても実現できない日本の制度は、国際的に見ても相当時代錯誤《アナクロニズム》なのだろう。それは達也とて、涼音の憤懣《ふんまん》に同意する。

とはいえ、二人で憤《いきどお》り合ったところで、国の法律がすぐさま変わるわけがない。

「嫌だ」「おかしい」と繰り返す涼音の態度は、現状どうにもできない事実の前で、ぐずぐずと駄々をこねている子どものようにしか思えなかった。

〝だったら、俺たち結婚できないじゃない〟

最終的には、そう答えるしかなかった。

それ以降、二人の間はなんとなくぎくしゃくしている。開店準備こそ協力し合って進めているが、婚姻届の申請については、いつしか互いに口にしなくなった。

どうしてこんなことになったのだろう。

鎌倉街道を外れ、首都高に続く大きな道路に入りつつ、達也は眉間のしわを深くする。

忙しさにかまけ、婚姻手続きを涼音一人に任せていたのがいけなかったのだろうか。或《あ》いは、両親の顔合わせの席で、親父《おやじ》が散々好き勝手なことを言ったせいだろうか。

婚姻に同意していた涼音が今更こんなことを言い出したのは、恐らく、結婚自体に不安を覚えているからなのだろう。

ただのマリッジブルーならいいのだけれど……。

大型量販店ばかりが立ち並び、急に味気なくなった車窓の風景を眺めつつ、達也は口元を引き締めた。

それとも、まさか。

ふいに、胸に黒い影が差す。

涼音が突然婚姻手続きを渋り出した原因は、自分の障碍《しょうがい》にあるのでは。

達也は特にローマ字に、強い識字《しきじ》困難がある。日本語の読み書きにはそれほど大きな支障がないので、ほとんどの場合、人に知られることはなかったが、どれだけ努力しても克服できないという厳しい現実は、達也にとって長年のコンプレックスでもあった。

ずっと封じ込めていた疑念が心の奥底から湧き上がりそうになり、達也は慌《あわ》てて頭《かぶり》を振る。

涼音に限って、そんなことがあるわけない。

〝そういうの、隠さないほうがいいですよ〟

桜山ホテルのパントリーの片隅で、真っ直ぐに自分を見つめてきた涼音の面影が甦《よみがえ》る。

〝っていうか、隠す必要なんか、まったくないと思います〟

絶句した達也の前で、涼音はきっぱりとそう言った。

最初こそ、胸の裡《うち》に土足で踏み込まれたような怒りを覚えたが、涼音からの指摘がなければ、達也は自分の障碍と正面から向き合うことができなかった。

その涼音に対し、こんな疑念を抱くのは論外だ。

頭ではそう理解しつつも、心の片隅で、打ち消し切れないもう一つの声が響く。

どんなに通じているつもりでも、所詮、他人《ひと》の気持ちは分からない。

共に飴細工《ピエスモンテ》の国際コンクールに出よう——。同じ目標を掲げて切磋琢磨《せっさたくま》してきたかつての同僚が、いざ、コンクールに出場する段になると、「グレーゾーン」「多様性枠《ダイバーシティーわく》採用」と自分の陰口《かげぐち》をたたいていたことを思い出し、達也の胸の奥が重くなる。

識字障碍は、製菓の腕に関係ない。

そう言って、わだかまりなく接してくれていた過去があるだけに、突然の掌返《てのひらがえ》しがきつかった。

自分はまたしても、あんな思いを味わうことになるのだろうか。

まさか、と思いつつ、一度考え始めてしまうと、嫌な疑念が次々に押し寄せる。

なにがきっかけで、人は心を変えるか分からない。親しかった同僚が、五つ星ホテルのスー・シェフの地位をかけたコンクールを前に、態度を一変させたように。

たとえば涼音が、生まれてくる子どもへの遺伝を懸念しているとしたら。

子どもを持つかどうかについては、まだ深く話し合ったことはない。今はまだ、互いにパティスリーの開店準備で手一杯で、そこまでは考えることができなかった。

だが、そう信じているのは男性の自分だけで、出産適齢期のある女性は違うのかも分からない。自身のためではなく、子どものためなら、女性は心を鬼《おに》にすることもあるのでは……？

そう思いついた途端、背中に冷たい汗が流れた。

大きな道を行くうちに、徐々に交通量が増えてきて、達也は意識を集中してステアリングを握り直す。

やめよう。これ以上、嫌な想像をしていても仕方がない。

やはりもう一度、結婚について涼音としっかり話し合うべきだろう。このところ、涼音もピーアールの仕事が忙しく、すれ違いが続いていることも問題だ。

折しも涼音の誕生日が近い。

改めて二人でゆっくり過ごす時間を作るべきだと、達也は運転席で背筋《せすじ》を正した。


オーブンをあけ、鉄板を取り出す。

以前はフランス人マダムの料理教室だった広めの厨房《ちゅうぼう》に、甘い香りが漂った。

全体の焼き色と、表面がしっかりカラメリゼされていることを確認し、達也は自然と満足の笑みを浮かべた。

パリッとした表面。こんがりとした焼き色。立ち上る濃厚なバターの香り――。上出来だ。

年季は入っているが、マダムのオーブンはなかなかの優れものだ。

大きなオーブンが備わった厨房も、この物件を選んだ決め手の一つだった。店先は内装工事が入っているが、厨房は今後も居抜きのまま使うつもりでいる。

今日は、涼音の三十三回目の誕生日。

達也は仕事を早く切り上げ、腕によりをかけて、大きなクイニーアマンを焼いた。

クイニーアマンはフランスのブルターニュ地方発祥《はっしょう》のお菓子で、日本では菓子パンとして売られていることもあるが、本場ではれっきとした伝統菓子だ。ブルターニュの言葉で、クイニーはケーキ、アマンはバター。要するに、バターケーキという意味だ。

クイニーアマンの最大の特徴は、有塩バターをとにかく大量に使うところにある。

このクイニーアマンの誕生に関しては、ちょっとユニークなエピソードが残されている。

ブルターニュは昔から酪農《らくのう》が盛んな地域だが、クイニーアマンが生まれた一八六〇年代は小麦が不足していた。そこで、あるパン屋の店主が、土地の豊富なバターで小麦粉の不足を補おうと考えつき、小麦粉四百グラム、バター三百グラム、砂糖三百グラムという、通常のパンではありえない配分の生地《きじ》を作った。誰もがそれを失敗だと思ったが、店主が試しに焼いてみたところ、実に美味しいケーキが完成したという。

〝パンがなければ、お菓子を食べればいいじゃない〟というフレーズは、実際にはマリー・アントワネットが言ったものではないそうだが、特別階級の高慢《こうまん》と蒙昧《もうまい》を表すのに、今でもよく使われる。ところが、一介《いっかい》のパン屋の店主が、〝小麦《パン》がなければ、お菓子《ケーキ》を作ればいいじゃない〟を、期せずして実践《じっせん》してしまったのだ。

一人の店主の大胆《だいたん》にして臨機応変な対応が常識を覆《くつがえ》し、結果、誕生したケーキがその地方の代表的な伝統菓子となっていくのだから、なかなか興味深いと達也は思う。

本来、クイニーアマンはプレーンだが、今回、達也は林檎のコンポートのフィリングをたっぷりと詰めてみた。使ったのは、先日東京郊外で直接仕入れてきた酸味の強い林檎だ。

秀夫の推薦《すいせん》通り、火を入れると小振りの林檎たちは素晴らしい味わいになった。とろりとした舌触りも申し分なく、甘酸っぱい爽やかなフィリングは、少し塩気のある生地やカラメルと馴染《なじ》み、間違いなく極上の美味しさとなるだろう。

焼きたてのクイニーアマンを網《あみ》に移し、達也は壁の掛け時計に眼をやる。

午後七時。そろそろ、製菓雑誌との打ち合わせに出かけた涼音が戻ってくる頃合いだ。

涼音はこのサプライズケーキを喜んでくれるだろうか。

達也の胸の鼓動《こどう》が、少しだけ速くなった。

仕入れたばかりの林檎で新しいケーキを作ってみたいという気持ちもあったが、達也が涼音の誕生日にクイニーアマンを焼いたのには、もう一つ理由がある。

誕生と同時に瞬《また》く間に大流行したクイニーアマンは、やがて、ブルターニュ地方で男性が女性に求婚するときに贈られる定番菓子にもなっていったのだ。

結婚に躊躇《ちゅうちょ》し始めているように思われる涼音に、達也はもう一度、改めてプロポーズしようと考えていた。

さて、と……。

網に載《の》せたクイニーアマンをキッチンテーブルに置き、今度はガスレンジの前に立つ。

クイニーアマンが冷めるのを待つ間に、料理の仕上げに入ろう。

今日は、魚介をたっぷり入れたブイヤベースを中心に、アーティチョークのハーブサラダも用意している。

サラダにかけるパルメザンチーズを準備していると、ふいに振動音が響いた。キッチンテーブルの上に置いたスマートフォンが震えている。

それが郷里の母からの着信だと気づき、達也は一瞬、眉を寄せる。

面倒さが先に立ったが、無視するわけにもいかない。パルメザンチーズを冷蔵庫に戻し、達也はスマートフォンを手に取った。

「もしもし、達也？」

母の声が耳元で響く。

「元気にしてるの？　お店の準備は順調？　涼音ちゃんは元気？」

矢継ぎ早に尋ねられ、そのたび、達也は「ああ」とか、「まあ」とか、曖昧な声を出した。

それからしばらく母は、商店街の肉屋が店先で九官鳥《きゅうかんちょう》を飼い始めたが、登下校の小学生が下品な言葉ばかり教えて困るだとか、庭の柿《かき》がまったく実をつけないだとか、どうでもいいことを話し続けた。母の言いたいことは他にあり、タイミングを計っているのだろうと、達也は頭の片隅で考える。要するに、あまりいい電話ではない。

「ところで、達也。あなたたち、婚姻届はもう出したの？」

やがて母が、いかにもついでと言った感じで、核心に触れてきた。

やっぱりね……。

胸の中で、達也は溜め息をつく。

「いや、ちょっと、開店準備で忙しくて」

「そんなこと言ってる場合じゃないでしょう」

母の声がひときわ大きくなった。

「両家の顔合わせをしてから、もう三か月近く経ってるじゃない。いくら忙しくたって、そういうことは、ちゃんとやらないと、向こうのおうちにだって失礼でしょ。涼音ちゃんとは既に一緒に住んでるわけだし」

そこまでまくしたてた後、母は少々口ごもる。

「お父さんが、毎日大変だよ。一体どうなってるんだって、やいのやいの言い始めて……」

ぶつぶつ呟《つぶや》かれた言葉に、さもありなんと、達也は額を押さえた。

今はまだ、母がとりなしてくれているのだろう。しかし、それが限界にきたら、父が単身でこちらに乗り込んでくることだってありうる。基本、暇《ひま》なリタイア親父だ。

達也の心に焦りが湧いた。嫌な予感が本当になる前に早いところなんとかしなければならない。

〝向こうのおうち〟はともかく、涼音自身が夫婦同姓に疑問を唱《とな》え、婚姻届を出すことに二の足を踏み始めていることがばれたら、一体、どうなるだろう。

両家の顔合わせの席で、涼音に向かい「内助《ないじょ》の功《こう》」だの、「飛鳥井家の一員になる」だの、鼻息を荒くしていた父親の様子を思い返し、達也は瞑目《めいもく》した。

「分かった。できるだけ早くなんとかするから、親父にも心配するなって言っておいて」

「本当に、早いところ、きちんとしなさいね。いくら略式にするからって、結婚はあんたたち二人だけでするものじゃないんだから」

母はなおも言い募る。

「あんたはいいけど、涼音ちゃんのほうは改姓手続きとかも大変なのよ。銀行口座とか、保険証とか、免許証とか、変更手続きしなきゃならないものが、次から次へと出てくるの。お母さんも、大変だったわー」

途中から半ば独《ひと》り言《ごと》のようになった言葉を聞きながら、そういうこともあったか、と、達也はハッとした。

もしかしたら、その手の煩雑《はんざつ》さも、涼音の「マリッジブルー」に拍車《はくしゃ》をかけているのだろうか。

その点に関しては、改姓する側に対しての自分の理解が足りていなかったかもしれない。

つまりは、もっと気を遣《つか》うべきだったのだろう。

「分かったよ」

達也は頷《うなず》いた。

「本当に分かってるんでしょうね。いくら忙しいからって、婚姻手続きを、涼音ちゃんにばっかり押しつけてたら駄目なんだからね」

「あー、分かった、分かった」

しつこく念押ししてくる母をあしらい、「それじゃ元気で」と、なんとか通話を終わらせる。

スマートフォンをキッチンテーブルに伏《ふ》せ、達也は肩で大きく息をついた。

しかし、厄介《やっかい》だ。

プロヴァンスのアパルトマンで涼音に求婚したときは、これほど両親に口出しされることになるとは、正直思っていなかった。仲人《なこうど》は、結納《ゆいのう》は、式は、披露宴《ひろうえん》は、と父親に詰め寄られ、すべてを省《はぶ》くと説得するのに骨が折れた。

最愛の人と一緒に店を作るために、公私共にパートナーになることを選んだだけなのに、何故《なぜ》こんなにあれこれ責め立てられなければならないのか。

なにかにつけて〝結婚は二人だけでするものではない〟と言われ、干渉される。

〝式を挙げないのは非常識〟に始まり、〝向こうのおうちに申し訳ない〟も、耳にたこができるほど聞かされた。

涼音と自分が納得しているのだから、それでいいではないか。

親にとっての子の結婚というのは、そこまで自分事なのか。父が遠縁《とおえん》の親戚にまで、「うちの愛想なしが嫁をもらう」と吹聴《ふいちょう》して回っていると知ったときは、本気で頭を抱えそうになった。

しかし、子どもの頃から成績不振で、大学に進学せず、〝菓子職人〟になり、父親を失望させ続けてきたことを考えると、結婚一つでそんなに上機嫌になってもらえるのなら、許容するしかないような気もする。

父も母も、達也の障碍については知らない。難読による成績不振は、単に怠惰《たいだ》からくるものだと思われていた。

もしかすると親父は、これでようやく俺が〝一人前〟になるとでも思っているのかもしれないな……。

海外の製菓コンクールに入賞するより、一流ホテルのシェフ・パティシエになるより、結婚のほうが、父にとっては分かりやすく「上出来」なのだろう。

複雑な思いが胸をかすめたとき、勝手口の扉が解錠《かいじょう》される音がした。表から二階に通じる階段をとんとんと上る音が響く。涼音が帰ってきたのだ。

仕上げは二階のキッチンですることにして、達也はブイヤベースの鍋とアーティチョークのサラダを、料理用の昇降機《リフト》に載せた。それから自分も階段を上って二階へ向かう。

「お帰り」

玄関先の涼音に声をかけると、意外そうに見返された。

「あれ？　達也さん、今日は早かったんだね」

その眼元に、微かな隈《くま》が浮いている。スーツ姿の涼音は、随分疲れているようだった。身体がいくつあっても足りないと思っているのは、恐らく涼音も同様なのだろう。

改めて「ただいま」を言った涼音の鼻が、くんくんとうごめく。

「なんだか、すっごく、いい匂い」

クイニーアマンの濃厚なバターの香りが、二階にまで漂っていた。

「達也さん、もしかして、ケーキ焼いてくれたの？」

興奮したように問いかけられ、達也は深く頷く。

「今日は特別な日だからね」

その途端、蒼白かった涼音の頬《ほお》に、薔薇《ばら》の花が咲くようにぱっと血の気が差した。

「覚えててくれたんだ」

「当り前だろう。早く、楽な格好に着替えておいでよ」

どんなに忙しくたって、パートナーの誕生日を忘れるほど、自分は無粋《ぶすい》ではないつもりだ。

「ありがとう。手、洗ってくる！」

涼音がばたばたと洗面所に駆けていくのを見送り、達也はキッチンに入った。リフトから鍋とサラダを取り出し、料理の仕上げに入る。アーティチョークのサラダにパルメザンチーズを散らし、バゲットを切った。冷えた白ワインも用意する。

リビングのテーブルに白いクロスをかけ、コップに活《い》けたカスミソウを中央に置き、少し華やかにセッティングをした。

「うわあ、すごいご馳走《ちそう》」

部屋着に着替えてきた涼音はリビングに入るなり、大きな歓声をあげる。

早速、テーブルにつき、ワインで乾杯した。

「誕生日、おめでとう」

「ありがとう」

ほろ苦いアーティチョークのサラダを肴《さかな》にワインを楽しみ、それから魚介をたっぷり入れたサフラン風味のブイヤベースを味わった。

鱈《たら》に、ホタテに、ムール貝に、ハマグリ。今日はオマール海老《えび》も奮発した。

「すっごく、美味しい……」

魚介のうまみにスパイスが効いた、澄んだサフランイエローのスープを口に運ぶたび、涼音がうっとりと溜め息をつく。

二人で向かい合ってゆっくりと食事をするのは、随分と久しぶりだ。

やっぱり、こういう時間が足りなかったんだな……。

幸せそうな涼音の様子を見るうち、達也の心の中も温かく満たされた。

「そうそう、達也さん。プレオープンで、予約制のホールケーキを受けつける件なんだけど」

バゲットにグラスフェッドバターを塗《ぬ》りながら、涼音が達也を見る。

「定番の苺《いちご》やチョコレートや栗《くり》のケーキに加えて、限定でアニバーサリーケーキを受けつけるのはどう？」

「アニバーサリーっていうと、誕生日とか、結婚記念日とか？」

「もちろん、それもあるけど、その人にとっての特別なお祝い。実際に直接打ち合わせをして、イメージに合った、世界で一つのオリジナルケーキを作るの」

「また、面倒なことを言い出したなぁ。作るのは、俺なんだぞ」

「そう言わないでよ。達也さんなら、絶対、すごくすてきなオリジナルケーキが作れるもの。プレオープンの大きな宣伝になるはず」

既に頭の中に宣伝プランがあるらしく、涼音はきらきらと瞳を輝かせた。

この眼に弱いと、達也は内心苦笑する。

桜山ホテル時代から、良く言えば意欲的、悪く言えば面倒なプランを、涼音は次から次へと繰り出してきた。正直、空振りがなかったとは言えないが、涼音がプランナーを務めていたとき、桜山ホテルのラウンジは明るい活気に満ちていた。

それに、口では腐《くさ》したものの、達也自身、少なからず胸が躍《おど》るものを感じる。

定番のクラシカルケーキもよいが、せっかく独立して自分の店を持つのだから、誰もやったことのない新しいケーキにも挑戦したい。

「ついでに、俺たちのウエディングケーキも作ろうか」

「最高！」

涼音が心底嬉《うれ》しそうに手を合わせたので、達也は密《ひそ》かにほっとした。涼音の表情に、婚姻届を出すことを躊躇していた影は見えない。

「涼音」

達也は改めて切り出した。

「婚姻手続きの件、全部任せきりにして悪かった」

「そんなことないよ」

頭を下げると、涼音はびっくりしたように首を横に振る。

「達也さん、本当に忙しかったんだし。……それに、なんだかんだ言って、まだ手続き終わってないし……」

涼音の口調が、段々歯切れ悪くなった。

「いや、俺もちゃんと考えてなかったよ。改姓するほうの負担とか。なんだか、いろいろ押しつけてごめん」

達也は率直な気持ちを述べたつもりだが、涼音は困ったように眉を寄せる。

「それ、達也さんが謝ることじゃないと思う」

「だけど、涼音は本当は改姓したくないんだろ？」

複雑な表情を浮かべている涼音に、達也は畳《たた》みかけた。

「それなのに、プロポーズを受けてくれた涼音の気持ちを、俺がちゃんと考えていなかった。俺は、結婚後も涼音には遠山姓を使ってほしいと思ってる。名刺も遠山涼音で刷《す》ってもらって構わない。改姓の手続きも、できるだけサポートする。今は旧姓の併記もできるみたいだし……」

「ちょ、ちょっと待って」

涼音が食べていたバゲットを皿に置く。

「それって、やっぱり、私が改姓しなければいけないってことなのかな」

「だって」

そうだろう、と言いかけて、達也は口をつぐんだ。

気遣っても、やはり駄目だということなのか？

「それじゃ、俺が改姓すればいいのか」

「そうじゃなくて」

「じゃ、どうするの。こんなことばかり言い合ってたら、いつまでたっても婚姻届は出せないだろう」

思った以上に強い声が出て、一瞬、リビングがしんとする。涼音が唇を噛《か》んでうつむいた。

達也の心に、焦りと後悔《こうかい》が湧く。

せっかくの誕生日を、こんな雰囲気にしたくなかった。

静まり返った部屋の中に、微かな葉擦れの音が響く。表のムクロジが、風に揺れているのだ。

どこかで、リーリーと虫も鳴いている。

「……俺は、涼音の本当の気持ちが知りたいよ」

口を開くと、押し殺すような声が出た。

「私は、ちゃんと納得した上で、達也さんと結婚したい」

涼音が姿勢を正して達也を見る。

「達也さんとは、しがらみなく結婚したい」

しがらみのない結婚？

そんなものが、この世の中にあるだろうか。どちらかが改姓しなければ、結婚はできない。男が改姓するとなったら、山ほど理由が必要になる。だから、ほとんどの場合、女性が改姓する。

両親も、周囲も、みんなそうやって結婚してきた。

それが普通だから。

結婚すれば、相手の両親が義父母になる。結婚は、二人だけではできない。

それも常識だ。

絵に描いた餅のような理想論ばかり口にする涼音の左手の薬指にサファイアの指輪が光っていることに、達也はどうしようもなく矛盾《むじゅん》を覚える。

「結局、涼音は、俺との結婚が不安になってきたんじゃないの？」

「そんなことない」

涼音が大きく首を横に振った。

だったら、どうすればいいのか。世界に倣《なら》い日本の法律が変わるまで、結婚を棚上げにするつもりなのか。

そう考えた瞬間、達也の心に憤りが湧いた。

皆が粛々《しゅくしゅく》と準じてきた結婚を受け入れられないというのは、伴侶《はんりょ》となる自分に与《くみ》せないものがあるからではないのだろうか。

「やっぱり、俺に障碍があるから……」

つい、胸の奥底に隠し持っていた虞《おそれ》がこぼれてしまう。

「達也！」

その瞬間、びっくりするような大声が響いた。テーブルに身を乗り出した涼音が、これまで見たことのない憤怒《ふんぬ》の表情を浮かべている。

「それ、本気で言ってるの？」

炎《ほのお》のような眼差《まなざ》しを向けられ、達也は言葉を失う。

がたりと音をたてて、涼音が立ち上がった。振り返ることもなくリビングを出ていく涼音の後ろ姿を、達也は茫然《ぼうぜん》と見送ることしかできない。

あんな眼でにらまれたのは、出会ってから初めてだった。

やがて、表へ続く階段を下りていく足音が響き、勝手口の扉が乱暴に閉められた。恐らく実家へ帰るつもりなのだろう。追いかけなくてはならないと分かっているのに、なぜか達也は立ち上がることができなかった。

どんなに通じているつもりでも、他人の気持ちは分からない。

達也の心に、苦いものが込み上げる。

最悪の誕生日にしてしまったな……。

随分長い間、一人で項垂《うなだ》れていたが、最後にはのろのろと立ち上がった。すっかり冷たくなったブイヤベースの鍋に蓋《ふた》をする。

後片づけを終えて一階の厨房に戻ると、結局一口も食べてもらえなかったクイニーアマンのバターの香りが、虚しく漂っていた。


その日、仕事を終えると、達也は新橋《しんぱし》にきていた。スマートフォンの地図アプリで、須藤秀夫との約束の店の位置を確認する。指定された店は、駅からほど近いガード下にあった。

暖簾《のれん》をくぐると、もくもくと煙が立ち込めている。

「らっしゃーい！」

ねじり鉢巻《はちま》きで鶏《とり》を焼く大将《たいしょう》が、威勢《いせい》のいい声をあげた。

賑《にぎ》わう店内を見回せば、隅のテーブル席に座った秀夫が煙の向こうから手招きしている。

「飛鳥井くん、こっちこっち」

焼き鳥を肴にビールのジョッキを傾けているワイシャツ姿の男たちをかき分けるようにして、達也は店の奥に向かった。

「すみません、須藤さん。遅くなりまして」

「いや、こっちも今きたばっかり。注文もまだだから」

達也が席に着くなり、すぐに冷えたおしぼりが届けられた。

「飛鳥井くん、なんにする？」

「そうですね……。とりあえず、生ビールと枝豆で。あとは、須藤さんにお任せします」

「ここはね、炭火《すみび》で焼いた鶏がうまいんだよ。もも肉のねぎま、皮、ぼんじり、せせり、だきみ、肝のタレ塩を二本ずつ。それから、銀杏《ぎんなん》と、エノキの肉巻きも二本ずつね」

秀夫が慣れた調子で注文するのを聞きながら、達也は改めて店内を見回した。

さすがは新橋のガード下。

仕事帰りのサラリーマンたちで、店内は一杯だ。女性やファミリー層は見事にいない。

カウンターの奥では、大将をはじめ、ねじり鉢巻きをした数人の男たちが、炭火で黙々と鶏を焼いている。時折鶏の油が滴《したた》り、じゅわっと音をたてて赤い炎が上がった。

高架を電車が通るたびに、店全体ががたがたと揺れる。

「いいでしょう、新橋。これぞ、働く男の街だよね」

おしぼりで顔までぬぐいつつ、秀夫がにやりと笑った。

「早く上がれる日はいつも新橋なんだ。家も近いし、桜山ホテルからも電車一本でこられるし」

確かに、常にホテルのお洒落《しゃれ》なラウンジにいると、こういう男臭い場所が懐かしくなるのかもしれない。早速、生ビールで乾杯し、達也もシャツの首元のボタンを一つ外した。

「悪かったね。開店準備で忙しいときに呼び出して」

「いえ、僕も、久しぶりに須藤さんにお会いしたかったので……」

林檎農家をはじめ、秀夫にはなにかと仕入れの相談に乗ってもらっている。達也も、一度きちんと御礼を伝えたいと思っていたところだった。

それにたまには新橋のガード下で、男二人で酒を飲むのも悪くない。

特に、今の達也にはこうした息抜きが必要だ。

〝やっぱり、俺に障碍があるから……〟

うっかり隠し持っていた懸念を口に出した最悪の誕生日以来、涼音は実家に戻ったままだ。もう五日ほど、達也は一人で新居に寝泊まりしている。

無論、まったく連絡を取っていないわけではない。内装工事の立ち合いや、開店準備に関する案件では、メールで頻繁《ひんぱん》にやりとりしている。但《ただ》し、涼音からのメールには、いつも実務的なことしか書かれていなかった。

一昨日、涼音から、早くも「アニバーサリーケーキ」の予約が入ったという連絡がきた。本来なら喜ばしいことだが、そのメールですら淡々とした文面だった。別段嫌みな文面ではないものの、感情が伴《ともな》っていない分、却《かえ》って涼音がまだ怒っていることがひしひしと伝わってきた。

明日の午後、その顧客との打ち合わせが入っている。涼音とも約一週間ぶりに直接顔を合わせることになるわけだが、自然に振る舞えるだろうか。

アニバーサリーケーキか……。

達也の中に、いささか苦いものが込み上げる。しかも、今回の注文は、ウエディングケーキだという。

自分たちの結婚が暗礁に乗りかけているというときに、ウエディングケーキを作ることになろうとは。

涼音の記念日《アニバーサリー》のために用意したクイニーアマンは、今も冷凍庫で眠っている。

「どうしたの？　浮かない顔して。なんか嫌なことでもあった？」

「いえ」

憂鬱《ゆううつ》な思いを振り払うように、達也は冷えたビールを一気に半分まで飲み干した。

「おお、いい飲みっぷりだねぇ」

秀夫が満面に笑みを浮かべる。

「須藤さんにご紹介いただいた小規模農家、面白いところばかりで、本当に助かってます。今日は御礼にご馳走させてください」

「いやいや、そんなことは気にしなくていいから、たまにはとことん飲もうよ」

秀夫は心底嬉しそうに、ジョッキを掲《かか》げた。

それからひとしきり、製菓の土台となる小麦粉談議などで盛り上がった。日本では製菓に使われる薄力粉は米国産のものが多いが、「灰分《かいぶん》」と呼ばれるミネラル分が多いフランス産小麦粉の使用にこだわるシェフもいる。近年は、国産小麦粉も人気だ。

「やっぱり僕は、フランス産が好きだね。灰分が多いとふすまの臭《くさ》みが出るけど、それもまた一つの味だよ。ブランデーやウイスキーみたいな度数の高い蒸留酒《じょうりゅうしゅ》と組み合わせて、どっしりとしたものが作りたいね」

古典菓子贔屓《びいき》の秀夫らしい意見だった。

「僕は最近、滋賀県《しがけん》産の小麦粉に注目しています。口どけがいいので、ハーブやフラワーウォーターと合わせるのも面白いかなと思っているんですよ」

「ぼそぼそしがちなスコーンとかにいいかもね。口に入れたら、ふわっとほどけてすっと香る」

「そう！　それです」

小麦粉は品種によって、重くも軽くもなる。それをどんな素材と組み合わせるかは、すべてパティシエの感性と腕にかかっている。

果物、洋酒、乳製品、ハーブ、ナッツ、チョコレート、香料、スパイス……。製菓のための素材は、それこそ無限だ。互いに話題が尽きることはなかった。

「ところで、開店準備はどう？　どんな店構えになりそうなの」

秀夫に改めて尋ねられ、達也は涼音が準備している店用のSNSアカウントを開いた。

〝パティスリー飛鳥井（仮）〟の公式アカウントには、早くもたくさんのフォロワーがつき始めている。

「へえー、いい物件を見つけたねぇ。住宅用と店用の玄関が二つあって、ファサードも洒落てるじゃない」

涼音が毎日更新している開店準備の投稿を、秀夫は楽しそうに追った。

「厨房のオーブンも、なかなかいいじゃないの」

「実は、フランス人マダムが開いていた料理教室の居抜き物件なんです」

「どうりで。店の前に、大きな木があるのがまたいいねぇ」

「ムクロジの保存樹だそうです」

「へえ、珍《めずら》しいねぇ」

あれこれ説明しているうちに、注文した料理が次々にやってきた。

「お、きたきた！」

秀夫が明るい声をあげる。

「さあ、食おう」

秀夫に勧められ、達也は串を手にとった。炭火で焼いた鶏は、かりっとした表面をかじると肉汁がじゅわっとあふれ出る。

「うまいですねぇ」

「だろう？　やっぱり炭火は違うよな」

達也の感嘆に、秀夫が満足そうに頷いた。

「新橋の良さは質実剛健《しつじつごうけん》だよ。飾り気はないけど、うまい店がたくさんある。値段は庶民的だし、男同士で飲むには最適だ。ご婦人がやりがちな、焼き鳥を串から外すなんていう、しゃらくさい真似《まね》もしなくて済むしさ」

そう言われれば、ラウンジのチーフスタッフである園田香織《そのだかおり》は、たまに歓送迎会などで居酒屋にいくと、率先してそんなことをやっていた。

「気が利《き》きますってところなんだろうけど、焼き鳥は串のまま食うのが一番うまいって」

豪快に串にかじりつく秀夫の様子を、達也はそっと見つめた。

長年、桜山ホテルのラウンジでコンビを組んでいながら、自分の父親より年嵩《としかさ》のシニアスタッフである秀夫と、当時はこんなふうに二人きりで酒を飲んだりはしなかった。

あの頃、達也はローマ字に難読があることを誰にも打ち明けられず、周囲に壁を作っていたし、秀夫は秀夫で、関西で古典菓子の店を潰《つぶ》した過去を隠し、良くも悪くも互いに淡々と仕事をこなしていた。

〝現地へいくと、見えてくるものは必ずある〟

だが、ブノワ・ゴーランからの南仏パティスリーへの誘いに戸惑っていたとき、そう言って達也の背中を押してくれたのは、ほかならぬ秀夫だった。

〝それに、もし将来、自分の店を持つつもりがあるなら、現地修業の経験はやっぱり武器になるよ〟

散々ヨーロッパで修業したあげくに店を潰した自分が言っても少しも説得力がないが、と、秀夫は笑っていたけれど。

自分の店を持つ――。秀夫から告げられた言葉が現実になるとは、あのときは考えていなかった。

あれから、少しは前進しているのだろうか。

この先のことを考えると、期待よりも不安のほうが、遥《はる》かに上回る気がする。

「いや、しかしねぇ。こんなことを言うのもあれだけど、僕は飛鳥井くんと仕事をしていた頃が懐かしいよ。近頃のラウンジときたらさぁ……」

嘆息まじりの秀夫の言葉に、自分の思いに沈み込んでいた達也は我に返った。

「最近のラウンジ、どうなんですか？」

「それが、結構大変なんだよ」

二杯目のジョッキを飲み干した秀夫は、いつの間にか冷酒に切り替えている。コップを渡され、達也も冷酒に口をつけながら、俄然《がぜん》愚痴《ぐち》めいてきた秀夫の話に耳を傾けた。

どうやら、アフタヌーンティーチームの要《かなめ》であるスイーツ担当のシェフ山崎朝子《やまさきあさこ》と、プランナーでもあるラウンジチーフの香織の連携が、まったくうまくいっていないらしい。

「なにが原因なんですか」

達也はいささか不審に思う。

朝子を自分の後任に推薦したのは、達也自身だ。彼女の仕事の丁寧《ていねい》さや正確さは、一流ホテルのラウンジのシェフとして申し分ないはずだった。

「山崎さんのスキルに問題はないと思いますが」

事実、朝子は桜山ホテルのラウンジのシェフ・パティシエールになってから、プランナー時代の涼音と組んで、いくつかの企画を成功させている。特に、抹茶《まっちゃ》やヨモギを使った和のグリーンアフタヌーンティーは、メディアでも大きく取り上げられるヒットになった。

「彼女が得意な和のテイストは、桜山ホテルの日本庭園のイメージにも合っていますし」

「スキルの問題じゃないんだよ。要するに、ありゃあ女同士の相性の問題だ」

追加で頼んだもつ煮をつまみ、秀夫が眉根を寄せる。

「なんだかんだ言って、女ってやつは本当に駄目だね。途中から社会にしゃしゃり出てきてるから、ちっとも感情を制御できない」

明け透《あす》けな物言いに啞然《あぜん》とすると、秀夫はぐいと冷酒をあおった。

「いや、こういう言い方は、今はまずいんだってことは重々承知してるつもりだけど、言いたくもなるんだよ。今日は男同士だし、本音でいかせてもらうけど、我々《われわれ》男はいくら相性が悪くたって、仕事ともなれば、それなりにこなしてきたわけじゃないか。そうでなければ、この社会は成り立ってこなかった」

「はあ……」

女ってやつ。我々男。

主語が大きすぎてどうかと思うが、達也は曖昧に頷いておいた。

電車が通るたびにがたがたと揺れるこの店には酔っぱらいの男たちしかいない。この場でジェンダーギャップがどうこうと言ったところで、意味をなさない気がした。

「ところが、女ってやつは駄目なんだな」

秀夫が苦々しく吐き捨てる。

「園田さんは優等生で美人だし、ある意味、男の上司たちに取り立てられながら育ってきたタイプじゃない。いいところに勤める旦那《だんな》と見合い結婚して、今は高級住宅街の一軒家《いっけんや》暮らしだ。おまけに可愛《かわい》い男の子にも恵まれた。女性としては順風満帆だよね。だけど、山崎さんてのはその対極だ。スキルは認めるけど、言っちゃ悪いが地味だし、独身だし、この先結婚するつもりもなさそうときてる。そりゃ、両極端の二人が合うとは端《はな》から思ってないよ。でも、仕事となったら、そこをなんとかすり合わせるのが大人ってもんじゃゃないの」

「ええ、まあ」

その点に関しては、秀夫の言うことはもっともだ。

「それが、駄目なんだよね。はじめは互いに様子見してたみたいだけど、最近じゃ露骨《ろこつ》よ」

「なにがそんなに駄目なんですか」

「結局、生き方の違いなんだろうな。園田さんはお子さんもいるし、あんまり残業できないから、新しいことをやりたがらない。山崎さんは、それが不満で仕方がない」

「だったら、シェフ主導で新しいプランを作ればいいじゃないですか」

達也は口を挟んだ。

「僕のときはそうしていましたけど」

事実、香織のプランが物足りなかったとき、達也は自分からアイデアを出していた。

「飛鳥井くんがシェフのときはね」

秀夫が思わせぶりに片眉を上げる。

「シェフが男なら、園田さんも素直に意見を受け入れるんだろうけど、生き方の異なる女同士になると、そこに張り合いが生まれちゃうのよ」

学校の女子生徒間の主導権争いのような話を聞かされて、達也は絶句した。

「山崎さんも悪いんだよ。園田さんがお子さん優先で遅刻や早退を繰り返すと、あからさまに嫌な顔するし」

もつ煮を肴に冷酒を飲みつつ、秀夫が苦々しい表情を浮かべる。

「僕としては、園田さんを応援したいんだけどね。園田さんのほうが、山崎さんよりキャリアはあるし、なんだかんだ言って、彼女はラウンジのまとめ役なんだから。だけど、結局のところ、女ってのはどいつもこいつも自分本位なんだよ。ときどきバカバカしくて、つき合っていられなくなる」

最後のほうは、独り言のようだった。

〝僕はね、正直なことを言うと嫌だったんだよ。ケーキバイキングだとか、デザートビュッフェだとか、なにより、そこに群がる女性たちが〟

かつて、秀夫がそう語ったことを、達也は思い出した。

平成はＩＴ革命の時代であると同時に、スイーツ革命の時代だったとも言われる。男女雇用《こよう》機会均等法《かいきんとうほう》の改正で、あらゆる職場に「女性総合職」が誕生したのとときを同じくして、それまでショートケーキやモンブランといった定番菓子ばかりだった洋菓子の世界に、ティラミス、クレームブリュレ、パンナコッタ、カヌレ等のヨーロッパの本格的な菓子が一気に登場した。パティシエブームが起こったのもこの時期だ。

秀夫は、突如《とつじょ》経済力を持った小生意気な女たちに、自分の作った菓子を食べ散らかされたくなかったのだと本音を吐露《とろ》していた。

〝でも、このラウンジのゲストを見るうちに、段々、気持ちが変わっていったんだ〟

居酒屋で騒ぐ男たちには寛大でいられたのに、ケーキバイキングで憂さを晴らす女性たちのことは許せなかった。

〝よく考えれば、同じことなのにねぇ〟

桜山ホテルのラウンジで、アフタヌーンティーを囲んでくつろぐゲストを見るうちに、自分はそんな時間を、妻にも娘にも一度もプレゼントしたことがなかったのだと秀夫は悔いていた。娘に間に入ってもらい、ようやく最近は元妻とも普通に話せるようになったと、あのとき、秀夫は穏《おだ》やかな笑みを浮かべていたはずだが。

結局のところ、秀夫の女性嫌悪《ミソジニー》は未だ健在なのだろうか。

達也が答えあぐねていると、冷酒を飲み干した秀夫はすぐさまお代わりを頼んだ。

「飛鳥井くんがホテルを去って、山崎さんがシェフになったときから、あの二人の間には、もともと深い溝があったんだよ。そこを、遠山さんがうまく取り持ってくれていたから、なんとかなっていただけで。遠山さんが抜けた穴は、大きいよ」

涼音の話題が出て、達也は微かに口元を引き締める。

「ところで、遠山さんは元気なの？　あ、今は遠山さんじゃなくて、彼女も飛鳥井さんか。もう籍は入れたんだよね？」

痛いところをつかれ、思わず達也もコップ酒をあおった。

籍は入れるのではなく、作るもの。

一々涼音が訂正することを思い返し、なぜだか溜め息が出る。

「どうした、溜め息なんかついちゃって」

高架を走る電車の振動で、テーブルの上のコップや皿がカタカタと揺れた。すぐ傍《そば》のテーブルの男たちが大声でゲラゲラと笑う。真っ赤な顔をした脂ぎったオヤジたちの中に、自分の父親が交じっているような気がした。

〝お父さんが、毎日大変だよ。一体どうなってるんだって、やいのやいの言い始めて……〟

電話での母の言葉が耳の奥に甦り、達也は段々むしゃくしゃしてくる。

本当に面倒臭い。

「実は今、ちょっと揉《も》めてるんです」

半ば自棄《やけ》になって、達也は口火を切った。後にも先にも進みそうにない状況を、一人で抱えているのも嫌になってきた。

涼音が夫婦同姓を理由に、婚姻届を出すことを渋り始めていることを話した瞬間、だんっと大きな音が響き渡る。秀夫が突然、テーブルをたたいたのだ。

「それは遠山さんがおかしい！」

驚く達也の前で、秀夫がきっぱりと言い放つ。

「結婚したら、女性が改姓するのなんて当たり前の話じゃないか。なにを今更、そんなことでごね出してるんだ」

「いやあ、それがどうも当たり前でもないらしくて」

夫婦同姓を法律で義務付けているのが世界で日本だけらしいと説明しても、秀夫の憤懣は収まらなかった。

「よその国のことは知らないけど、日本ではそうなんだから仕方ないじゃないの。それに、僕はいいと思うよ。同姓になったほうが、家族としての一体感ってものが出るし……まあ、僕は一体感を出せなくて、結局、失敗しちゃったんだけど」

最後のほうはぶつぶつと呟く。

「だけど、好きな男の苗字《みょうじ》になりたいっていう女性だって、この世の中には一杯いるだろ。いや、そっちのほうが主流なはずだ」

　お代わりの冷酒がくると、秀夫は再び勢いを取り戻した。

「飛鳥井くん。君も溜め息なんかついてないで、もっとちゃんと怒ったほうがいいよ。大体、飛鳥井姓になりたくないなんてごね始めるのは、君に対して随分失礼な話じゃないか。僕は、遠山さんはいい子だと思っていたんだけどね。まったくもって呆《あき》れたもんだ」

「飛鳥井姓になりたくないんじゃなくて、自分の名前を失うのが嫌なんだって、本人は言ってましたけど」

　あまりに秀夫が憤慨《ふんがい》するので、却って達也は涼音をかばってしまう。

「屋号を飛鳥井にすることには彼女も賛成してるので、だったら、僕が改姓してもいいんじゃないかって、一時は思ったんですけどね……」

「いや、それは絶対にやめたほうがいい」

　達也が言い終わらないうちに、秀夫が強く首を横に振った。

「この日本社会では、余程のことがない限り、男の改姓は不利に働く。なんだかんだで、〝婿〟は一段下に見られるから」

　男の改姓が婿養子になることとイコールではないことは、達也も今では理解しているつもりだが、秀夫の言わんとしていることも無視はできないと感じる。

「それにさ、飛鳥井くんは、今後もグローバルに活躍していく可能性があるだろ？　だったら、改姓は絶対に勧めないね」

　次に秀夫が口にしたのは、これまで達也が考えたこともないことだった。

「僕の欧州《おうしゅう》修業時代のパティシエ仲間に、かみさんの苗字に改姓しているやつがいてさ。普段は旧姓を名乗ってるから、僕も詳しい事情は聞かなかったけど、そいつが海外のホテルにチェックインするとき、通称とパスポートの名前が違うっていうんで、毎回揉めるのよ。店の口利きでホテルを予約すると、通称で伝わっちゃってることが多いからね。あれは面倒だった。今はパスポートに旧姓も記載できるらしいけど、どっちにせよ、コンクールに出るときとかは、通称の旧姓で登録するか、改姓後の本名で登録するかで、無駄な手続きをしなきゃならなくなる」

「なるほど……」

冷酒を注いでもらいながら、達也はうなる。通称で旧姓を使えば、改姓してもたいした違いはないと思っていたが、そうした事態は想定したことがなかった。

「おまけに身分証明が必要なコンクールだと、もっと厄介だ。改姓後の本名で登録したら、旧姓時代の実績を棒に振ることになりかねない。君はヨーロッパの製菓コンクールで入賞したこともあるんだから、タツヤ・アスカイの名前は、絶対に捨てちゃいけないよ」

名前が変わることによって、それまでのキャリアが同一人物のものだと認識されない場合が起こりうるのだと聞かされて、達也は初めて改姓のリスクに気がついた。

特に、自分にはローマ字の識字障碍がある。海外で問題があったとき、一人で書類の手続きをするのは困難だ。

「遠山さんも、自分の名前を失うのが嫌だなんて、よくそんな生意気なことが言えたものだよ。遠山さんの名前と、飛鳥井くんの名前じゃ、社会的な意味が全然違うじゃないか」

コップ酒をあおり、秀夫はハーッとアルコール臭い息を吐いた。

「今の世の中が甘いから、女がどんどんつけ上がって、勝手放題言い始めるんだ。なんでもかんでも平等なわけがないだろう。なにが性差だ。そんなもの、あって当たり前じゃないか。それが証拠に、我々男は逆立ちしたって子どもは産めない。権利ばかり主張する女に限って、この一番大事な女性の役割を果たしていない。それができなくて、なにが自己実現だ。笑わせるな。少子化がとまらないのは、女どもが我儘《わがまま》になりすぎたせいだ。このまま、勝手な女たちの主張を真に受けていたら、世の中は滅茶苦茶になっちゃうよ。まったく、女ってやつは本当に、どこまでいっても自分本位だな」

「ちょ、ちょっと、待ってください」

秀夫があまりにあしざまに女性全般を罵《ののし》り続けるので、さすがに達也は訝《いぶか》しさを覚える。

「須藤さん、なにかあったんですか」

達也が尋ねると、秀夫が憮然《ぶぜん》としてテーブルに肘をついた。しばらく黙った後、重たげに口を開く。

「いやあ、実はねぇ……。俺も、元家族のことで、正直参ってるんだ」

いつの間にか、秀夫の主語が、僕から俺に変わっていた。

「娘さんのおかげで、普通に交流できるようになったんじゃないんですか」

「問題は、その娘だよ！」

秀夫の声が再び大きくなる。

「いや、確かに俺にも悪いところはあったんだろうが、それでも、やっぱり男親がいないと家庭は駄目だ。女親なんかに任せていたから、娘が常識外れなことを言うようになったんだ」

「娘さんに、なにかあったんですか」

イヤーエンドアフタヌーンティーとフェアウェルアフタヌーンティーで顔を合わせた秀夫の娘は、パンツスーツを颯爽《さっそう》と着こなす、いかにも仕事ができそうな女性だった。

「それがねぇ」

眉間に深いしわを寄せ、秀夫が項垂れる。

「いやあ、これぱっかりは、さすがにうまく説明ができない」

急に秀夫が潮垂れた様子になったので、達也もそれ以上聞き出すのはやめて、代わりに酒を注いだ。どうやら、秀夫の「元家族」に、なにやら問題が起きたらしい。

「飛鳥井くん」

達也が秀夫のコップに酒を注ぎ終えると、ぽんと肩をたたかれた。

「なんだかんだ言って、俺は家庭ではずっと二対一で孤独だったからな。妻と徒党を組んで、好き勝手言ってる娘じゃなくて、君みたいな息子がいたらよかったよ」

それは、どうだろう。

すっかり赤くなった秀夫の顔を見返しながら、達也は胸の奥底で疑問に思う。

せっかく自分の店を持つなら、菓子店なんかじゃなくて、レストランにすればいい――。

両家の顔合わせで、父親から言われた言葉が、まだどこかに引っかかっている。

秀夫も酔っぱらって感傷的になり〝たられば〟を言っているだけだろうが、親と子というのは、それほど単純に互いを理解し合えるわけではない。それは、同性であっても異性であっても、結局は同じに違いない。

「娘だって、昔は可愛かったんだよ。子どもの頃、父の日にはいつも花を贈ってくれてねぇ。どうしてそのままでいてくれなかったのかねぇ……」

注ぎ終えたばかりの酒をあっという間に飲み干し、秀夫がぐずぐずとくだを巻き始める。

「須藤さん、今夜は飲みましょう」

秀夫も自分も、どうせ家で待っている人などいないのだ。この際、とことん酔っぱらってやろうと、達也は店員に向けて手を上げた。


一体、なにが起きているのか。

厨房の本棚で製菓用の材料図鑑《ずかん》を探しながらも、達也の思考は千々に乱れる。

落ち着かなくてはいけない。まずは順を追って、頭を整理するべきだ。

しかし、そう思った瞬間、こめかみのあたりがずきりと痛む。酷《ひど》い二日酔いだった。

見つけた図鑑をテーブルに置き、達也はとりあえず、冷蔵庫で冷やしておいたハーブウォーターをグラスに注いだ。一息に飲み干せば、レモングラスとスペアミントの香りが鼻に抜け、少しだけ頭がはっきりする。

昨夜、秀夫とさんざん酒を飲み、終電で家に帰ったところ、意外なことに涼音が実家から戻っていた。涼音はなにかを盛んに話したがっていたが、自分は到底それを聞けるような状態ではなかった。

〝スーズーネー〟

へべれけになりながら、久しぶりに顔を合わせた涼音におおいかぶさり、

〝ちょっと、達也さん。達也さん、しっかりして。もう、いい加減にして、達也っ！〟

と、耳元で怒鳴られたところまでは記憶がある。出会ってから、二度目の呼び捨てだった。

いや、そんなことはどうでもいい。

鏡のように磨《みが》かれたシンクに映《うつ》っている自分の姿を、達也はぼんやりと眺める。

そこへ、トレイを持った涼音が入ってきた。

「達也さん、お客さんをあんまりお待たせしないで」

二杯目の紅茶を用意しながら、じろりとこちらをにらみつける。

「いや、もう少し早く起こしてくれたら……」

「何度も起こしたけど、起きなかっただけでしょ」

「っていうか、事前にちゃんと説明してくれていたら……」

「だから、昨日、待ってたでしょ。説明しようにも話を聞く状態じゃなかったのは、そっちじゃないの」

ラウンジ仕込みの手際で新しい紅茶を用意しながら、涼音が鼻を鳴らした。

「昨夜、何時間待ったと思ってるの？　仕事だと思ったから電話もメールもしなかったのに。誰と飲んでたのか知らないけど、達也さんがあんなにだらしなく酔っぱらう人だとは思わなかった」

そう言われると、返す言葉もない。

今朝も、涼音は何度となく自分を起こそうとしたのだろう。そのたび、振り払ってベッドの奥にもぐりこんだ覚えがそこはかとなく残っている。

ようやく眼が覚めたのは、顧客がくるぎりぎりの時刻だった。

既に涼音が一階に下りていることに気づき、慌てて身支度をして店舗スペースへ向かったのだ。

「しかし、まさかなぁ……」

達也が呟くと、涼音がティーカップを温めていた手をとめた。

「そんなにおかしなこと？　事情を知ってたら、断った？」

「それはない」

即座に首を横に振る。その瞬間、二人の間のどこかぎこちなかった空気が、ふっと和《やわ》らいだ気がした。

「俺、アルコール臭くないか。マスクしたほうがいいかな」

口元に掌をかざし、ハーッと息を吐いてみる。幸いアルコール臭はなく、先ほど飲んだハーブウォーターの香りがした。

「大丈夫。今準備してるスパイスティーは酔い覚ましにもいいから。早くお客様のところへいって」

涼音がポットに茶葉を入れると、クローブとシナモンの甘い香りが厨房に漂った。達也は材料図鑑を手に取り、店舗スペースへ戻る。

空のショーケースが並ぶ店舗の隣に、ゆくゆくは喫茶ラウンジにする予定の部屋があり、真ん中に設《しつら》えられた大きなテーブルに、初めてケーキを予約してくれた顧客が並んで座っていた。内装工事はまだ完全には終わっていないが、窓からは明るい日差しが降り注ぎ、テーブルの上にムクロジの木漏れ日が散っている。

「お待たせしました。こちらを見ていただきながらお話ししたほうが、イメージが湧くかもしれません」

達也は、二人の前に材料図鑑を置いた。

「わあ、製菓の材料って、こんなに種類があるんですね」

図鑑の分厚さに眼を見張ったのは、ラウンジで出会ったときと同様、パンツスーツに身を包んだ秀夫の娘、阿川晴海《あがわはるみ》だった。

ショートカットの晴海の隣に、栗色の髪を肩まで垂らしたおっとりとした雰囲気の女性が座っている。

〝ご無沙汰しております〟

出会い頭に晴海に頭を下げられ、昨夜、彼女の父親の秀夫と飲んでいただけに、達也はその偶然に少し驚いた。

一瞬、反応が遅れてしまい、先に接客に当たっていた涼音から露骨ににらまれた。

〝以前、桜山ホテルのラウンジでアフタヌーンティーを食べたとき、飛鳥井シェフの特製菓子《スペシャリテ》が本当に美味しくて。柚子《ゆず》ジャムのザッハトルテ、最高でした〟

そう続けられたときは、自分のスペシャリテを気に入った晴海が、親しい友人の結婚式用に、ウエディングケーキを注文しにきてくれたのかと考えた。

〝だから、私たちのためのウエディングケーキは、絶対、飛鳥井シェフにお願いしたいって、ずっと思ってたんです〟

しかし、〝ね〟と二人が幸せそうに顔を見合わせた瞬間、半分霞《かすみ》がかかったようだった頭が一気にはっきりとした。同時に、秀夫が散々荒れていたわけを悟る。

〝問題は、その娘だよ！〟

昨夜の秀夫の大声が、すぐ耳元で響いた気がした。

もちろん自分には、同性パートナーを持つ人たちへの偏見《へんけん》はない。それでも、「これぱっかりは、さすがにうまく説明ができない」と、苦悶《くもん》の表情を浮かべていた秀夫の様子を思い返すと、正直、狼狽《ろうばい》が先に立った。

そこで、どんなウエディングケーキにするのか、まずは素材を見たほうがいいだろうと理由をつけて、一旦《いったん》は厨房に引っ込んだのだった。

「ゆきちゃんは、ナッツ系が好きだよね」

晴海が傍《かたわ》らの女性に呼びかける。

「すごい……。アーモンドやクルミだけでも、産地によってこんなに違う種類があるんだ」

「ねえ、はるちゃん、花びらの砂糖漬けなんていうのもあるよ」

仲睦《なかむつ》まじく材料図鑑を覗《のぞ》き込《こ》んでいる二人を見るうちに、達也の心も徐々に落ち着きを取り戻してくる。

〝事情を知ってたら、断った？〟

先ほど、厨房で涼音に尋ねられたとき、達也は即座に首を横に振った。そこに躊躇はなかった。

そして、それがすべてだと思った。

彼女たちは、自分のケーキを特別なアニバーサリーに選んでくれた、大切なゲストだ。

「アレルギーや苦手な食材がありましたら、ぜひお申しつけください」

落ち着かなかった気持ちが消え去り、達也はごく自然に笑みを浮かべることができた。

彼女たちが興味を示した素材のページに付箋《ふせん》を貼ったりしていると、涼音がポットをトレイに載せて戻ってきた。新しい紅茶が振る舞われ、スパイシーな甘い香りが店内に広がる。

「この紅茶、すごく美味しい！」

一口飲んだ晴海が眼を丸くした。

「よかった。蘭《らん》の香りがする中国産の紅茶に、クローブとシナモンを加えたオリジナルブレンドなんです」

達也の隣の席に着きながら、涼音が柔《やわ》らかく微笑《ほほえ》む。

「それで、いかがですか。イメージは固まりそうですか」

「なんだか、あまりに色々な選択肢があって、却って迷っちゃって……」

「ウエディングケーキは、アニバーサリーケーキの中でも、本当に特別なものですものね」

誕生日や結婚記念日は毎年やってくるが、結婚は、基本、人生に何回もある節目ではない。その日に食べるケーキは、誰にとっても、最高の思い出として心に留められるべきだ。

涼音と晴海の会話を聞きながら、達也は改めてそう考えた。

「同性婚が認められていない日本では、私たちは正式に結婚できるわけではないんですけど」

晴海が少しだけ苦しそうに眉を寄せる。

「でも、今はパートナーシップ制度が導入されている自治体も少しずつ増えてるんですよ」

傍らの女性、有紀《ゆき》が、助け船を出すように口をはさんだ。

「だから私たち、そういう地域に住居を構えて、来年から新生活を始めようと思ってるんです。ね、はるちゃん」

有紀に微笑みかけられ、晴海も明るい表情を取り戻した。

「そうですね。国が認めてくれなくても、草の根的な動きがないわけではないので、まずは私たちがそれを根付かせていくことが大切かなって、考えているんです。そこで、その節目に、ごく親しい人たちを呼んで、小さな結婚パーティーを開きたいと計画してるんです」

今回発注のあったウエディングケーキは、そこで食べるためのものということだ。

「法的に認められなくても、好きな人と一緒に新しい人生を始める私たちのことを、親しい人たちには知ってもらいたいんです」

有紀が達也と涼音を真っ直ぐに見る。晴海のパートナーは、おっとりとした見かけとは裏腹に、思いのほかしっかりとした女性のようだった。

好きな人と一緒に新しい人生を始める——。そのシンプルなマインドには、共感しか覚えない。

だが。

「このこと、須藤さん……お父さんには……」

ためらいはあったが、達也はどうしても晴海に聞かずにはいられなかった。

瞬間、晴海の頰が軽く引きつる。

「いえ」

苦い笑みを浮かべ、晴海が首を横に振った。

「ゆきちゃんのご両親や、母はまだ理解があるんですが、父はとてもとても」

達也と涼音を交互に見やりながら、溜め息交じりに晴海は続ける。

「飛鳥井シェフと遠山さんはご存じだと思いますが、父は本当に古いタイプの人間なんです。悪気はないのかもしれませんが、妻である母のことも、娘である私のことも、自分のために存在していると思い込んでいるようなところがありましたから」

晴海の視線が下を向いた。

「離婚後も大変で……。ようやく最近、普通に話せるようになってきたんですけどね。また、険悪な状態に逆戻りです。父は母が私を甘やかしたから、私が〝好き勝手なこと〟を言い出したと思っているようです。確かに私は、ゆきちゃんに出会うまで、自分のセクシュアリティに気づいていませんでしたから。父にとっては、突然の〝我が儘〟にしか思えないのかもしれません」

うつむく晴海の手に、有紀がそっと自分の掌を重ねる。

「本当なら、父にも参加してほしいのですが、それはあきらめています。理解できない人に、それを強《し》いることはできませんので」

晴海が黙ると、店の中がしんとした。

木漏れ日が揺れ、紅茶のスパイシーな香りだけが周囲に漂う。傍らの涼音も、じっと考え込んでいるようだった。

ここで下手《へた》な慰めを口にすることなど、誰にもできやしない。

LGBTQという言葉が、どれだけ盛んにメディアで使われるようになっても、人の気持ちはそう簡単に変わるものではない。ましてやそれが親や子であれば、一層割り切れないものがあるのだろう。自分ですら、父との間には常に心の距離を感じているのだから。

ままならない。面倒臭い。

けれど、すっかり潮垂れていた秀夫の様子を思い返すと、達也の中になにか込み上げてくるものがあった。

「あの」

気がつくと、勝手に口が動いていた。

「結婚パーティーを開く店は、もう決められているんですか」

「いえ」

晴海が顔を上げて、首を横に振る。

「それでは、ここで開いてみてはいかがでしょう。来年なら、この部屋も喫茶ラウンジとしてももう少し形になっていると思いますし」

「え？　いいんですか」

「はい。食事はキッシュやサラダ等の惣菜《デリ》が中心になりますが」

深く頷き、達也は続けた。

「ウエディングケーキの設置も、出張より店内のほうが、凝《こ》ったものができますので」

当初は、この店をそんなふうに使うつもりはなかった。あくまでパティスリーが中心で、喫茶スペースは当面補助的なサービスにするつもりでいた。

だけど——。

「それ、すごくいい考えだと思います！」

傍らの涼音が声を弾ませた。

「ぜひ、この店で結婚パーティーを開いてください」

言いながら、達也にもにっこりと笑いかける。涼音の心底嬉しそうな笑みを、久々に見たような気がした。

「ケーキのイメージですが、たとえば、お二人の思い出に関するものから作ってみるのはいかがでしょう。色ですとか、香りですとか……」

俄然張り切り出した涼音が、テーブルの上に身を乗り出す。

「私がアンケートを作成してメールでお送りしますので、まずはそれにお答えいただき、その結果をもとに、もう一度打ち合わせをするのはどうでしょう。せっかくですから、世界で一つの、最高のウエディングケーキを作りませんか」

「すてき！」「嬉しいです！」

涼音の提案に、晴海と有紀がぱっと顔を輝かせた。晴海の表情からも、物憂《ものう》げな陰《かげ》りがすっかり消えている。

「次回の打ち合わせ、楽しみにしています」

何度も頭を下げて店を出ていく二人を、達也と涼音は肩を並べて見送った。

その晩、達也は二階のキッチンで、涼音と一緒に夕食の準備をした。

涼音が具沢山の味噌汁《みそしる》を作りながら、ギンダラの粕漬《かすづ》けを焼き始めたので、達也はパプリカと赤玉ねぎとキュウリにヨーグルトソースをかけて、ギリシャ風のサラダを用意した。仕上げに、ブロッコリーとカリフラワーのピクルスを添える。

発芽玄米入りのご飯が炊《た》きあがったところで、一緒に食卓を囲んだ。

「いただきます」

両掌を合わせてから箸《はし》を取った。

「ねえ、達也さん。ウエディングケーキを作るのは、やっぱり普通の製菓とは違うの？」

味噌汁のお椀《わん》を傾けつつ、涼音がごく自然に話しかけてくる。

「そうだね。まず、本当に食えるケーキにするか、写真用の装飾用ケーキにするかっていうのが、一番大きな違いかな。結婚式場が設置するケーキは、入刀部分だけが本物で、後は豪華に見えるイミテーションが多いから」

イミテーションに使うのは、主にシュガークラフトと呼ばれる技術だ。

「シュガークラフトっていうのは、砂糖とゼラチンを混ぜて作る飾りのための細工だな。俺が通っていた製菓学校ではシュガークラフトの講習はなかったけれど、これを専門に教えてる学校もある。製菓のコンクールには、シュガークラフト部門もあるし」

涼音が焼いた粕漬けを食べながら、達也は続ける。

「桜山ホテルのバンケット棟で作ってたのも、ほぼイミテーションケーキじゃないのか。バンケット棟のシェフ・パティシエは、確かジャパンケーキショーのシュガークラフト部門の入賞者だったはずだぞ」

「そう言えば、バンケット棟では記念撮影用に、造花を使ったケーキとかもよく作ってた。私は、食べられるケーキのほうが好きだけど」

「食べられる伝統的なウエディングケーキは、大まかに言えば、フランスのクロカンブッシュと、イギリスのシュガーケーキに二分される」

「クロカンブッシュって、イヤーエンドアフタヌーンティーのときに、達也さんも作ったケーキでしょ」

「そう」

クロカンブッシュは、小さなシューを積み上げ、飴《あめ》などの糖衣《とうい》で固めた飾り菓子だ。シューの数は五穀豊穣《ごこくほうじょう》や子だくさんを象徴し、高く積み上げれば積み上げるほど幸福になれると言われている。

桜山ホテルがブノワ・ゴーランを招聘《しょうへい》した際、達也はホテル棟のシェフ・パティシエとして、ゴーランとバンケット棟のシェフ・パティシエと三人で、クロカンブッシュをそれぞれ製作するというコラボ企画に参加した。

だが日本のウエディングケーキは、実のところ、このクロカンブッシュの影響は受けていない。

「日本で一般的に知られている三段のウエディングケーキは、イギリスのシュガーケーキが原形だよね。ビクトリア女王の第一王女の結婚式に、二メートル近い三段重ねの巨大ケーキが登場したっていう……」

製菓の歴史をよく勉強している涼音は、さすがにその辺の事情に詳しい。

「その通り。当時、それが世界的なニュースになって、太平洋戦争後の日本でも定着したのが、日本式ウエディングケーキの大体のあらましだね」

英国の伝統的な三段重ねのシュガーケーキには、本来厳密な意味がある。一番大きな一段目は、新郎新婦と宴席に参加したゲストがその場で切り分けて食べ、二段目は宴席にこられなかった友人知人に配られ、トップの三段目は新郎新婦が持ち帰り、第一子が誕生した際に改めて食べるのだ。

「イギリスのシュガーケーキっていうのは、そもそもドライフルーツをぎっしり詰め込んだ日持ちのするフルーツケーキを砂糖でしっかりコーティングしたものだから、優に一年は長持ちする。要するに、ケーキが腐《くさ》る前に第一子を誕生させろっていう意味なんだろうな」

達也の説明に、涼音が少し眉を寄せる。

「私はそれはちょっと嫌だな。物語性はあるのかもしれないけど、プレッシャーを感じちゃう」

「確かに、余計なお世話だよな」

互いに顔を見合わせて、肩をすくめた。

「ちなみに、ウエディングケーキには、なにかタブーのようなものはあるの？　使ってはいけない素材とかモチーフとかあるなら、アンケートを作る前に聞いておきたい」

「モチーフは、縁起の悪いものでなければ基本的に問題ないと思う。ただ、二つに割り切れるものを避けるっていうのはあるかな。普通、ホールケーキは八等分に切ることを想定して装飾するんだけど、ウエディングケーキの場合だけは、七等分になるようにデザインする。縁の飾り絞《しぼ》りも、必ず奇数にするんだ」

「へー、面白い。まだまだ知らないことってあるなぁ」

食事中なのに涼音がいきなりメモを取り出したので、「おいおい、後にしろよ」と、達也は笑った。

涼音と話していると単純に楽しい。菓子に対する興味の深さももちろんあるが、それ以上に、どこかに密《みつ》に通じ合うものがある。恐らく自分と涼音は、信じるものや、見たい景色が近いのだ。

どうしてその人を、自分は一瞬たりとも疑うような真似をしたのだろう。

「今は伝統にこだわる必要もないんだから、涼音が言うように、できるだけ顧客の要望に沿った、世界で一つの最高のウエディングケーキを作ることだってできるよ」

「達也さんなら、絶対ね」

涼音が嬉しそうに請け合った。

それからしばらく、満ち足りた気持ちで食事を続けた。涼音が作った小松菜とナメコと豆腐の味噌汁は昆布出汁《だし》が利いているし、ギンダラも脂《あぶら》が乗っていて美味しい。達也が作ったギリシャ風サラダやピクルスも、さっぱりしていて和食にぴったりだ。

一週間近くこじれていたことが嘘《うそ》のような、いつもの二人の夕食だった。

「達也さん……」

やがて、涼音が再び口を開く。

「結婚パーティーの場所をうちの店にしたのって、ここなら、もしかしたら須藤さんも呼べるかもしれないって思ったからでしょう?」

やっぱり伝わっていたかと、達也は涼音を見返した。

「昨日一緒に飲んでたのって、実は須藤さんなんだよ」

打ち明けると、涼音も「え」と、驚いた顔になる。

「途中から須藤さん、結構荒れ出してさ……」

達也は昨夜のあらましをかいつまんで説明した。露骨な女性嫌悪はできるだけ割愛したが、秀夫が〝元家族のことで参っている〟と苦悶していたと告げると、涼音も複雑な表情を浮かべた。

「昨日の今日だったから俺も驚いたけど、正直なところ、ああ、このことかぁって、思っちゃったんだよね。最近はＬＧＢＴＱに関しての議論も随分オープンになってきてるけど、家族となると、また違うのかもしれないし」

法的に認められなくても、好きな人と一緒に新しい人生を始める自分たちのことを、親しい人たちには知ってもらいたいという晴海たちの気持ちも分かる。

だからこそ、一層やるせない。

「でも、晴海さんが最高だって言ってくれた柚子ジャムのザッハトルテ……。あれ、実を言うと、奥さんと娘さんの分だけ、事前に須藤さんと一緒に作ったんだ」

あのザッハトルテを晴海が気に入ったのは、そこに少女時代に食べた父の古典菓子の味わいを見つけたからではないかと、達也には思われるのだ。

「そんなことがあったんだね……」

涼音が感慨深げに呟く。

「だけど、結婚って不思議だよね」

カリフラワーのピクルスを口に運び、涼音は眼差しを遠くした。

「私、結婚は好きな人と一緒に生きていくためにするものだと思ってたけど、やっぱりそれだけじゃないみたい。だって、男女の結婚なら、例外なく〝おめでとう〟なのに、同性同士だとそうはいかなくなるんだものね」

ピクルスを咀嚼《そしゃく》しながら、涼音が続ける。

「もちろん、家族だからこそ、それを認められない人がいるっていうのはなんとなく理解できるんだけど。でも、そうした身内の感情を抜きにしてじっくり考えてみると、やっぱり世間的な〝おめでとう〟って、なにかの罠《わな》なのかなって思えてきた」

「罠？」

訝しく思って聞き返すと、「そう」と真剣な表情で頷かれた。

「以前、彗怜《スイリン》に会ったとき、彼女が言ってたの。この世の中には、結婚や妊娠を、とにかく〝おめでたいもの〟にしておきたい流れが、大昔から脈々と息づいているんだって」

呉《ウー》彗怜――。かつて、桜山ホテルのラウンジにいた、北京《ペキン》出身のサポーター社員だ。英語、日本語、中国語を流暢《りゅうちょう》に操るトライリンガルで、なぜこんなに優秀な女性がサポーターに甘んじているのだろうと不思議に思ったことがある。

後に涼音から、彼女が何度も正社員登用試験を受けていたことを聞かされた。

そこに人種の壁があったかどうかは定かではないが、彼女のスキルを鑑《かんが》みると、不自然さは否《いな》めない。ある日突然桜山ホテルを去った彗怜は、今では外資系ホテルのラウンジのチーフになっている。

あまりに頭が切れすぎて、涼音の企画をかすめ取るようなこともあったはずだが……。

〝やられちゃいました〟

あのとき、涼音はあっけらかんと肩をすくめていた。

ラウンジにいた頃から、常連客を大事にする涼音と合理的な彗怜は、たびたび接客についても意見をぶつからせていたけれど、それでも、仕事となればてきぱきと協力し合い、人気のある窓側席を効率的に回していた。

タイプがまったく異なる女性同士だって、しっかり仕事をこなしていましたよ。

〝女ってやつは〟とさんざん腐していた秀夫を思い出し、達也は内心苦笑する。

そんなことは当たり前とばかりにシニカルな眼差しをくれる、モデル並みのスタイルを誇る呉彗怜の姿が目蓋《まぶた》に浮かんだ。

「達也さん、孔子《こうし》の三従《さんじゅう》の教えって知ってる？」

「いや、なんだっけ」

「女性は生家では父に、嫁いだら夫に、夫の死後は子に従えっていう教え。それが二千年に亘《わた》ってアジアに浸透している、儒教《じゅきょう》のマインドなんだって」

言われてみれば、聞いたことがある。

「内助の功とか、母性とかを求められるのも、その延長線上だよね」

涼音が独り言のように続けた。

「それって、本当におめでたいのかな？」

内助の功。母性。一聴すれば耳あたりのよい言葉だが、裏を返せば、〝夫に従え〟〝子に従え〟ということか。

自身にそれを求められることを、達也も初めて本気で考えてみた。

割に合わねえな――。

正直な思いが胸をかすめる。

社会において、婿は一段下に見られる。改姓によって、これまでのキャリアを認識されなくなる恐れがある。

涼音がこだわる〝自分の名前が消える〟という喪失感をはじめ、様々な不利を当たり前のこととして女性に押しつけて、これまで男性社会は回ってきたのだ。

結婚や妊娠に対する、世間的な〝おめでとう〟の大合唱を、祝福ではなく、「罠」だと疑い始める女性たちがいたっておかしくはない。

ふと、達也は思いつく。

これまで耳にたこができるほど繰り返されてきた、〝結婚は二人だけでするものではない〟という「常識」は、脈々と受け継がれてきた抑圧と犠牲から、お前らだけが自由になることは許さないという、牽制《けんせい》なのではないだろうか。

「だけど、晴海さんたちの話を聞いていて、私も少し反省した」

涼音の言葉に、考え込んでいた達也は我に返った。

「法的に結婚できるのに、改姓のことで悩んでる私は、やっぱり贅沢《ぜいたく》なのかなって……」

「そんなことはない」

遮るように否定し、自分でもハッとする。

しかし、そうではないか。

おかしいのは二千年のマインドを引きずったままでいる、この世の中だ。

「だって、二千年だろ、二千年」

これまでは、女性や子どもを犠牲にしてでも男が戦わなければ、世の中が成り立たなかったのかも分からない。でも、もう充分なはずだ。

自分にも涼音にも、それぞれのキャリアがある。そのキャリアに不利に働く改姓のリスクを、涼音だけが引き受ける必要はない。

「そろそろ変わるべきだよ。三従の教えの孔子先生だって、頃合いだって言ってるはずだよ」

令和の世になってさえ、選択的夫婦別姓も同性婚も認められないこの国は、一体なにに怯《おび》えているのだろう。

そうまでして首根っこを押さえておかなければならないほど、俺たちは愚かしい存在か。

須藤さん。あんたもあんただよ。

どうして、娘の主張を真に受けたら、世の中が滅茶苦茶になるなんて思えるんだ。子どもの頃は、毎年父の日に花を贈り、成長してからは、出ていった奥さんとの仲を取り持ってくれた娘さんを、なぜもっと信用できないのか。

改姓したくないと言った涼音のことも、〝生意気〟で済まされたくない。

怒るべきはそのことだった。

ああいう言葉は、聞き流してはいけなかったのだ。

「涼音、今までごめん。おかしいのは、涼音じゃなくて、世の中のほうだ。それを、仕方がないで、済ましたりしちゃいけなかったんだ」

ふと視線を上げ、達也は息を吞《の》む。

涼音の大きな瞳に、涙が一杯に溜《た》まっていた。細い肩が震え、あふれ出た涙がぽたぽたとテーブルの上に散る。

「本当に？」

涼音の声がかすれた。

「私、誕生日の日、婚姻届を出してないことがばれて、母から電話でうんと叱られたの。つまらないことで、達也さんに迷惑をかけるなって……」

あの日、帰ってきた涼音が眼の下に隈を浮かばせていたことを、達也は思い出した。婚姻のことで責め立てられていたのは、自分だけではなかったのだ。

席を立ち、達也は涼音の傍にいった。

「これまで一人で悩ませて、本当にごめん」

震える涼音の肩を、しっかりと抱き寄せる。

結局、自分も秀夫と同じだ。世間一般に流されて、涼音の悩みを理解しようとせず、それどころか、自分の障碍に理由があるのではないかとまで疑った。

隠したい劣等感に眼を曇《くも》らせていた自分は、秀夫以下だったかもしれない。

「悪かった」

声を殺して嗚咽《おえつ》する涼音を、達也はぎゅっと抱き締めた。

好きな相手と人生を共にする――そのシンプルなことを、これ以上不自由にする必要はない。

社会のため、世間のため、家のために、肝心《かんじん》の二人の気持ちを、これ以上犠牲にすることはない。

確かにこの世の中はままならないことだらけだが、そこに生きる人たちだって相応に強《したた》かなはずだ。

常識破りが、やがては伝統に変わることだってあったじゃないか。

「涼音、冷凍庫に、誕生日に焼いたクイニーアマンがあるんだけど」

〝小麦《パン》がなければ、お菓子《ケーキ》を作ればいいいじゃない〟――一介のパン屋の機転が生んだ、ブルターニュ地方の伝統菓子。

クイニーアマンと聞いて、涼音の身体がぴくりとした。

「達也さん……」

涼音が泣き濡《ぬ》れた瞳を上げる。

「達也でいいよ」

達也は涼音の髪を優しく撫《な》でた。

それから、二人で一階の厨房にいき、オーブンでクイニーアマンを温めた。しばらくすると、バターの甘い香りが厨房一杯に広がる。カラメルがパリッとして、できたてに近い状態に仕上がった。

ホイップクリームを添えたクイニーアマンを、達也も涼音と一緒に食べてみた。

表面のカラメルをがりっとかじると、有塩バターのこくが甘酸っぱい紅玉のフィリングと混じり合い、得も言われぬ美味しさになる。

「美味しい」「うまいなぁ」

期せずして、二人の声が重なった。

フランス菓子には無塩バターを使うことが多いが、クイニーアマンには有塩バターがたっぷりと使われる。それはブルターニュ地方が塩の産地だということもあるが、実はもう一つ理由があった。

フランスでは中世まで有塩バターが一般的だったが、一三四三年、塩に高い税金がかけられることになり、以降、無塩バターが主流になる。

だが、ブルターニュ公国の王女が、フランス国王に嫁いだため、ブルターニュ地方のみ、特例として塩税が免除されることになったのだ。それでブルターニュ地方には有塩バターが残り、後にクイニーアマンや塩キャラメル等の郷土菓子を生んでいくことになる。

ヨーロッパでは、お菓子の陰に婚姻が絡んでいることが存外多い。

イタリアのカトリーヌ・ド・メディシスや、オーストリアのマリー・アントワネットがフランスに嫁ぐ際、大勢の菓子職人を引き連れてきたというのは有名な話だ。

いつでも故郷の好きな菓子を食べられるようにという祖国の心遣いではあったろうが、それだけに、外交手段として異国に嫁がされる彼女たちが背負っていた荷物の重さがしのばれる。

もちろん、当時の姫君とは比べ物にならないが、涼音には身一つで自分の隣を歩いてほしいと達也は願った。

結納を省くのは無責任、式を挙げないのは非常識、向こうのおうちに失礼、所帯を持ってようやく一人前、夫婦は同姓でないと一体感が生まれない、ケーキが腐る前に第一子……。

ビクトリア女王の時代から今に至るまで、あらゆる言葉で「結婚は二人だけでするものではない」と散々刷り込まれてきたけれど。

どいつもこいつも、余計なお世話だ。うるせえよ。

結婚に限らず、人は自分一人だけでは生きていけない。周囲の協力を必要とすることも、必要とされることもあるだろう。そのときはそのときで、誠心誠意、覚悟をもって筋を通す。

だから、未婚率や少子化を本気で憂《うれ》えるなら、結婚の選択くらい、当事者二人の真の心で決めさせてほしい。

これ以上、鋳型《いがた》にはめるな。圧をかけるな。干渉するな。

「涼音、遅くなったけど、誕生日おめでとう」

あの日、伝えられなかった言葉を達也は改めて告げる。

「あと、俺たち、ちゃんと納得のいく形で結婚しような」

それは、今の自分の偽らざる気持ちだった。

「ありがとう、達也」

泣きはらした眼をした涼音が、紅玉のように頰を染めてにっこりと微笑んだ。

第四話

サマープディング

十一月に入ると、桜山《おうざん》ホテルのホテル棟とバンケット棟の入り口には、早くも豪奢《ごうしゃ》なクリスマスツリーが飾られる。

なんだか、今年もあっという間だ。

毎年、同じようなことを言っている気がするけれど……。

金銀のきらびやかなオーナメントをまとったクリスマスツリーを横目に廊下を歩きながら、香《か》織《おり》は今更のようにときの流れの速さに嘆息した。

ついこの間までうんざりするほど暑かったのに、もう年末が迫ってくる。年々残暑が長引くせいか、夏から冬への移行がことさら短く感じられた。

今でも日中は二十度を超える日が続いているが、朝晩はめっきり冷えるようになった。硝子《ガラス》窓の向こうに広がる広大な日本庭園の木々も、所々、赤や黄色に色づき始めている。

朝の日差しを受けて朱色《しゅいろ》に輝くイロハモミジに、香織は暫《しば》し眼をとめた。

忘年会やクリスマスといった最も大変な繁忙期を迎える直前の、今は比較的落ち着いた時期だ。とはいえ、そうそうのんびりとはしていられない。香織がプランニングも務めるアフタヌーンティーの企画会議は、通常七、八か月前に行われる。今は来年の夏に向けて、サマーアフタヌーンティーを開発中だ。

そのことを考えると、腕に抱えているファイルが急に重くなる。

この日の会議も、決して捗々《はかばか》しいものではなかった。

息子《むすこ》の春樹《はるき》を保育園に送り届けるのに手こずり、少々遅刻してしまったこともある。仕込みの時間を気にする朝子《あさこ》の冷たい眼差《まなざ》しを思い返せば、今でも胃の辺りがきゅっとした。

だって、仕方がないじゃないの。

そもそも会議が毎回週明けなのが問題だ。月曜日は他の日に比べてラウンジが混雑しないため会議が設定されているのだろうが、我が家でやりたい放題の休日を満喫《まんきつ》した四歳児が保育園にいきたくないと大泣きするのもまた、週明けなのだ。

会議があるからと一旦《いったん》は夫の幸成《ゆきなり》に任せたものの、散々にぐずられ「やっぱりママじゃないと駄目だ」と匙《さじ》を投げられるのが、毎回、遅刻寸前のタイミングときている。

まったく……。

春樹と一緒になって、「ママ、ママ」と甘ったれた声で自分を呼ぶ、四歳年下の夫の情けない顔が浮かぶ。機嫌のいいときの息子の相手しかできないなら、理解のあるイクメンぶるのをやめてほしい。

大体において理解とはなにか。一体、なにに対して意を汲《く》んでいるつもりなのか。

二人で作った子どもなのだから、理解する以前に、共に骨を折るのが当たり前のはずだ。にもかかわらず、一番厄介《やっかい》な部分は「やっぱりママじゃないと」の一言で、結局自分に丸投げされる。孫を猫可愛《かわい》がりするだけの〝ばあば〟や〝じいじ〟たちも、別段それをおかしなことだと思っている様子はない。

それどころか「やっぱりママが一番」は、香織に対する最大の賛辞だと考えている節がある。

出産直後に襲いかかってきたワンオペ育児は、春樹が四歳になった今も、たいして改善されていなかった。

こうした苦労を、職場に分かってほしいと願うのは、果たして「ワーママの甘え」なのだろうか。

育児休業が明けてラウンジに復帰してから、自分の立場は随分と変わってしまったように感じられる。以前は、上からも下からも信頼されている手応《てごた》えがあった。

ところが今は、シェフ・パティシエールの朝子からも、ラウンジのサポーター社員たちからも、チーフとして物足りないと思われている気がしてならない。

事実、春樹が生まれてからは、以前のようにラウンジの仕事に専心することが難しくなった。保育園から連絡があれば仕事を切り上げなくてはならないし、一番忙しい土日のシフトにもなかなか入れない。しわ寄せがいくサポーター社員たちが陰《かげ》で不満を募らせていることも、薄々感じている。

涼音《すずね》が抜けて以降、現場で唯一の正社員となった瑠璃《るり》も頑張《がんば》ってくれてはいるが、如何《いかん》せん、まだ二十代の彼女はラウンジをまとめるには若すぎる。

そのことを煎《せん》じ詰《つ》めて考えると、以前とまったく変わらずに仕事をしている幸成のことが、段々憎らしくなってくる。子どもが生まれたからといって、男親のキャリアが危うくなることは、滅多にないはずだ。どうして、たまに春樹の世話をするだけの夫が〝イクメン〟と社会的にも誉めそやされ、本当の面倒ごとを一気に引き受けている自分が、チーフとしての信頼を揺らがされなければならないのだろう。

そんなに大変なら、仕事を辞めればいい。

しかし少しでも愚痴《ぐち》をこぼそうものなら、夫や義父母はもちろん、実の両親からまで異口同音《いくどうおん》に辞職を促される。

夫の収入は悪くないし、両親も義父母もある程度の資産を持っている。その点からすれば、確かに、自分がどうしても働かなければならないほど、我が家は困窮《こんきゅう》していない。

でも、私のキャリアはどうなるの？

老舗《しにせ》ホテルラウンジのチーフの座を獲得するために、香織はティーインストラクターと紅茶アドバイザーの資格まで取った。

そうやって積み重ねてきた苦労や努力を、母親業の前で、すべてふいにしろと説くつもりなのだろうか。まるで、それこそが正論だとでも言わんばかりに。

冗談じゃない――。香織は軽く下唇《したくちびる》を噛《か》む。

私にだって、意地がある。春樹はもちろん大切だけれど、桜山ホテルのラウンジのチーフとしての立場だって、護《まも》るべきものの一つなのだ。だからこそ、受け入れ難いものもある。

誰もいない廊下で立ちどまり、香織はファイルを開いてみた。現在開発中の来年のサマーアフタヌーンティーの特製菓子《スペシャリテ》に、朝子が提案してきたのはサマープディングだ。

プディングというと、その語感からか日本ではプリンのような形のものを連想する人が多いが、ヨーロッパではそもそも蒸《む》し料理《りょうり》のことを指す言葉らしい。菓子としてのプディングは、十七世紀のプラムプディングが始まりだったという説が濃厚だ。ゼラチンやコーンスターチで固めるタイプの菓子を指すことが多いが、イギリスでは、プディングとデザートを同義の言葉として扱うこともある。

サマープディングは、ラズベリー、レッドカラント、苺《いちご》、ブラックベリー、ブルーベリー等、夏の果実をふんだんに使ったイギリスのデザートだ。

しかし、レストランというより、どちらかといえば、家庭で作られる菓子という印象が強い。

しかも朝子は、イギリス伝統の製法にこだわり、スポンジ《ジェノワーズ》ではなく、食パンを使いたいと言い出したのだ。

駄目、駄目。そんなの絶対駄目。

ファイルを閉じ、香織は首を横に振る。

食事系《セイボリー》のサンドイッチならともかく、見目麗《みめうるわ》しさとゴージャスが信条のホテルアフタヌーンティーのスイーツのスペシャリテに、食パンを使ったお菓子だなんて。

セイボリー担当のシェフ、秀夫《ひでお》も「それじゃジャムパンだな」とにべもないことを言っていた。

だったら、飛鳥井《あすかい》シェフ時代から大人気のピーチ・メルバがあるじゃないの。

定番の苺に並び、白桃《はくとう》は最近では夏のアフタヌーンティーに欠かせない人気素材だ。

〝ピーチ・メルバは、今はどのラウンジでも出してるじゃないですか。来夏は、もっとオリジナリティーのあるスペシャリテを提供したいんです〟

だが、香織の提案に、朝子は真っ向から反対してきた。

香織がたびたび達也《たつや》時代のメニューの踏襲《とうしゅう》を持ち出すことが、朝子は気に入らないのだろう。

涼音がプランナーをしていた時代はもっと新しいことに挑戦できたと、面と向かって物申《ものもう》されたこともある。

その裏側に、そろそろ桜山ホテルのアフタヌーンティーに自分の色を出したいという朝子のエゴを感じ取り、香織は胸の奥底になにかもやもやとするものを覚えるのだ。

シェフが、メニューに自分の創意《そうい》を凝《こ》らしたいと考えるのは当たり前だ。

それは理解できているのに、なぜこんな気持ちになるのだろう。朝子が十歳近く若いからだろうか。否《いな》、達也だって、随分年下のシェフだった。

でも。

香織はつい思ってしまう。

シェフとしての技能《スキル》はもちろん、達也には華《はな》があった。

真っ白なパティシエコートに身を包んだ達也の写真は、広報面においても随分使い勝手がよかった。達也自身はそのことをあまり快《こころよ》く思っていなかったようだが、〝イケメンシェフ〟というワードはやっぱり恒常的《こうじょうてき》に強い。

朝子の場合、三十代の若き女性シェフという惹句《じゃっく》が売りになったのは、ほんの一瞬だ。

一時期は、女性誌や専門誌からそこそこ取材が入ったけれど、最近はそうしたこともない。

こんなことを言えば、ルッキズムだなんだと、もっともらしいことを持ち出したがる人がいるのは充分承知の上だが……。

朝子は地味だ。なによりも非日常を売るホテルラウンジのアフタヌーンティー担当のシェフとしては、本人もメニューも地味すぎる。

ホテルアフタヌーンティーに求められるのは、第一に美しさだ。普段の生活から遠く切り離された、宝石のようなプティ・フールこそがふさわしい。

そこに、どの家庭のテーブルにもある食パンを持ち出すことなどありえない。

朝子が〝ワーママチーフ〟の自分に物足りなさを感じているのと同じだけ、マーケティングも担当している香織は香織で、達也の後任である朝子に物足りなさを感じずにはいられなかった。

しかも、今回は長引きそうだ。

ラウンジのバックヤードに向けて歩きながら、香織は口元を引き締める。

これまでも、なにかと朝子とぶつかることはあったが、セイボリー担当の秀夫がどちらかというと自分寄りであるため、最終的には香織の意見が通ることが多かった。

けれど、この頃、秀夫が妙に投げ遣《なや》りなのだ。

夏頃、「元家族に緊急事態が起きた」と言って突然休みを取って以来、どうも様子がおかしい。以前はメニュー開発にももっと協力的だったのに、最近では企画会議で香織と朝子がぶつかることを、冷笑している節まである。

賄《まかな》いも手抜きばかりでランチの楽しみがなくなったと、瑠璃がこぼしていた。公式SNSの発信も担当している瑠璃からすれば、〝バエない〟賄いはネタにならないらしい。

その瑠璃も、最近、少しだけ変わった。これまでは原形をとどめないほどの詐欺化粧《マジックメイク》をしていたが、近頃は随分厚塗《あつぬ》りが薄くなった。あざとさが影を潜《ひそ》め、ラウンジでの喋《しゃべ》り方《かた》も、幾分さばさばしてきた。少し気になって尋ねたところ、「先の安定を取るより、今を全力で楽しむパリピの初心を取り戻した」のだそうだ。それはともかく、バックヤードで競馬新聞を広げるのは、さすがにオヤジ臭いのでやめてほしい。

育休から復帰したときは、元々気心の知れていた涼音と瑠璃と共に、ラウンジを盛り立てていくつもりだった。

ところが、達也との婚約が決まると、涼音はあっさりとラウンジを去っていってしまった。

あれほど、桜山ホテルのアフタヌーンティー開発に携《たずさ》わりたいと、熱望していたのに、だ。

せっかくこのラウンジに、呼んであげたのにね。

念願かなわずバンケット棟に配属された涼音を、産休に入る際、後任に推薦《すいせん》したのは当の香織だ。

それだけに、涼音のことを考えると、香織の胸はちりっとうずく。

正直に言えば、裏切られたという思いが心の奥底のどこかにある。

しかし結婚による退職は、未《いま》だ女性の伝家《でんか》の宝刀《ほうとう》だ。それを持ち出されたら、太刀打《たちう》ちできない。どんなに腑《ふ》に落ちなくても、「おめでとう」と見送るしかない。

みんな、勝手なんだから。

足を速めつつ、香織は肩で息をつく。

来年のサマーアフタヌーンティーに関しては、朝子もそう簡単に引くつもりはないだろう。

それでも。

香織がバックヤードの扉をあけると、瑠璃や俊生《としお》をはじめとするラウンジスタッフたちが席を立った。

「皆さん、おはようございます」

ファイルをテーブルの上に置き、声を張る。

「今日も一日、よろしくお願いします」

香織の号令に、スタッフが一斉《いっせい》に「よろしくお願いします」と唱和《しょうわ》した。

その瞬間、香織の背筋《せすじ》がすっと伸びる。

ここは私のラウンジ。私はここを、全力で護り抜く。


空は高く、よく晴れているが、風が冷たい。日中の気温の高さでつい感覚が麻痺《まひ》してしまうが、考えてみれば、もう木枯らしが吹く季節なのだ。

「春ちゃん！」

さっきから飽きもせずに何回も滑《すべ》り台《だい》を滑り降りている春樹を、香織は呼んだ。

「ママーッ」

駆け寄ってくる身体《からだ》を抱きとめれば、やはり頬《ほお》が冷えている。

「春ちゃん、そろそろ寒くなってきたから、ご本読みにいこうか」

「はらぺこあおむし？」

「うん。はらぺこあおむしも、だるまちゃんもあるよ」

好きな絵本の名前をあげると、春樹は素直に手を差し出してきた。小さな掌《てのひら》を握り、香織は公園に隣接している図書館へ向かった。

この週末は幸成が関西に出張しているので、香織は午後から春樹を連れて出かけた。せっかくの休日だ。幸成がいないときに、義母《ばあば》に押しかけてこられるのも嫌だった。

近所に住む義母にはなにかと世話になってはいるが、香織の胸には、どうしても消すことのできないわだかまりがある。

〝あら、自然に産めなかったの？〟

五時間以上に及ぶ陣痛《じんつう》との戦いの末、結局緊急帝王切開《きんきゅうていおうせっかい》になったと伝えたとき、義母が漏《も》らした無神経な一言を、今でも忘れることができない。

幸成との結婚が決まった当初から、義母は、溺愛《できあい》していた次男の嫁が四歳年上であることを快く思っていないようだった。

母乳の出が悪く、ミルクを併用《へいよう》したときも「やっぱり高齢出産だから」と、まるでそれが悪いことでもあるかのように呟《つぶや》かれた。

〝お兄ちゃんのとこは完全母乳《かんぼ》だったのに……〟

なにかと長男の嫁と比べられるのも嫌だったし、頼みもしないのに、母乳の出がよくなるという触れ込みのウイキョウエキスを大量に送ってこられるのにも閉口《へいこう》した。

ハリウッドの女優たちが、四十代半ばで母親になっていることに勇気づけられてきた自分だったが、現実はシビアだ。

事実、四十二歳で春樹を出産したとき、周囲は自分より一回り近く若い母親ばかりで、香織はママ友を作ることができなかった。入院時から仲良くしている同世代の女性たちの中に、ずかずか入っていくことが憚《はばか》られたのだ。

しかし、資格を取り、ある程度のキャリアを築こうと思ったら、三十代などあっという間に過ぎ去ってしまう。

働け、産め、輝《かがや》け、と無責任に女性をあおってばかりいる政治家たちは、この辺りを一体どう考えているのだろう。

「ママ、今日、ハンバーグがいい」

春樹に見上げられ、己《おのれ》の考えに沈んでいた香織は我に返った。

「じゃあ、ハンバーグとコーンスープにしようか」

「スープはコーンだけだよ」

念を押され、「はいはい」と、香織は頷《うなず》く。栄養面を考慮《こうりょ》して玉ねぎやニンジンやグリンピースを加えると、春樹は途端《とたん》に機嫌が悪くなる。

図書館で少し絵本を読んだら、スーパーで冷凍ハンバーグと牛乳で溶《と》くだけのコーンスープの素《もと》を買おう。義母が知ったら眉《まゆ》を顰《ひそ》めるかもしれないが、実のところ、これが春樹の一番好きな献立だ。幸成もいないのだし、今夜は徹底的に手抜きでいこう。

そう決めると、香織の足取りは軽くなった。

インフルエンザが大流行し始めたと保育園の先生から聞いていたので、図書館に入る前に、香織はマスクを装着した。感染症を防ぐため、三歳からは子どももマスク着用が推奨《すいしょう》されている。幸い、春樹はマスクを嫌がらないので、香織はかがんでキッズ用マスクをつけてやった。子どもは本当に感染症にかかりやすい。そしてインフルエンザにかかっても本人は意外とけろりとしていて、周囲の大人たちが倒れる羽目になるのだ。

用心にこしたことはないと、手指のアルコール消毒も念入りに行った。

図書館内に足を踏み入れると、独特の紙の匂いがマスク越しに漂ってくる。書架《しょか》に面陳《めんちん》されたたくさんの雑誌。自習室で勉強している中高生。閲覧室《えつらんしつ》で新聞をめくっている高齢者……。

香織は昔から、図書館が好きだった。社会人になってからも、ティーインストラクターの資格を取るため、十代の中高生たちに交じって、自習室で勉強したこともある。

だが、今は春樹と一緒なので、小さな子どもたち専用の児童《キッズ》コーナーへ直進した。

少し段差のある児童コーナーは、靴を脱いで上がるようになっている。床はカーペット仕様で、赤ちゃんが寝転がったり、はいはいしたりすることも可能だ。あちこちにソファが配置され、大判の絵本や児童書のほか、パズルやボードゲーム等の簡単なおもちゃも置いてある。地域の子育て支援の取り組みによるものらしい。

この日は珍しく、コーナーには誰もいなかった。いつも他の誰かに占領されている人気の大判のアニメ絵本も、書架に積まれている。

「ママ！　これ読んで」

早速眼を輝かせて、春樹はアニメ絵本に飛びついた。

「いつもの絵本じゃなくていいの？」

「うん、こっち」

アニメ絵本を独り占めできるのが嬉《うれ》しいらしく、春樹は瞳《ひとみ》をきらきらさせている。香織は春樹と一緒にソファ席に座り、おかしな黄色いキャラクターが登場するアニメ絵本を読み始めた。

奇妙な黄色いキャラクターたちがナンセンスなギャグを繰り広げるアニメは春樹の大のお気に入りで、ページをめくるたびに、けらけらと笑い転げる。

あまり楽しそうに笑うので、途中から香織も乗ってきて、声色をアニメに似せてみた。春樹はお腹《なか》を抱えて笑っている。

他に人のいない児童コーナーで、居心地のよいソファの上で身を寄せ合い、アニメ絵本の世界に浸る。久々にリラックスできる、母と子の時間だった。

そのとき。

「ちょっと、あなたたち、少し静かにしなさい」

突如、険《けわ》しい声が聞こえてきて、香織はぎくりと身を縮めた。小さな子どもがある程度騒いでもいいように、児童コーナーは、図書館の一番奥に配置されている。

それなのに、遠くの閲覧室から、誰かがわざわざ小言を言いにきたのだ。

「す、すみません……」

もっとも、図書館では騒がないというのが鉄則のため、香織は慌《あわ》てて頭を下げた。少々調子に乗りすぎてしまったかもしれない。

もう一度謝罪しようと顔を上げ、香織は自分の身体が凍りつくのを感じた。

渋面《じゅうめん》でこちらを見下ろしているのは、ラウンジで何度か顔を合わせている篠原和男《しのはらかずお》だった。

なにかというと「シェフを呼べ」と騒ぎ立てる、瑠璃の言葉を借りれば〝カスハラジジイ〟だ。

この人、近所に住んでいるんだろうか——。

一瞬、ぞっとしたが、篠原が香織に気づいている様子はなかった。

マスクをし、髪も下ろしているため、幸か不幸か、ラウンジでチーフ然として振る舞っている姿とは重ならなかったようだ。

「こっちは、静かに本を読みたいんだから」

そう言う篠原が手にしているのが、分厚い英国紅茶大全であることに、香織は微《かす》かに息を呑《の》む。

ティーインストラクターの資格試験を受ける前に、香織も熟読《じゅくどく》した本だった。

「こういうときはお母さんがしっかり注意しなきゃ駄目なのに、あなたまで一緒になってはしゃいでいたら、お話にならないでしょう。これまでなにを学んできたんだ」

篠原のお小言はくどくどと続く。完全に、部下を叱る上司の口調だ。

「本当に申し訳ありませんでした」

改めて謝罪し、香織は春樹を伴って隅の席に移動した。見知らぬ老人に母親が怒鳴られたことに、春樹はすっかり怯《おび》えた表情をしている。

大丈夫。大丈夫だからね。

「はらぺこあおむしにしようか」

抱きかかえるようにして落ち着かせ、いつもの絵本を手渡した。春樹は無言で、色鮮やかな絵本のあおむしにじっと眼を落としている。

「それじゃあ、頼みましたよ」

言いつつ篠原が閲覧室に戻ろうとしたとき、たくさんの買い物袋を持った二人組の若い母親が、四人の子どもを連れてがやがやと児童コーナーへやってきた。

五歳くらいの身体の大きな男の子が、香織たちが途中まで読んでいたアニメ絵本を見つけるなり、奇声をあげて靴を脱ぎ捨てて上がってくる。

「ごうくん、うるさーい」

髪を金色に近い茶色に染めた母親が、いかにもどうでもよさそうに口先だけで注意する。そして、先ほどまで香織と春樹が座っていたソファ席に買い物袋を次々と置き、どっかり座るとお喋りを始めた。

「なあんかさぁ、いつまでたっても暑いよね。もう、十一月だよ」

「本当だよね。でも、夜になると急に冷えるから、子どもになに着せるかよく分かんなくって。風邪《かぜ》でも引かせたら、また、面倒だし」

「あー、今、インフルすごい流行《はや》ってるでしょ。上の子のクラス、早くも学級閉鎖だわ」

「怖いよねー、感染症」

「そうそう、年長さんのクラスでさー」

ママ友だ。

たいして意味のないことも含めて情報交換できる彼女たちに、香織は密《ひそ》かな羨望《せんぼう》を覚える。

だからと言って、この人たちの間に入っていきたいかと問われれば、それはまた別の話なのだけれど――。

二人の母親が喋っている間に、子どもたちがきゃあきゃあと絵本を取り合いをし始めた。春樹より少し年上に見える男の子は、コーナーをばたばた駆け回っている。

「おいっ、いい加減にしないか!」

立ち去りかけていた篠原が、ついに大声をあげた。

騒いでいた子どもたちがぴたりととまり、若い母親たちもお喋りをやめる。香織はかばうように春樹をそっと抱き寄せた。

「ここは図書館だぞ。静かに本を読むところだ。騒ぎたいなら、今すぐ公園へいきなさい」

しんとしたコーナーに、篠原の声が朗々と響く。

「大体、君たち若いお母さんはねぇ……」

「あー、でも、ここ、小さい子専用のコーナーなんですよねー」

気持ちよさそうに正論を述べようとする篠原の声を、金に近い茶髪の母親が完全に遮《さえぎ》った。

「公園はもう寒いですし、子どもたちに風邪引かせるわけにはいかないですから。ここ、絵本のほかに、パズルとかゲームとかもあるんで、多少は遊んでいい場所だと思うんですけど、どうなんですかねー」

相変わらずどうでもよさそうな口調だったが、引くつもりはないようだ。

「まあ、公園で遊ばせてたって、どの道、うるさいって文句言ってくる人はいるんですけど。とりあえず、少し静かにさせますので」

言うなり、身体の大きな男の子のほうを向く。

「ごうくん、ちゃんと静かにしなさいね。でないと、このおじいさんが本読めないんだって。みんなも分かったー?」

〝おじいさん〟と呼ばれた篠原の頬が、ぴくりと引きつったようだった。

子どもたちは誰も返事をしなかったが、口答えもしなかった。少々不貞腐《ふてくさ》れた表情を浮かべつつも、一応、黙って絵本を広げる。

「じゃ、そういうことで」

茶髪の若い母親は篠原との会話をあっさり切り上げ、ママ友相手にお喋りを再開させた。

篠原はしばらくなにか言いたげにしていたが、苛立《いらだ》たしげにカウンターへ向かっていった。

「君たちがちゃんと注意をしないから……」

やがて、カウンターのほうから篠原の説教が聞こえてくる。今度は司書《ししょ》相手に文句を言っているらしかった。相手をしている司書の声は、ここまで届かない。重たい英国紅茶大全を持ったま ま、くどくどと言い募っている篠原の姿を、香織はじっと見つめた。

多分あの人、昔は会社で、ある程度の役職に就《つ》いていたんだろう。

先刻の上司口調を思い返し、そんなことを考える。

ラウンジにも若い女性たちを引き連れてくるが、恐らく、かつての部下に違いない。

二回とも違う女性を連れていたことから、本当のところ、篠原がそれほど彼女たちと信頼関係を築けているわけではないと窺《うかが》われた。

篠原が香織や瑠璃を怒鳴りつけている間、同席の女性たちが押しなべて白けたような表情を浮かべていることからも、その関係性が透《す》けて見える。

女性たちは、単に桜山ホテルのアフタヌーンティーにつられて、かつての口うるさい上司の誘いに乗っているだけだろう。しかも、一回が限度という感じで。

なんだかみじめ。

上司風を吹かせるために、かつての部下をつなぎとめたり、周囲に説教を垂《た》れまくったりしていることを、本人は自覚していないのだろうか。

たとえ現役時代にどれだけの役職に就いていたとしても、会社を出てしまえば、サラリーマンなんて、みんなただの人なのに。

〝おじいさん〟呼ばわりされたとき、篠原が顔を引きつらせていたことを、香織は寂《さび》しく思い返した。

もっとも、それは自分も同じだ。

桜山ホテルのラウンジのチーフという地位を失ったら、香織もママ友のいないただの高齢出産の女になってしまう。

「……ったくさぁ、自分のほうがよっぽどうるさいじゃん。あのジジイ」

ふいに、ぼそりと声が響く。カウンターから動こうとしない篠原の後ろ姿から視線を転じると、若い母親たちが顔を寄せて囁《ささや》き合っていた。

「どこにでもいるんだよ、ああいうの」

「一言申さないといられないジジイね」

「そういや、うちのパート先にもいるわ。〝言いにくいこと言うのがあたしの仕事〟ってカッコつけながら、説教ばっかかしてくるウザいオバサン」

「はあ？　そんな仕事あるわけないじゃん」

「そのオバサンだって、ただのパートなんだよ」

「ありえねー」

二人はくすくすと笑っている。その後は、互いにスマートフォンを取り出して画面を操作し出した。四人の子どもたちが取っ組み合いを始めても、気にする素振りも見せなかった。

今の若い人って、なんて図太いんだろう。

香織は半ば、呆《あき》れた気分になる。

彼女たちが延々スマホをいじっている様子をぼんやり眺めながら、結局二人とも、篠原に一言も謝らなかったことに、香織は気がついた。

〝すみません〟〝本当に申し訳ありませんでした〟

自分は二度も頭を下げたのに。

急に腑に落ちない思いが込み上げる。

以前、公園でも似たようなことがあった。春樹がお気に入りの滑り台を何回も滑っているのをベンチで見ていたら、突然、厳しい顔の老婦人に「いつまで滑っているのか」と、詰《なじ》られたのだ。

〝うちの孫が、さっきからずっと順番待ってるんだけどね〟

まったく気づかなかった香織は平謝りに謝ったけれど、思えばその孫は順番待ちをするでもなく、老婦人の後ろに隠れていただけだった。あれでは気づかなかったことを責められるほうがおかしい。しかも、その後、いかにもギャル上がりの若い母親と子どもたちがやってきて滑り台を独占しても、老婦人はなにも言わなかった。

要するに、ほとんどの人は、強く出られそうな相手にしか強く出ない。

子どもの頃からずっとそうだ。規則をきちんと守ろうとする真面目《まじめ》な生徒だけが、先生の説教や小言を正面から受けとめる。

〝ウザい〟の一言で、それをはねつけてしまう他の生徒たちの分まで含めてだ。

篠原のように、歳若《とし》い女性全般を見下すことで己の面目を保とうとするような相手の小言も、まともに受けとめているのは、結局自分だけだった。

昔から、優等生と言われ、学級委員等も務めてきたけれど、優等生の実態なんて、所詮そんなものだ。

もし自分に茶髪の母親のような図太さがあれば、ウイキョウのエキスなんて、義父母宅にそっくりそのまま送り返していただろう。

それができれば、どんなに気分がすっとしたことか。

だけど、できない。そんなことをするのは非常識だから。

真面目は損だ。ルールを守ろうとする側ばかりが、割を食う。

分かっていても、変われない。なぜなら、つまるところ、私は優等生でいたいから。

「ママ」

同じページを開いたままの春樹に呼ばれ、香織はハッとした。春樹は完全につまらなそうな顔をしている。

「ごめんね、春ちゃん」

なぜだか、香織は春樹にまで謝った。

「帰ろうか」

そう告げると、強く頷かれた。

春樹の手を引いて出口へ向かう途中、篠原がまだカウンターで司書相手になにか言っているのが眼に入る。

香織は足早にカウンターを通り過ぎ、図書館を後にした。


翌週、香織が遅い昼休憩に入り、一人でバックヤードのノートパソコンに向かっていると、一通のメールが着信した。「ご無沙汰《ぶさた》しております」という件名のメールの送信者は、古くから知っている女性編集者、鈴木《すずき》だった。

メールを開いた瞬間、香織の顔がぱっと輝く。

久しぶりに取材の依頼がきたのだ。鈴木が現在副編集長を務める婦人雑誌の新春号で、ホテルアフタヌーンティー特集を組むという。

〝つきましては、ぜひとも貴館の来年の目玉となるアフタヌーンティーをご紹介致《いた》したく、ご連絡を差し上げました〟

続く文面を読みながら、そうこなくっちゃ、と、香織は思う。

桜山ホテルのラウンジは、日本で初めて本格的なアフタヌーンティーを提供したと言われている、この分野では草分け的な存在だ。

ところが最近ではシーズナルパフェや皿盛りデザート《アシェットデセール》と組み合わせた斬新《ざんしん》なアフタヌーンティーを提供する新進ホテルに押され、女性誌や情報誌のスイーツ特集でも、そちらが大きく取り上げられることが多くなっていた。

ここ十年ほどで、東京の高級ホテルは随分と増えた。特に、外資の進出が凄《すさ》まじい。そしてどのラウンジでも、競うように独創性あふれるアフタヌーンティー開発が行われている。

アフタヌーンティーは、もはやそのホテルの顔と言っても過言ではない。

今回の特集では、都内のホテルラウンジの代表者が、座談会形式で来年の目玉となるアフタヌーンティーをプレゼンする内容になるらしい。

連絡がきてよかった——。香織は率直にそう思った。

雑誌やテレビのアフタヌーンティー特集で声がかからないと、ラウンジの広報も務めている香織は、自分自身の存在を否定されたような気分になる。

来年の目玉……。

朝子が推《お》しているサマープディングは論外だが、伝統の桜アフタヌーンティーをメインにすれば、それなりのプレゼンができるはずだ。

ここは一つ、老舗ホテルのラウンジの意地をかけて、座談会のイニシアチブを取りたいものだ。取材に向けて精一杯準備をしようと、香織は自身に気合を入れる。

〝お会いできるのを楽しみにしております〟で締めくくられた鈴木からのメールには、後々、別の号で「パティスリー飛鳥井」の取材もしたいので、時間があるときに口利きをしてほしいという追伸が記されていた。

それくらい、お安い御用だ。

ラウンジを去られたことに引っ掛かりがないわけではないけれど、涼音との関係は今でも良好だった。婦人雑誌の副編集長を紹介すれば、涼音はもちろん、達也も喜んでくれるだろう。

ときに、あの二人、もう正式に結婚したのだろうか。

賄いのサンドイッチを手に取りながら、香織はふと考える。

送別会で会ったとき、涼音は「夫婦同姓」について悩んでいたようだけれど――。

婚姻後の夫婦の氏《うじ》を、なぜ強制的に選ばなければならないのか。女性男性に限らず、どちらかが本名を失うのはおかしい。

そうしたことを、うじうじと言っていた。

恐らくただのマリッジブルーだろうが、今更そんなことを持ち出すのは、達也にも、達也の両親にも悪いからやめておけと諭《さと》した覚えがある。

結婚すると決めた以上、改姓は仕方がない。特別な理由でもない限り、女性が改姓するのも習わしだ。香織世代にとって、才能あふれるかっこいい大人の女性のアイコンでもあるユーミンですら、芸名で旧姓を残すことをせず、進んで改姓しているくらいなのだ。

確かに改姓手続きは面倒だったが、香織自身、今では夫の姓の園田《そのだ》に馴染《なじ》んでいる。いずれにせよ、義理の両親との関係はただでさえ厄介なのだから、余計な火種は持ち込むべきではないと、心からアドバイスしたつもりだった。

第一、女性の苗字《みょうじ》がいつまでも変わらないのは、きまりが悪いものじゃないの。

地元では比較的結婚が遅いほうだった香織は、高校や大学の同窓会で、自分だけがいつまでも姓が変わらないのが恥ずかしかった。未だに結婚できていませんと、自己申告しているような気分だった。だから結婚して園田に改姓したときは、正直言って、ほっとした。

まだ結婚できないのかという外圧と、結婚しなければいけないという己自身の内圧の苦しみから、ようやく解放されたのだと安堵《あんど》した。

それが、多くの女性たちがたどってきた路《みち》じゃないの。

スーパースターのユーミンでさえ踏んできた轍《わだち》に、後輩の涼音が異を唱えるなんておこがましい。

大体、彼女は、フェミニズムに関心のあるタイプでもなかったのだし。

さすがに、それで婚姻手続きを棚上げにするようなことはしていないと思うけれど、いささか往生際が悪いのではないか。

いつの間にか憤慨《ふんがい》している自分に気づき、香織は苦笑した。

こんなことを考えているのがばれると、お局《つぼね》認定されてしまう。〝お局〟なんていう言葉自体、既に死語なのかもしれないが。

ともかく、涼音にとって頼れる先輩だったはずの自分は、もう少し優雅《ゆうが》でいなければ。

せめて、見かけくらいはね――。

一瞬込み上げた苦い思いを振り払い、香織は手早く返信を打った。

〝こちらこそ、お会いできるのを楽しみにしております〟

送信ボタンを押してから、コーヒーカップを手に取り、本格的にサンドイッチを食べ始める。

ライ麦パンにイタリアンサラミとチーズを挟んだだけのサンドイッチは決してまずくはないが、少々シンプル過ぎる気がした。公式SNS担当の瑠璃が、〝バエない〟とこぼすのも無理はない。

以前の秀夫なら、ここに野菜の蒸し煮《ブレゼ》くらいは加えたはずだ。ソースも、マスタードの味しかしない。手抜きと言われれば、そうなのかも分からない。

一体、どうしたのだろう。香織は首を傾《かし》げる。

残り物とはいえ、試作も含めて秀夫が毎回工夫を凝らして作っていた賄いは、ラウンジスタッフの士気を高めるのにも、一役買ってくれていたのだが。

サンドイッチをコーヒーで流し込み、香織は席を立った。

アフタヌーンティーのピークは過ぎたので、これから夜にかけて、ラウンジがそれほど混雑することはないだろう。様子を見ながら、雑誌取材の件で朝子と打ち合わせをしておこうと考える。

朝子がサマープディングを推したいなどと言い出す前に、伝統の桜アフタヌーンティーを目玉にすると釘《くぎ》をさしておかなければならない。

廊下に出ると窓の外の見事な紅葉が眼に入り、香織は珍しく、庭園を散歩しながらラウンジに戻ることにした。

回廊を歩き、庭園に出る扉をあければ、紅茶葉の芳香《ほうこう》にも似た枯葉《かれは》の匂いが鼻腔《びこう》をくすぐる。

外気は少しひんやりとしていたが、寒いというほどではなかった。

十一月の日は既に傾き、空が赤く染まっている。イロハモミジの紅《くれない》、ケヤキの橙《だいだい》、イチョウの黄色が、日に日に鮮やかになっていた。

以前、涼音がよく休憩時間に庭園を散歩していたことを思い出す。

あの頃は、毎日ラウンジの窓から見ているのにと半ば呆れていたが、こうして実際に歩いてみると、窓越しに眺めているのとは全然違う。

涼音がこのホテルを心から愛していたのもまた、事実だったのだろう。

だったらもう少し、私の右腕として、一緒に働いてくれてもよかったのに。

枯葉を踏みしめながら、香織は微かな感傷に駆られた。

「……なに、バカなこと言ってるんだ！」

突如《とつじょ》、茂みの向こうから響いてきた大声に、一瞬足がとまる。

「駄目だ、駄目だ！　そんなことは、やめてくれ。先方にだって迷惑なはずだ」

須藤《すどう》さん――？

聞き覚えのある男性の声に、恐る恐る茂みの向こうを覗《のぞ》くと、やはり白い調理服を着たままの秀夫が、スマートフォンを耳に当てて誰かと言い争っていた。

「だから、それは非常識だよ。何度言ったら、分かってくれるんだ。頼むから、こちらの言うことに、少しは耳を傾けてくれ」

否、言い争っているというより、なにかを懇願《こんがん》しているような様子だ。

「飛鳥井くんが、そんなことを言い出すわけがないだろう。お前が遠山《とおやま》さんになにか吹き込んだんじゃないのか？　最近の妙な流れに乗っかって、自分の主張を無理やり通そうとするのはいい加減にやめてくれ」

達也や涼音の名前までが出てきて、香織は面食らう。

果たして、誰となんの話をしているのか。

「とにかく、俺はお前がそんなことをするのは絶対に認めない。……関係ないって、そんなわけないだろう。お前は俺の娘なんだぞ。父親として口を出す権利がある。……って、ちょっと待て。まだ話は終わってない。おい、切るな。切るなってば……！」

一方的に切られてしまったらしく、秀夫の舌打ちが響いた。

相手は娘さんか。

驚きながらもそう悟った瞬間、振り返った秀夫とまともに眼が合ってしまう。

「あ」

香織が口元に手を当てた。暫し気まずい沈黙が二人の間に流れたが、やがて、秀夫が覚悟を決めたようにこちらを見る。

「園田さん」

「は、はい」

動揺を悟られまいと、香織は極力冷静を装った。

「聞かれてしまったついでで、申し訳ないんだが」

茂みをかき分けて、秀夫がずいとこちらに近づいてくる。

「園田さん。一つ、相談に乗ってもらえないかな」

秀夫の真剣な表情に、香織は少々身構えた。

その週末、香織は各駅停車しかとまらない小さな駅で、私鉄を降りた。駅の周辺に大きな建物はなにもなく、改札を出ると、個人商店や中型スーパーが軒《のき》を連ねる昔ながらの商店街が続いている。

随分と、地味な街を選んだのだな――。

送られてきたアドレスを頼りに商店街を歩きながら、香織は率直な感想を抱く。

パティスリーと言えば、自由《じゆう》が丘《おか》や代官山《だいかんやま》や表参道《おもてさんどう》等のお洒落《しゃれ》な場所を思い浮かべそうなものだが、今回香織がやってきたのは、長年東京に住んでいながら、これまで意識したことがないマイナーな街だった。

この日、香織は初めて「パティスリー飛鳥井」に、涼音を訪ねることになっていた。

正式なオープンは来年だが、現在はプレオープン中で、ホールケーキの予約のみを受け付けているという。きっと今頃は、クリスマスケーキやニューイヤーケーキの予約が順調に入り始めている頃だろう。

桜山ホテルの元シェフ・パティシエであり、国際的に有名なブノワ・ゴーランの南仏パティスリーで腕を振るった飛鳥井達也の名前があれば、場所のマイナーさは充分にカバーできるということか。都心の一等地に比べれば地価も家賃も安いだろうし、達也と涼音は合理的な判断に基づいて店舗を構えたのかもしれない。意外にしっかりしていると、香織は内心感嘆《かんたん》した。

達也は職人気質《かたぎ》だし、涼音は理想主義の楽天家だし、個人パティスリーの経営なんて本当にうまくいくのかと、密かに危ぶんでいたのだが。

今の若い人って、よく分からない。

優しくて繊細《せんさい》かと思えば、妙に大胆《だいたん》で図太いところもある。

時間差こそあれ、桜山ホテルのラウンジをあっさり去っていった恩知らずの二人なのだ。成功してほしいと願う純粋な思いのどこかに、後悔すればいいという邪《よこしま》な気持ちが一滴《いってき》混じってしまうことに、香織は自分でもたじろいだ。こんな嫌な考え、絶対悟られてはいけない。

だって私は、上にも下にも気遣える、常識ある大人のはずだもの――。

二人にとっても、良き先輩でいなければならない。その上で、涼音にどう意見しようかと考えると、香織の肩に自然と力が入った。

今日、涼音に会う約束をしたのは、婦人雑誌の編集者からのオファーを伝えるためだ。それだけならメールでもよかったのだが、実はもう一つ、どうしても確かめなければならないことがある。

〝もう、園田さんに相談するしかないと思うんだ〟

先週、桜山ホテルの日本庭園の片隅で、秀夫に半ば泣きつかれた。

〝実はうちの娘が、どうにも非常識な結婚をしようとしていてね〟

非常識な結婚――最初にこの言葉を聞いたとき、秀夫の言わんとすることが、香織には理解できなかった。

妻子のいる男性との二重結婚、ネット上でしかつながっていない相手とのバーチャル結婚、或《あ》るいはなにか別の目的がある犯罪まがいの偽装結婚……。そんなことにまで思いを巡《めぐ》らせていたせいで、散々言いよどんでいた秀夫から、「娘の結婚相手が同性だ」と打ち明けられたとき、軽く拍子抜けしたくらいだ。

同時に、以前、秀夫が言っていた「元家族の緊急事態」とは、このことだったのかと思い当たった。

ともあれＬＧＢＴＱに関しては、今ではどのメディアでも、盛んに取り上げられている。

〝だけど、同性同士で結婚できるわけないじゃないか〟

秀夫が悲痛な面持ちで嘆くのを聞くと、しかし、香織の中にも疑問が湧いた。ＬＧＢＴＱへの理解を進めようという動きがあるとはいえ、事実、現在の日本では同性婚は認められていない。

それでは、秀夫の娘は海外で結婚するつもりなのかと問うと、別段そういうわけではないという。ただ、理解してくれる友人知人を呼んで、個人的に結婚パーティーを開こうとしているらしい。

そんなことは父親として断じて認められないと、秀夫は電話のときと同じ調子で息巻いた。

〝だって、そうじゃないか。その中に、本気で娘の将来を心配している人間が、一体、何人いるっていうんだ〟

世相に乗って理解したふりをしている人間や、心の中では面白がっている人間もいるに違いない。そんな結婚パーティーを開いてしまい、自分がマイノリティーであることを喧伝《けんでん》し、後に、それが不利に働くことが起きたら、一体、誰がどう責任を取るのだ。

〝女親っていうのは、こういうとき、全然駄目だ。元カミさんは、完全に娘の意見に流されてる。でも、うちの娘は、これまでは普通に男と付き合ってきたはずなんだ。今はなにかの気の迷いで、おかしくなっているだけだ〟

一時の感情に流されて娘がリスクの大きすぎる橋を渡ろうとしていることを、父親として見過ごすわけにはいかないと、秀夫は何度も繰り返した。

〝たとえ元家族だとしても、娘は娘だ。あの子は世界でたった一人の僕の大事な娘なんだよ〟

そんなふうに言われると、少々同情の気持ちも湧いた。

実のところ、この結婚パーティーの計画を、秀夫は本人から聞かされていなかったらしい。

こっそり覗いていた娘のＳＮＳの内容で、初めて気がついたのだそうだ。

秀夫がＳＮＳに手を出しているというのも意外だったが、〝元のカミさんはなにも教えてくれないし、ただでさえ、僕はいつだって蚊帳《かや》の外《そと》だからな〟とぼやいている様子から察すると、元家族の動向を探るための苦肉の策だったのかもしれない。

このところ、秀夫の様子がおかしかった理由はこれで理解できたが、この件に関し、自分がどう相談に乗ればいいのか、香織にはよく分からなかった。

〝しかも、その結婚パーティーを、どうやら飛鳥井くんのところでやるつもりみたいなんだよ〟

そう続けられて、ようやく少しずつ話の輪郭が見えてきた。

〝娘は飛鳥井くんから提案があったって言い張っているけど、そんなことがあるわけない〟

この件に関わっているのは涼音に違いないと、秀夫は眼を据わらせた。

〝僕はね、遠山さんはいい子だとずっと思っていたんだけど、とんだお門違《かどちが》いだったよ。あの子は、婚姻届を出す土壇場《どたんば》で、飛鳥井姓になりたくないと駄々をこねて、飛鳥井くんを困らせているんだ。飛鳥井くん本人から聞いたんだから、間違いない〟

涼音は食わせ者だと、鼻息を荒くしながら秀夫は続けた。

〝園田さん。あなたなら、遠山さんに言い聞かせることができるんじゃないのか〟

涼音を諭し、〝非常識な結婚パーティー〟を今すぐやめさせてほしいと、秀夫から頭を下げられた。

正直、面倒な話だと思った。

でも――。

こんなふうに、頼られるのは久しぶりだ。

真面目は損。優等生は割を食う。

だけど、なにか問題が起きたとき、教師や上司から頼られるのは、やっぱり優等生なのだ。上から押しつけられる規則や彼らのお小言を真に受けてきた分、教師や上司に引き立てられ、「ウザい」の一言でそれをはねのけてきた子たちより、一歩先を進んできたのもまた事実。

特に社会に出てからは、今は引退した秀夫世代の男たちの後押しを受け、いち早くラウンジのチーフになった。

そのときなぜか、香織の脳裏にふっと篠原和男の顔が浮かんだ。

〝ちょっと、あなたたち、少し静かにしなさい〟

図書館で険しい声で注意されたとき、篠原が英国紅茶大全を持っていたことを思い出す。そう言えば、あの人がかつての部下らしい女性たちを相手に得々と披露《ひろう》していた紅茶の知識は、全部あの本に書いてあったことだった。

ひょっとして——。

あの人、本当はクラリッジスにもサヴォイにも、いったことがないのでは。全部、図書館の本で読みかじったことを、口にしているだけだったのでは。

ふいにそんなことを思いつき、香織は小さく嘆息する。

またしても、大手予約サイトから篠原の予約が入ったと瑠璃が先日嘆いていたけれど、いつまで経《た》ってもあの手の男たちとの縁が切れない。

付け焼き刃の知識を女性や若い人の前で振り回す上司たちを、これまでもたくさん見てきた。そして、内心呆れつつも、そういう年嵩《としかさ》の男たちを立てて、たいして中身のない既製のルールを守り、自分は彼らにより抜擢《ばってき》されてきたのだ。

それは、いわば利口な駆け引きだったはずだ。

その等価交換が正しかったと証明するためにも、涼音を諭すべきかもしれない。

涼音はいささか理想主義が過ぎる。今後のためにも、もっとしっかり現実と向き合ったほうが、彼女のためだ。

秀夫の懇願とは違うところで、香織はそんなことを考えた。

十分ほど歩いていくと、通りの向こうに大きな木が見えてきた。少し黄葉《こうよう》した大木の枝の先には、オレンジ色の小さな丸い実がたわわに実っている。これが涼音のメールに書いてあった、目印のムクロジだろう。近づくと、道のあちこちに、ころころと丸い実が落ちている。

ムクロジの木陰には、ロイヤルブルーの軒先テントが白壁によく映《は》える瀟洒《しょうしゃ》な店舗があった。

店舗用の大きな扉に、二つの窓。勝手口のような玄関もついている。小さな玄関は居住スペースの二階につながっているらしい。

まだ店の看板こそ出ていないが、外観《ファサード》はほぼ完成していた。洒落ているけれど、温かみがあり、地元の人からも愛されそうな佇《たたず》まいだ。

大きな扉をあければ、カピス貝のチャイムがしゃらしゃらと澄んだ音を立てる。店の中央にはまだ空のショーケースが設置され、その隣にゆくゆくは喫茶スペースにするのであろうサロン風の部屋があった。窓から降り注ぐ日差しが、木目のテーブルにムクロジの木漏れ日を散らしている。

「香織さん、いらっしゃい」

チャイムの音を聞きつけ、すぐに奥から涼音が出てきた。

「迷いませんでした？」

「いいえ、全然」

駅から少し歩くものの、基本的に一本道だ。それに、ムクロジがいい目印になっている。

「いい場所じゃない。大きな木もあって」

「実はここ、以前フランス人マダムが料理教室を開いていた居抜き物件なんです。元々商店街で店舗を探していたんですが、達也は火力の強いオーブンが気に入って、私は保存樹があるのが気に入ったんです。落ち葉のお掃除《そうじ》は大変ですけど、剪定《せんてい》するときは行政から補助も出るんですよ」

案外単純な理由で店舗を決めたのだなと、香織は少々拍子抜けした。

「これ、パティスリーに持ってくるのもおかしいけど」

気を取り直し、近所の人気パティスリーのモンブランが入った手土産《てみやげ》の箱を差し出す。

「わ！　ここのお店のケーキ、一度食べてみたかったんです。すぐお茶を淹《い》れますので、向こうのテーブルで待っててくださいね。コートはそちらのハンガーへ」

涼音は嬉しそうに箱を受け取り、再び店の奥へ引っ込んでいった。

コートをハンガーにかけ、香織は隣の部屋のテーブル席に着く。ムクロジの大木が殺風景な通りの目隠しになっていて、とても落ち着く席だった。

テーブルに揺れる木漏れ日を眺めているうちに、ふうと軽い息が漏れた。

思えば、休日に一人で外出するのは随分と久しぶりだ。

この日、春樹の面倒は幸成が見ている。きっと早々に音《ね》をあげて、今頃は義母の元へ転がり込んでいるだろう。義母は義母で、溺愛する次男と孫の訪問を歓待しているに違いない。なんとなくいけ好かない嫁がいないことも、喜びに拍車《はくしゃ》をかけているはずだ。

そこまで考えると白けた気分になってきて、香織はふいと窓の外に顔を向けた。

十一月の半ばになっても、日中は相変わらず気温が高い。通りをいく人の中には、まだ夏の終わりのような服装の人もいた。

「お待たせしました」

やがて、涼音がトレイに紅茶のポットとケーキを載《の》せて戻ってくる。眼の前でポットから注がれる紅茶からは、芳醇《ほうじゅん》な蘭《らん》の香りが漂った。

「キーマンね」

「さすが、香織さん」

キーマンは世界三大銘茶《めいちゃ》にも数えられる中国産の紅茶で、蘭の芳香が特徴だ。味わいにこくがあるため、甘いお菓子とよく合う。

「んー。やっぱり、和栗《わぐり》は美味《おい》しいですね」

早速、香織の手土産のモンブランにフォークを入れて、涼音が幸せそうに頬を緩《ゆる》める。

約半年ぶりに顔を合わせた涼音は、とても綺麗《きれい》になっていた。肌の透明感が増し、一つにまとめた髪にも艶《つや》がある。マリッジブルーどころか、全身から幸福感が滲《にじ》み出ているようだ。

結婚式前の自分の疲労困憊《こんぱい》ぶりを思い出し、香織は少し意外な気分になる。

でも、この人たちは、結婚式はしないんだっけ。

たった一日の披露宴のために、こんなにも大変な苦労をしなければならないのかと思っただけに、その判断は正しいような気がする。

絶対的な祝福を受ける一世一代の花舞台とは言うけれど、果たしてその中に、新郎新婦の幸福を本気で願う人はどれだけいたか。

香織は本当は、自分の結婚式は桜山ホテルのバンケット棟で挙げたかった。社割も使えるし、なにより、気心の知れたスタッフたちがいる。しかし、幸成の両親、特に義母がよい顔をしなかった。それで結局、幸成の兄も挙式した老舗の大型式場を使用することになった。

今から思えば、結婚式というのは、両家のパワーバランスが、如実《にょじつ》に可視化される場所でもあるのだ。挙式の援助は、式場を決めた幸成の家族が主に負担することになったが、招待客は圧倒的に新郎側が多く、美しい花嫁衣裳に身を包みながら、香織はなんとなく肩身が狭《せま》かった。いかにもホスト然と振る舞っている義父母の隣で、小さくなっていた両親の姿を見るのもつらかった。

夫の幸成はそうしたことに甚《はなは》だ無頓着《むとんちゃく》だが、あの披露宴から、現在につながる自分の孤軍奮《こぐんふん》闘《とう》が始まっているのではないかと香織は思う。

娘の同性婚パーティーを、理解しているふりや、面白がっているだけの人間がいるのではないかと秀夫は危惧《きぐ》していたが、通常の結婚式だってそんなものだ。

だったら、大きな式場などではなく、気心の知れた場所で気心の知れた人だけを招き、両家の思惑など関係なく、結婚する当の本人たちがホストとなって小さなパーティーを開くほうがよっぽど正解なのではないだろうか。結婚式で少なからぬ援助をしてもらったという気苦労は、結局後々引きずることになるわけだし……。

「すみません。せっかくいらしていただいたのに、今日は達也が外出中で」

余計なことを考えていた香織は、涼音の言葉に我に返った。

「いえ、こちらこそ、クリスマスシーズン前の忙しいときに押しかけちゃって」

「そんなことないです。親方の元で徹夜で働いていた見習い時代に比べれば、今はクリスマスシーズンも天国みたいなもんだって、彼、言ってましたから」

香織の一応の恐縮に、涼音が顔をほころばせる。

「婦人雑誌の件、つないでいただいて本当にありがとうございます。達也もきっと喜びます」

話しているうちに、当初涼音に対して抱いた意外さがなににによるものなのか、香織は段々分かってきた。

涼音の達也に対する遠慮めいたものが消えている。タイレストランの送別会で夫婦同姓に関する違和感を口にしていたときは、「今更そんなことを持ち出せば、達也はもちろん、達也の家族の印象も悪くなる」という香織の意見に、涼音は明らかに怯《ひる》んでいた。

ところが今は、そうした憂いが微塵《みじん》もない。

いつの間にか、達也への敬称もやめている。既に身内ということだろうか。

婚姻届を出す土壇場で、飛鳥井姓になりたくないと駄々をこねて達也を困らせていると、秀夫からは聞いていたけれど。

なんだかんだでその段階を乗り越えて、二人はきちんと婚姻手続きを済ませたのだと香織は推測した。

「でも、よかった。マリッジブルーは解消したのね」

モンブランを食べ終えて、香織は紙ナフキンで唇を押さえる。

「マリッジブルー？」

途端に、涼音が眼を丸くした。

「夫婦同姓が腑に落ちないとか、言ってたじゃない？」

「ああ、あれ」

涼音が恥ずかしそうにうつむく。

その反応を見ながら、そうだろうな、と香織は内心納得した。多少の不満があっても、「自分の名前を失うのが嫌だ」という理由だけで、結婚を取りやめるカップルなどいるはずがない。そんなことが横行していたら、日本では結婚する人がどんどんいなくなってしまう。

そう思い込んでいたから、次に涼音が発した言葉を、香織は一瞬、理解できなかった。

「あの後、私たち、ちゃんと話し合って、とりあえず、パートナーシップ制度に申請することにしたんです」

パートナーシップ制度？

それは、一体、どういうことか。

「よく調べてみたら、この地域の行政ではパートナーシップ制度が認められていて……」

絶句する香織の前で、涼音は頬を染めて嬉しそうに話している。

「ちょ、ちょっと待って！」

思わず香織は涼音の話を遮った。

「それじゃ、あなたたち、結婚は取りやめにしたの？」

「いいえ」

勢い込んで尋ねた香織に、涼音は当たり前のように首を横に振る。

「でも、パートナーシップ制度と婚姻は違うでしょ？」

「今は違いますけど、そのうち、同じになります」

「どういう意味？」

「今のパートナーシップ制度は、同性カップルや、現在の婚姻制度に疑問がある人のために機能してますけど、恐らく、これは一時的な措置になると思います」

混乱する香織に、涼音は淡々と説明を続けた。

「近いうちに、同性婚も選択的夫婦別姓制度も認められるはずです。そのときに、私たちは改めて籍を作るつもりです」

「なに、言ってるの」

涼音が冷静に説明するほど、香織は熱くなってくる。

そんな勝手なこと、認められるわけがない。

「近いうちって言うけど、そんなの、なんの根拠もないでしょ。結婚は二人だけでするものじゃないんだから。あなたと飛鳥井シェフはそれでよくても、ご両親やあちらのご家族の気持ちとか、ちゃんと考えてるの？」

余計なお世話かもしれないが、言わずにはいられなかった。

「あー、それ……」

少しだけきまり悪そうに、涼音は眉を寄せる。

「うちの家族はとりあえず納得してくれてますけど、達也のところは大変でした。特に、達也のお父さんが怒っちゃって」

そう言いつつも、涼音に本気で参っている様子はない。

「でも、うちの親父はもともとああだからって、達也も半分あきらめてるみたいでした」

みたいでした、って……。なにを他人事《ひとごと》のように言っているのか。

涼音の呑気《のんき》さに、香織は苛立った。

相手の家族を本気で怒らせるようなこと、私なら、絶対にできない。なんだかんだ言って、〝いい嫁〟の仮面を被《かぶ》っているし、なにより、義母の育児への助けがなければ、生活は成り立たないのだ。

あ、だけど、この人は違うんだ。

同時に、はたと気がつく。

磯子《いそご》に実家がある自分と違い、涼音は元々下町の実家暮らしだ。なにかあれば、都内に住む実母がすぐに駆けつけてくれる。しかも、地方で暮らす義父母の怒りは、すべて達也が遮断してくれているらしい。

理解のあるパートナーと、近所の実家さえあれば、こんな〝我《わ》が儘《まま》〟が罷《まか》り通ってしまうのだ。

香織の中に、強い憤《いきどお》りが湧いた。

なんなの、この人勝手すぎる。自分のことしか考えていない。

勝手にラウンジを辞めただけではなく、今度は勝手に結婚を解釈しようとしている。

涼音が「食わせ者」だという秀夫の意見に、今なら大きく頷くことができた。

「遠山さん。あなた、随分と進歩的な考えをお持ちのようだけど、もっと周囲のことをちゃんと考えるべきじゃないのかな」

香織は冷たい口調で、今日ここへきた本当の目的を切り出した。

「須藤さんの娘さんの同性婚のパーティー、このお店で開くって本当なの？」

瞬間、涼音が虚を衝《つ》かれた表情になる。

「どうして、それを……」

「どこで知ったかは関係ない。でも、そのことで、須藤さんがどれだけ心を痛めているかを、もっとしっかり考えてほしい。たとえ離婚していたとしても、須藤さんにとっては大切な一人娘のことなんだから」

香織は正面から涼音を見据えた。

「同性を好きになるのは決して悪いことではないし、自分の名前を失いたくないという遠山さんの気持ちも分かります。でも、恋愛と結婚は違うし、結婚は二人だけでするものではないの。今の日本では、同性婚も、夫婦別姓も認められていない」

それを強行しようとするのはルール違反だ。

どんなに中身のない規則でも、それが規則である以上、守らなければならない。さもなくば、自分に都合のいい理屈ばかりがあふれ、世の中はおかしなことになってしまう。

その摂理を、香織はこんこんと説いた。

「あなたの言っていることは正しいのかもしれないけれど、ことを急ぎすぎるのもよくないと思う。いずれは変わっていくにしても、物事の変化は、もっと慎重でないと。そうでないと、変化を認められない人や、そのことによって傷つく人が、たくさん出てきてしまうでしょう」

涼音は黙って香織の言葉を聞いている。

「だから、あなたも須藤さんの娘さんも、もっと周囲のことを考えて、ちゃんとみんなに認めてもらえる結婚をするべきだと思う。結局、それが本人にとっても一番幸せなんだから」

しかし香織がそう結論づけたとき、涼音はぱっと顔を上げた。

「認めてもらう必要は、ありません」

静かだけれど、しっかりした声だった。

「え？」

思わず聞き返した香織に、涼音は真っ直ぐな視線を向ける。

「須藤さんが傷ついているのは悲しいことです。そのことに関しては、私もとても残念に思います。だけどそれは、晴海《はるみ》さん……須藤さんの娘さんのせいではありません」

涼音の眼差しに力がこもる。

「私と達也や、晴海さんとパートナーさんが二人で考え抜いて、覚悟の上で決めた結婚に、誰かの許可は必要ありません。それが、家族であろうと、国であろうと」

呆気《あっけ》にとられる香織の前で、涼音が少し寂しげに微笑《ほほえ》んだ。

「それに、私、結婚で幸せになりたいとは思っていません。結婚と幸せは別のものです。あと、同性婚も選択的夫婦別姓も、誰にも迷惑をかけるものではありません。選択肢が増えるだけで、なにかを否定しているわけではないですから。それを急いだところで、世の中がおかしくなることなんて、あり得ないですよ。香織さん」

最後の呼びかけが、なぜだかこちらを憐《あわ》れんでいるように聞こえてしまい、香織は返す言葉を失った。


香織は怒っていた。

先週末、涼音と会って以来、ずっと腹を立て続けている。家で家事をしていても、春樹の相手をしていても、夫婦でテレビを見ていても、ラウンジで働いていても、内心の苛立ちが鎮まることはなかった。

あまりに腹が立ち過ぎて、このところ、胃の調子がおかしいくらいだ。

若い人たちは、一体いつからあんなに図々しく、自分勝手になったのだろう。

図書館で一度も謝らず、延々スマホをいじっていた若いママ友たちの姿が涼音と重なる。

〝世の中がおかしくなることなんて、あり得ないですよ。香織さん〟

おまけに、まるでこちらを諫《いさ》めるような視線までくれて。

大手出版社の受付で来賓《らいひん》カードに名前を書きながら、香織は苛々を募らせた。

あなたは私に憧れて、桜山ホテルに入ってきたのではなかったの？

〝私、新卒採用情報ページのチーフのインタビューを読んで、絶対、アフタヌーンティーチームに入りたいと思ったんです！〟

研修時に初めて会ったとき、涼音は大きな鳶《とび》色の瞳をきらきらさせてそう話しかけてきた。

アフタヌーンティーチームのあるホテル棟ではなく、バンケット棟の宴会担当に配属された涼音を、いつかきっと希望部署に異動できると香織は励《はげ》まし続けた。

そして産休に入る際、本当に自分の後任として涼音を推薦した。

いわば、香織は涼音の恩人のはずだ。

それなのに、ラウンジのシェフ・パティシエだった飛鳥井達也を射止めるなり、さっさと退職して、今は偉《えら》そうに持論を振り回している。

かつて先輩として働いていた自分のことも、秀夫のことも、下に見るような口調で。

涼音を説得できなかったことを伝えると、秀夫は明らかに失望した表情を浮かべた。

〝園田さんが言っても駄目なのか……〟

その残念そうな口ぶりに、香織の中にも遺憾《いかん》の念が込み上げた。物事を丸く収める自分の得意分野に、泥を塗られた気分だった。

でも、今は切り替えなきゃ。

来賓カードを受付に提出し、香織は背筋を正す。

今日は婦人雑誌主催の、アフタヌーンティー座談会の日だ。都内の主なホテルラウンジのチーフが集まり、昨今の流行や、来年の各ラウンジの目玉企画について語り合い、今後のアフタヌーンティー市場を占《うらな》う――。と言ってもそれほど専門的な内容ではなく、とにかくアフタヌーンティーの楽しさや美しさが伝わればいいと、副編集長の鈴木からは聞かされている。目玉となるアフタヌーンティーに関しては、後日、各ホテルで別途物撮《ぶつど》りを行うということだった。

楽しみにしていた企画だが、香織には、一つだけ気にかかっている点がある。後送されてきた企画書に記載された座談相手の中に、一人、見知った名前があった。

以前、桜山ホテルでサポーター社員として働いていた呉彗怜《ウースイリン》だ。

彗怜が桜山ホテルを辞めたのは香織が育休を取っている間だったので、詳しいことは知らないが、長年働いていたにもかかわらず、送別会を開くことができないほどの唐突な退職だったらしい。

現在、彼女の肩書は、大手町の外資系ホテルラウンジのチーフになっている。

語学に堪能で確かに優秀なスタッフだったけれど、なんでも歯に衣《きぬ》着せずにずばずばと発言する彗怜のことが、一緒に働いていた頃から香織は苦手だった。

まあ、今回は大勢の座談会だから、変に意識する必要はないだろうけれど……。

思いつつ、香織はエレベーターに乗った。

「本日はありがとうございます。まだ時間がありますので、あちらへどうぞ」

指定階に着くと、新人らしい若手社員に案内された。

腕時計を確認すれば、十五分前。少し早く到着したようだ。

鈴木とカメラマンが撮影準備を進めている大きな会議室の前を通り、香織は隣の待合スペースに足を踏み入れる。

その瞬間、ハッと息を呑んだ。

小さな顔。細い頸筋《くびすじ》。長い脚《あし》。まるでパリコレのモデルのような抜群のプロポーション。もともとの美貌に一層の磨《みが》きをかけた彗怜が、一人で席に着いていた。

「それでは、もう少々お待ちください」

若手社員が退出すると、狭い部屋に二人きりになってしまう。

「園田チーフ、ご無沙汰してます」

昔と同じように呼びかけられ、一瞬、返答が遅れた。

「……ウーさん、久しぶり」

声が上ずりそうになり、香織は内心焦る。気まずさを悟られまいと、できるだけ落ち着き払って少し離れた席に着いた。

その途端、彗怜がくすりと笑う。なんだかなにかを見透かされているようで、ますます居心地が悪くなる。

「最近、桜山ホテルのラウンジはいかがですか」

「変わらず、順調ですよ」

当たり障《さわ》りなく答えたつもりだったが、彗怜は大きく首を傾げた。

「それ、本当でしょうか」

「どういう意味？」

含みのある言い方に、香織の声も若干尖《とが》る。

「だって、涼音《リャンイン》……遠山さんが辞めたのに」

まるで涼音がいないとラウンジが成り立たないかのような言い方に、香織は本気でカチンときた。

「彼女が抜けた穴は確かに大きいですが、結婚退職はおめでたいことなので、私は祝福してます」

無理やり答えれば、

「まさか！」

と笑い飛ばされる。

「遠山さんがラウンジを辞めたのは、結婚退職なんかじゃないでしょう？　彼女は次の道を見つけただけ。それを認められないなら、本当の祝福とは言えない」

これだから嫌なのだ。

民族性の違いなのか、彼女自身の個性なのか、昔から彗怜は、通常ならオブラートに包むようなことでも平然と言ってのける。そして、それらは往々にして的を射ている。だからこそ、厄介なのだ。

そろそろ、ほかの誰かがきてくれないだろうか。

香織はあからさまに何度も腕時計に眼をやったが、そんなことにはお構いなしに、彗怜は話しかけてくる。

「それにしても、園田チーフとしては当てが外れたんじゃないですか」

「なんのこと？」

「遠山さんの退社ですよ」

空《そら》とぼけようとしているのに、彗怜はぐいぐいと切り込んできた。

「あの人、一緒に働く部下としては最高のスタッフでしたよね。仕事は熱心だし、人当たりもいいし、そして、なにより欲がない」

彗怜の言わんとしていることを、香織はひりひりと感じてしまう。

涼音がラウンジにくる前、サポーター社員とはいえ、彗怜は一番信頼できるスタッフだった。判断が速く、とにかく機転が利いた。サポーター以上の働きをしてもらっていたことは、香織も認めている。

そして、前のホテルで妊娠のために雇い止めに遭ったことのある彗怜が、桜山ホテルの正規社員になりたがっていたことも重々承知していた。だが自身が妊娠し、産休と育休を取る段になっても、香織は彗怜を自分の後任に推薦しなかった。

香織が選んだのは、バンケット棟で宴会担当を務めていた涼音だ。

もちろん、かねてから励まし続けていたという経緯《けいい》もある。

でも、本当は――。

呉彗怜が怖かった。彼女を正社員化して後任に抜擢すれば、育休があけて帰ってきたとき、ラウンジに自分の居場所はないと思った。

彗怜には、それだけの野心が透けて見えた。

「遠山さんに頼りたくなるのは分かりますよ。子育てに関しては、私のほうが先輩ですから。小さな子どもって、普段から手がかかるだけじゃなくて、本当によく病気しますものね。そのたびに欠勤や遅刻早退を繰り返しても、嫌な顔一つしないでラウンジをまとめてくれてたのって、遠山さんくらいだったんじゃないですか」

図星をさされ、二の句が継げない。

蒼褪《あおざ》めた香織の前で、彗怜はにこやかに続ける。

「私も、傍《はた》から見ていて、遠山さんはものすごいおひとよしだと思ってました。先輩が産休育休を取ってる間だけピンチヒッターを務めて、戻ってこられたら、その地位をあっさり明け渡すなんて。そりゃ、園田チーフからしたら、最高の右腕ですよね」

それまで笑みをたたえていた彗怜が、すっと真顔になった。

「でも、そんなに都合のいい人間なんて、この世のどこにもいないですよ」

彗怜が長い腕を組むと、ウッド系の微かな香りが漂う。飲食系のスタッフがつけていても気にならないユニセックスなトワレだ。

「遠山さんがラウンジで欲を見せなかったのは、彼女が本当に重きを置いていたのが組織や企業の地位ではなく、自分の心だったからです。そういう人は、周囲からなにを言われようが、いずれ己の心に従いますよ。彼女はいい人だけれど、誰かの都合のいい人ではないから」

〝認めてもらう必要は、ありません〟

彗怜の言葉に、涼音の真っ直ぐな眼差しが重なった。

そのとき、香織はなぜ自分が毎日こんなに腹を立てていたのか、本当の理由が少し分かった気がした。

本音を言えば、産休に入るときに涼音を後任に選んだのは、アフタヌーンティーチームに憧れていた彼女のためではない。ラウンジのチーフという地位を失いたくなかった己の保身のためだ。

香織は彗怜よりも御《ぎょ》しやすそうな涼音を選び、企業は非正規社員を正規化するより、もともとの正規社員を異動させることを選んだ。

どちらも、自分に都合のいい方策を採《と》っただけだ。

端《はな》から〝恩〟などどこにもない。

そのことを涼音に見破られていた気がして、無性に気まずく、無性に恥ずかしく、反論されたことで却《かえ》って一層腹が立ったのだ。

あの日、帰りがけに涼音は香織に小さなポーチをくれた。ポーチの中には、黒々とした丸くて硬いものが入っていた。ムクロジの種だそうだ。

丸いオレンジ色の実の中に入っているムクロジの種は、かつて羽子板《はごいた》の羽根にも使われていたらしい。古くから薬効があることで知られるムクロジは、無患子――患《わずら》う子どもがいない――と書き、子どものお守りにもなるという。

春樹の健康を祈り、涼音はポーチを手作りしてくれていた。その優しさは、ラウンジ時代に自分をフォローしていたときとなんら変わらない。

けれど涼音は、決して御しやすいおひとよしなんかではなかった。

実際には、周囲に流されない自己を持った、芯《しん》の強い女性だ。その彼女に、いつまでも自分のフォロー役でいてほしいと願ったのは、香織の甘えでしかない。

別段、裏切られたわけではなかった。

彗怜が言うように、香織の〝当て〟は当初から大きく外れていたのだった。

「あと今日の企画書をちらりと読みましたけど、桜山ホテルの来年の目玉が桜アフタヌーンティーだなんて、山崎《やまさき》シェフも、よく我慢してると思いますよ」

「……どういう意味？」

不躾《ぶしつけ》な物言いに強く言い返してやりたくても、声に力が入らない。

「だって、ほとんど飛鳥井シェフ時代のメニューの踏襲じゃないですか。山崎さんがシェフになってもう三年以上経つんですよ。どうしてもっと彼女を信頼してあげないんですか。彼女がまだ三十代の女性だからですか。だとしたら、園田チーフは保守的《コンサバ》過ぎますよ」

そんなことはない。朝子が考案したメニューだって、たくさん提供してきている。

反論したいのに、その気力が湧かなかった。

「遠山さんが夫婦同姓に違和感を抱いていても、それをマリッジブルー扱いしたとか。夫婦同姓なんて意味のないこと守り続けているのって、世界で日本だけですよ。それが合理的でないから、世界中で選択的夫婦別姓制度がとられているわけですけど」

香織が押し黙っていると、彗怜はぐっと声を落として呟くように言った。

「園田チーフって、本当に、変化を認めたくないんですね……」

これまでの攻撃性が影を潜め、なにかを悲しむような口調だった。

ふと視線を上げると、彗怜が今までとは違う素直な表情を浮かべている。

「ごめんなさい。私の言いたかったことは、全部言いました。後任に推薦してもらえなかったとき、正直、園田チーフをすごく恨みました。私は、桜山ホテルのラウンジで、精一杯誠実に働いてきました。正規社員になれなかったことは、今でもフェアじゃないと思っています。でも、最終的には、自分の力でラウンジのチーフになりました」

気持ちを切り替えるように、彗怜は一つ息をついた。

「だから、もういいです。あなたを責めるのは、これで終わりにします。今日は、改めて、よろしくお願いいたします」

彗怜が深々と頭を下げたとき、待合室の扉がノックされた。

「いやあ、遅くなってすみません。なんか、信号機の故障とかで電車がとまっちゃって、我々全員引っかかってたんですよ」

扉が開くなり、男性二人、女性一人がどやどやと待合室に入ってくる。彗怜以外は、初めて会うチーフばかりだった。

気づくと、とうに開始時刻を過ぎていたようだ。

「皆さん、どうぞこちらへ。荷物はこの部屋に置いていただいたままで構いません」

鈴木の指示で、全員ぞろぞろと大会議室へ移動する。彗怜は、華やかな笑顔で他のチーフたちと話し始めていたが、香織はなかなか気持ちを切り替えることができなかった。

なんだかすっかり、疲れ切ってしまっていた。


その日、香織は真っ直ぐ家へ帰る気分になれなかった。

一時間半にわたった座談会は一応つつがなく終了し、彗怜も、あれ以上攻撃的な態度を見せることはなく、珍しく気を遣ったのか、老舗の桜山ホテルを立てるような発言までしてくれた。

だが、香織はうまくプレゼンができなかった。イニシアチブを取るどころか、一番口数が少なかったかもしれない。

終了後、出版社から表へ出るなり、香織は幸成にそう連絡を入れた。

「ちょっと、今日は遅くなりそう」

「分かった。気をつけて」

なんのわだかまりもない返答がきて、少し驚く。スマートフォンの向こうからは、春樹の元気な声が聞こえた。この日は座談会のために、前から幸成にお迎えをお願いしていたが、夕飯までには帰るつもりでいた。

その予定を直前で変えてもすんなり受け入れられたことが、正直意外だった。

とりあえず、なにかを食べようと思うのだが、まったく食欲が湧かない。

あちこちのレストランを覗いた末、結局食べたいものがなにも見つからず、香織は久々に一人で映画館にいった。シネコンで、丁度いい時間からスタートする映画のチケットを適当に買ったが、内容はほとんど頭に入ってこなかった。

それから地下鉄に乗り、気づくと桜山ホテルに戻っていた。

守衛《しゅえい》に挨拶して、夜の日本庭園に足を踏み入れる。その瞬間、眼を見張った。

宿泊客を楽しませるために、庭園の紅葉がライトアップされている。

暗闇の中に浮かび上がる、赤、黄、橙……。あちこちに、色とりどりのぼんぼりが灯《とも》っているようだ。中央の池が水鏡のようにその灯を映し、なんとも幻想的な眺めだった。

さくさくと枯葉を踏みしめ、香織はホテル棟へ向かった。既にラウンジはクローズしている時間だが、厨房《ちゅうぼう》から仄《ほの》かな明かりが漏れている。

誰かが電気を消し忘れたのだろうか。

パントリーの奥の厨房に近づくと、突然スイングドアをあけて朝子が出てきて、香織は悲鳴をあげそうになった。

「園田さん？」

まだパティシエコートに身を包んだ朝子も、眼を丸くする。

「今日は婦人雑誌の座談会じゃなかったんですか」

「ええ、それは終わったのだけれど……」

香織は気まずく視線をさまよわせた。

「山崎さんも、まだ帰ってなかったのね」

「私は試作がありますので」

毎回、定時に帰るお前とは違うと言われたようで、香織は悄然《しょうぜん》とする。

「どうしたんですか」

「え？」

「顔色が悪いですよ」

朝子が心配そうな表情を浮かべていることに気づき、無理に微笑んだ。

「最近、胃の調子が悪くて、あまり食べられなくて」

「大丈夫ですか」

「そんなことが言い訳になるとも思えないけど、今日の座談会のプレゼン、あまりうまくいかなかった。……ごめんなさい」

香織が何気なく謝った瞬間、朝子があんぐりと口をあけた。

「え、どうしたの」

見たことのない朝子の顔つきに、香織も驚く。

「いや、園田さんから謝られる日がくるなんて、思ってなかったんで」

「そんなことないでしょう」

そこまで自分は意固地ではないつもりだ。

「ありますよ。だって園田さん、私のこと、認めてないじゃないですか」

しかし強く言われると、否定できなくなった。

そうだ——。篠原和男が、「シェフを呼べ」と騒いだとき、私はこの人を、「いない者」として扱ってしまったのだ。

自分のラウンジを護るために。

〝園田チーフって、本当に、変化を認めたくないんですね〟

先刻の彗怜の言葉が耳の奥で響く。

だって……。

変化を認めたら、これまで自分が重ねてきた努力や苦労までが、消えてなくなってしまうような気がする。

子どもができて、思うように働けなくなってから、余計にその思いが強くなった。自分が一番輝いていた飛鳥井シェフ時代のラウンジ色が消えて、朝子の色が強くなったら、そこに自分の居場所はないように思える。

変化を認めたくないのではなく、認めるのが怖かった。

涼音に対し、立腹したのも同じことだ。常に下にいる後輩だと思っていた涼音が、自分が粛々《しゅくしゅく》と従ってきた〝常識〟に異議を唱え、それを軽々と飛び越えていこうとする姿が妬《ねた》ましかった。

だって、ずるいじゃないの。

あんなに平然とこれまでの轍を逸脱されてしまったら、それを常識と信じていた自分がバカみたいに思えてくる。

私はこれまでずっと、保守的な世の中で、求められる優等生役を演じ続けてきたのに。

コンサバなのは、私じゃなくて、この世界だ。

だけど、若い世代の朝子や涼音や瑠璃たちに、自分と同様に世間の顔色を窺い続けろと押しつけるのは最早ナンセンスなのだと、今や香織にも少しずつ分かり始めていた。

「……本当に、ごめんなさいね」

香織は深く項垂《うなだ》れる。

朝子はしばらく黙っていたが、やがてパントリー内の椅子を引いて香織に座るように促した。

「少し待っててください」

そう言うと、スイングドアの奥の厨房へ消えていく。

パントリーへ戻ってきたとき、朝子は手に白い皿を持っていた。

「どうぞ」

差し出された深皿には美しいピンク色のスープが張られ、そこに山形のケーキが浮いている。

「これなら、胃の調子が悪くても食べられると思います」

添えられたスプーンで、スープごとケーキを掬《すく》う。ラズベリーのスープだろうか。爽《さわ》やかな冷たい果汁のスープをたっぷりと吸った生地《きじ》は、驚くほど軽かった。口に含むと、舌の上ですうっと溶けていってしまう。

「美味しい……」

思わず感嘆の声が漏れた。

生地にケーキ特有の脂肪分《しぼうぶん》が感じられず、甘酸っぱいスープと相まって、食欲がないときでも、するすると平らげてしまいそうだ。

事実、空っぽだった胃の中に、雑味のない清々《すがすが》しい甘みがしみじみと滲《し》みていく。

「すごく美味しい。この生地はなんなの？　スポンジ《ジェノワ》でもないし、ペイストリーでもないし。ほとんど脂肪分がなくて、すごく軽い」

「薄切りにした食パンを重ねたものですよ」

食パン――？

朝子の返答に、香織は軽く息を吞んだ。

「それじゃ……」

見上げれば、朝子が「はい」と深く頷く。

「これが、来夏に出したいサマープディングです」

一説によれば、サマープディングは、十九世紀に療養の温泉や保養地で誕生したプディングだと言われている。脂肪分の少ない食パンにたっぷりの果汁を吸わせたプディングは、当初は「水《ハイ》治療法の菓子《ドロパティックプディング》」と呼ばれていたらしい。

「少し固くなった古い食パンのほうが果汁をよく吸うので、やがて、イギリスのお母さんたちが、残り物の処理も兼ねて、こぞって家庭で作り始めたのだと聞いています」

朝子は学生時代のホームステイ先で体調を崩《くず》したとき、ロンドンのマダムにこのサマープディングを作ってもらったという。

「そうしたら、あんまり美味しくて感動しちゃって。正直、イギリスの料理のまずさに参ってた時期だったんで、眼から鱗《うろこ》が落ちました」

そう言って、朝子は笑った。香織の前では滅多に見せない、朗《ほが》らかな笑顔だった。

この人、こんなふうに笑うんだ。

香織はそれを眩《まぶ》しく見つめる。

「サマープディングは、私にとってイギリスの大事な思い出の味なんです」

結構長い間一緒に働いているのに、お互い忙しく、こんな話を聞く機会もなかった。

「あ、でも、ラウンジ用のプディングには、古い食パンは使いませんよ」

朝子が慌てて説明を加える。

どの生地が一番果汁のスープを吸うか、散々試行錯誤《しこうさくご》で試した末、ようやく満足のいく一品が、つい先ほど完成したのだそうだ。

「桜山ホテルのゲストには、高齢の方も多いですから。でも、このサマープディングなら、夏負けして食欲がないときでも、するっと食べられると思うんです。もちろん、ゲスト用にはベリー類を飾って華やかに演出しますし、冷たい生クリームを添えることも考えています」

懸命に解説する朝子の様子に、常に達也と比較し、ずっと彼女を押さえつけてしまっていたのだと、香織は改めて感じた。

生地が食パンだからと言って、サマープディングは決して地味なデザートではない。

そして朝子もまた、達也の後釜《あとがま》ではなく、一人の立派なシェフなのだ。

もう一匙サマープディングを口に含むと、膝の上に、ぽとりとなにかの雫《しずく》が落ちる。舌の上で生地がとろけるのと同時に、凝り固まっていた心の一部がゆるりとほどけ、眼からあふれ出していた。

中高生の頃から、ずっとずっと不思議だった。部活で優しかった二年生の先輩が、三年生になった途端、理不尽に厳しかった最高学年の先輩そっくりになってしまったこと。

社会に出てからも、物分かりのよかった先輩が、もっと上にいった途端、部下を押さえつけるどこにでもいる上司になってしまったこと。

一体、なにが彼女たちや彼たちを変えてしまうのかと長らく疑問だったけれど、今ならそれが理解できる。

人は、誰かが自分がしてきた苦労を免れて出し抜くように幸せになる世界より、全員で理不尽な不幸に甘んじている世界のほうが、いっそ認めやすいのだ。

あのとき、涼音が寂しそうな顔をしていた本当の理由がやっと見えてきた。

先輩や上司が変わってしまったとき、香織も寂しかった。悲しかった。

それなのに、彼女や彼らがしてきたことを、自分は知らず識らずのうちに、涼音や朝子や彗怜にしてきてしまっていたのだろう。

「そ……、園田さん。なにか変なものでも入っていましたか?」

香織が泣いていることに気づき、朝子が仰天《ぎょうてん》する。

「ううん」

涙をぬぐい、香織は首を横に振った。

「山崎シェフ。サマープディング、とっても美味しいです」

ずっと、一人でラウンジを護らなければならないと思っていた。

でも、それも間違いだ。

これまでも自分は、涼音に、彗怜に、瑠璃に、そのほか大勢のサポーター社員や、朝子や秀夫をはじめとする調理班のスタッフたちに支えられて、チーフを務めてきた。

ここは私のラウンジではなく、私たちのラウンジだったのだ。

だからもう、これ以上一人きりで意地を張らなくていい。

「山崎シェフ」

香織は朝子を見上げた。

「私が月曜日に会議に遅れそうなときは、シェフに前もってお知らせします。その際、シェフが中心になって会議を進めてください」

初めからそうすればよかった。それで居場所がなくなるほど、私は無能ではないはずだ。

「園田チーフが子育てで大変なことは、私だって分かってます」

これまで遅刻や早退に嫌な顔をしていたことを言い訳するように、朝子がもごもご口ごもる。

その様子を眺めながら、これから、自分ももっと図太くなろうと香織は決めた。

どんなに春樹に駄々をこねられようと、任せるところは幸成に任せるし、義母に兄嫁と比べられても正面からとらえず受け流そう。

世間の常識にこだわるのも、いい嫁の仮面を被るのも、もうやめる。

「山崎シェフ。改めて、ラウンジをよろしくお願いします」

香織が頭を下げると、なぜだか朝子が顔を真っ赤にした。

「……こ、こちらこそ、よろしくお願いします」

やがて、怒ったような朝子の声がぼそりと厨房内に響く。どうやら照れているらしい。

なんだ、この人、案外可愛いじゃないの――。

思わずくすりと笑うと、

「今夜は泣いたり笑ったりと、随分忙しいですね」

と、じろりとにらまれてしまった。


十二月に入り、ラウンジのハイシーズンが始まる。

気温はぐっと下がり、昼間から冷え込む日が多くなったが、落葉した樹々が日差しをよく通し、ラウンジは明るかった。

クラシカルな黒のワンピースに身を包んだ香織は、パントリーからラウンジの様子を見渡していた。十二月頭の平日の午後は、まだそれほど混雑していないが、お茶の足りていないテーブルがないか、なにか困っているゲストがいないか、隅々まで眼を凝らす。

瑠璃がシーズナルティーのアップルシナモンティーをあちこちのテーブルに届け、軽い寝癖頭の倭生が、アフタヌーンティーのスタンドを載せたワゴンをのろのろと押していた。

いつものラウンジの穏《おだ》やかな光景だ。

だが、油断はできない。

今日は、またしても篠原和男が、二人の若い女性を連れて来場しているのだ。サポーター社員たちが嫌がるので、この日も、香織が直々に接客を担当した。

篠原は最初のお茶にイングリッシュブレックファーストを選びながら、

〝本場のイギリスでは、このお茶は「スプーンが立つほど」茶葉をたっぷり使い、濃く淹れると言われていてね、別名、ビルダーズ・ティーとも言うんだよ〟

と、早くも蘊蓄《うんちく》を披露し、女性たちを感嘆させていた。もちろん、英国紅茶大全からの受け売りだ。

〝あっちじゃセイロンとアッサムのブレンドが一般的だけど、ここのはどうなの〟

横柄《おうへい》に尋ねられ、香織はセイロンティーが中心だと答えた。イングリッシュブレックファーストは細かい茶葉を使用するため、通常よりも濃い紅茶になるが、桜山ホテルのラウンジではそれほど強いお茶は用意していない。

そもそも「ビルダーズ・ティー」には、現場で働く建設業者《ビルダー》のためのお茶という意味もあり、カロリー補給のために砂糖とミルクをどっさり入れる。本場の淹れ方にこだわるなら、アフタヌーンティーにはあまり向かないお茶だと言える。

念のためミルクをつけるかと尋ねると、〝じゃあ、そうしてよ〟と、顎《あご》をしゃくられた。

今のところ、それ以降篠原がなにかを騒いでいる様子はなかった。三回目となると、「三段スタンドは邪道」と文句をつけるのにもさすがに飽きたようだ。

クリスマスアフタヌーンティーの特製菓子《スペシャリテ》は、粉雪のようなパウダーシュガーに覆われたドイツの伝統菓子シュトーレン。プティ・フールは苺とピスタチオのガトーに、朝子お得意のエクレール。

秀夫特製のセイボリーは、ターキーとクランベリーソースのサンドイッチに、ホタテとタラバガニとマッシュポテトのタルトレット。

季節のスコーンは、プレーンとジンジャーとカレンツだ。

今年の締めくくりの月に、新たな美しいクリスマスアフタヌーンティーを届けられることに、香織は小さな感慨を覚える。

しかしそのとき、先ほどまでにこやかに接客をしていた瑠璃が、神妙な面持ちでパントリーに戻ってきた。

「香織さん、ちょっと」

手招きされ、二人でパントリーの隅に移動する。

「どうしたの、瑠璃ちゃん」

「またあのジイサンが、シェフを呼んでほしいって言い出して……」

「今度はなにを怒ってるの？」

「いや、今回は、怒ってるわけじゃないんですよ」

篠原はモカ風味のエクレールとシュトーレンをいたく気に入り、今年も最後なので、シェフに挨拶がしたいと言っているらしい。

「やっぱりエクレールはモカ風味が本流だからねぇ、とか、シュトーレンのラムレーズンの炊《た》き方《かた》が素晴らしいねぇ、とか言っちゃってますけど、要は、自分が桜山ホテルのラウンジのシェフを知ってるってことを、連れの女性たちにひけらかしたいだけだと思います」

溜《た》め息《いき》交じりに、瑠璃が眉根を寄せる。

「どうしたもんですかねぇ。今日はラウンジがそれほど混んでないから、手が離せないとも言いづらいですし……」

その困惑は、以前、朝子を蔑《ないがし》ろにして事態を収めた香織自身にも向けられている気がした。

これまで香織が朝子との意思疎通《そつう》を怠《おこた》っていたことは、若い瑠璃にも大きな負担をかけていたのだろう。

「分かりました。私が対応します」

そう告げて厨房に向かおうとすると、

「あ、あの」

と、背後から瑠璃の声が追ってきた。振り返れば、酷《ひど》く心配そうな表情をしている。

「大丈夫よ」

瑠璃に微笑みかけ、香織は前を向いた。そしてスイングドアを押して、厨房へ足を踏み入れた。

厨房では白い調理服を着たスタッフたちが、次の時間帯のゲストのために、きびきびと働いている。生地をこねるトゥリエ。オーブンで生地を焼くフルニエ。デコレーションを担当するアントルメンティエ。桜山ホテルの製菓の厨房は、完全な分業制だ。

その流れの全てをチェックし、陣頭《じんとう》指揮を執っているのが、真っ白なパティシエコートを身にまとったシェフ・パティシエール、山崎朝子だった。

「山崎シェフ」

香織は朝子に声をかける。

「お忙しいところすみませんが、ラウンジにいらしていただけないでしょうか。篠原さまというゲストから、シェフに挨拶をしたいという要望が入りまして……」

その言葉に、厨房が軽くざわついた。セイボリー担当の秀夫がこちらを見るのが、ちらりと視界の片隅に入る。

それでも香織は、朝子を招いた。布巾《ふきん》で手をぬぐいながら、朝子が香織のほうへやってくる。

スイングドアを押し、二人でパントリーへ出ると、瑠璃が眼を丸くした。

香織は朝子を伴い、そのまま篠原のテーブルへ向かった。

「篠原さま、大変お待たせいたしました」

朝子と一緒にテーブルの傍《そば》に立ち、香織は恭《うやうや》しく頭を下げる。ところが、篠原は秀夫を待っているらしく、テーブルでの話をやめようとしなかった。傍らに立つ香織たちの存在など、まるで眼中にない態度だった。

さすがに申し訳なく思ったのか、連れの女性の一人が篠原の話を遮るように、朝子に眼をとめる。

「ああ、サブ《スー》・シェフの人？　私が呼んだのは、シェフ・パティシエなんだけどね」

篠原が不服そうに、ちらりと朝子に視線をやる。

傍らで朝子が身体を硬くするのが分かったが、香織は怯まなかった。

「いえ。こちらが当ラウンジのシェフ・パティシエール、山崎です」

香織の紹介に、朝子が緊張の面持ちで会釈する。

最初、篠原はぽかんとしていたが、やがてその表情がにわかに険しくなっていった。

「なにを言ってるんだ。前回私が話したのは、もっと年配の男性シェフだったぞ。こんな若い女性じゃない。確か、須藤さんと言ったかな。ちゃんと、古典菓子の知識もある人だった。彼は一体、どうしたんだ」

「申し訳ございません。須藤はセイボリー担当のシェフです」

改めて深く頭を下げつつ、しかし、香織はきっぱりと告げる。

「当ラウンジのアフタヌーンティーのチーフは、こちらの山崎シェフです」

篠原の眼の中に、はっきりと怒りの色が浮かんだ。

「それじゃ、以前、君は私を謀《たばか》ったのかね」

そのとき、最初に朝子に眼をとめたゲストの女性が、

「もう、いいじゃないですか」

と、唐突に声をあげた。

「シェフが年配の男性だろうが、若い女性だろうが、アフタヌーンティーが美味しければ、問題ないじゃないですか。それに、桜山ホテルのラウンジのシェフは、もう結構前から女性でしたよね。私、なんかの雑誌で読んだ覚えがありますけど」

むしろ情報を知らないのは篠原のほうだと言わんばかりに、女性は呆れたような表情を浮かべる。もう一人の女性ゲストが一応たしなめるように彼女の袖を引いたが、一度テーブルに立ち込めた白けたムードは、簡単に払拭《ふっしょく》できそうになかった。

「大体さぁ、スイーツの出来に、シェフの年齢とか性別とか、関係ないじゃん。部長だって、さっきまで、散々褒《ほ》めてたんだし」

もはや開き直ったのか、女性ゲストが砕けた口調で呟く。

「そんなことを言ってるんじゃない。私は、いい加減なことを吹き込まれたことに、腹を立てているんだ」

篠原が声を荒立たせた。

「私の説明不足で、誠に申し訳ございませんでした」

それに関しては、香織はただひたすらに謝ることしかできなかった。

「不愉快だ。帰らせてもらう」

まだスコーンやプティ・フールが残っているのに、篠原が音をたてて席を立つ。しかし、二人の女性ゲストは無言で顔を見合わせている。

「ほら。君たち、帰るぞ」

篠原が業《ごう》を煮《に》やしたように急《せ》き立てたが、彼女たちは後に続こうとしなかった。

「私たち、最後まで食べていきまーす」

やがて一人が平然と声を放つ。

「……篠原部長、今日はありがとうございました。私たち、もう少し、ここでゆっくりしていますね。連れてきていただけて、光栄でした」

遠慮がちな口調だったが、もう一人の女性にも帰るつもりはないようだ。

憤怒《ふんぬ》の表情を浮かべ、篠原がテーブルを離れる。香織は急いでその後を追った。

「っていうか、元部長だし」

「もりちゃん、やめなって」

「いいじゃん、もう上司じゃないんだから。暇なリタイアおじさんに、うちら、半休まで取って付き合ったんだし」

背後で、テーブルに残った女性たちが囁き合っている。朝子は二人に会釈して、厨房に戻るようだ。

ラウンジを騒がせてしまったことを詫《わ》びるように、瑠璃とサポーター社員たちが各テーブルに紅茶のお代わりを勧めて回っている。

皆のフォローを感じつつ、香織は篠原のコートを取りにいった。

「園田チーフ」

受付では、俊生が篠原のコートとマフラーを手に、待機してくれていた。

「長谷川《はせがわ》くん、ありがとう」

大手ウェブサイト経由の予約なので既に会計は済んでいるが、香織はとっさに受付にあった焼き菓子と紅茶の詰め合わせを紙袋に入れた。

「篠原さま」

大股《おおまた》で出ていこうとする背中に追いつき、コートやマフラーと一緒に紙袋を差し出す。

「そんなもの、必要ない」

乱暴に衣服だけを受け取ると、篠原が眉間《みけん》のしわをきつくする。

「もう二度と、ここへくるつもりは……」

「篠原さま、紅茶がお好きですよね」

刺々《とげとげ》しい声を遮り、香織は続けた。

「私、一度、篠原さまと地元の図書館でお会いしたことがあります。児童コーナーで息子とはしゃいでしまい、お叱りを受けました」

図書館の名前を出すと、篠原が呆気にとられた表情を浮かべた。やがて、思い当たる節があったのか、見る見るうちに顔色が変わる。

「その後も、何度かお姿をお見かけしております」

図書館で見かけるたび、篠原はいつも閲覧室に一人きりで、紅茶や英国アフタヌーンティー関係の本に見入っていた。

恐らくこの人は、ロンドンのクラリッジスやサヴォイには、実際にいったことがないのかも分からない。

だけど本当に、紅茶やアフタヌーンティーが好きなのだ。

以前、香織は、彼が女性の部下を引き連れてくるのは、リタイア後も上司風を吹かせたいためだと考えた。けれど、実のところ篠原には、一人でホテルラウンジのアフタヌーンティーを食べる勇気が持てなかったのではないだろうか。

もともと、アフタヌーンティーは貴婦人の空腹事情から始まった。

十九世紀のビクトリア時代、イギリス貴族の食事は一日二回で、特にコルセットをつけていた女性は、男性のように気軽に間食することができず、朝食後、夜八時のディナーまでの長い時間を、耐えがたい空腹と共に過ごさなければならなかった。

そこで、一人の貴婦人アンナ・マリアがベッドルームでこっそりティータイムを楽しむようになり、やがてはその〝秘密のお茶会〟が、瞬《また》く間《ま》に女性たちの間に広がっていくことになった。

そんな起源を持つ、女性や子どもが喜ぶお茶とお菓子のアフタヌーンティーを、〝大の男〟が愛好しているという事実を、篠原は自分で認めることができなかったのではないだろうか。

一緒にラウンジに連れ立つのが、妻や娘ではなく、たいして慕《した》われているわけでもなさそうな元部下ばかりである事情を、香織は知らない。

だが篠原のようなかつて権力を持っていた男たちの顔を立て、身の程をわきまえた良き部下を演じてきた香織だからこそ、なんとなく分かるのだ。

女性や若い人たちに顔を立ててもらってきた老齢の男たちもまた、そのプライドで、自分自身を不自由にしているのではないのかと。

「来年、当ラウンジでは、英国の夏の名物、サマープディングをお出しする予定があります。イギリスでは多くの家庭で作られている伝統のお菓子です」

紙袋を差し出し、香織は続けた。

「当ラウンジには、一人でアフタヌーンティーを楽しまれる男性ゲストもいらっしゃいます。どうか、お一人でもお出かけください。心より、お待ちしております」

心の底からそう伝え、香織は深く頭を下げる。

やがて、紙袋がそっと受け取られた。顔を上げると、篠原が少し悲しそうな眼で香織を見ていた。一瞬、なにかを言いかけていたようだが、結局、なにも告げることなく、篠原は踵《きびす》を返した。

そのまま遠ざかっていく後ろ姿が見えなくなるまで、香織は再び頭を下げていた。

篠原のような男を孤独にした原因は、内心呆れつつも、波風を避けるために無責任に彼らをおだててきた自分にもあるのだろう。

ああいう男たちの機嫌を取っておけば、とりあえずほかの人より先に進めた時代を、女たちもまた利用してきたのだ。

パントリーに戻ると、スイングドアの前に秀夫が立っていた。

「僕が出れば、丸く収まったのに」

その言葉に、香織は小さく首を横に振る。

「収まりませんよ。須藤さん……」

もう、それで収まるほど、誰もが不自由でいてはいけない。

私たち、もっと先にいかなければ。男も女も自分で自分を縛《しば》ることのない、不自由な世界のその先に。

来年のアフタヌーンティーの目玉を、朝子の提案するサマープディングに変更しよう。

ふいに、香織は思い立つ。

座談会の内容は調整が必要かもしれないけれど、鈴木に相談してみよう。

少し固くなった古い食パンのほうが新鮮な果汁をよく吸うなんて、サマープディングのほうが、人間よりもよっぽど上等じゃないの。

古い世界を引きずっている私たちだって、もっと、色々なことを吸収しなくちゃね。

涼音が言ったように、変化を認めても選択肢が増えるだけで、これまでの自分が否定されるわけではないのだろう。きっと。

「須藤さん、私たち、今までの常識を考え直し、もっと柔軟《じゅうなん》にならなければいけないのかもしれません」

香織が言うと、秀夫はきょとんとした顔をした。

「難しいですけどね」

苦く微笑んで、香織はラウンジに足を向けた。

労《ねぎら》うように瑠璃と俊生がやってくる。空のスタンドを下げ、お代わりのお茶を用意するように指示を出すと、二人は素直な眼差しで頷いた。

ここはゲストと私たちのラウンジ。

進化がなければ、本当にラウンジを護ることはできない。

手放しましょう。これまでの苦労。無駄だったかもしれない努力。

たとえ認めることはできなくても、邪魔《じゃま》をするのはやめましょう。私たちが思いつかなかった新しい世界に臨もうとする、若い人たちの挑戦を。

そして、できる限り、本物の良き先達《せんだつ》となるように努めましょう。

次の道を見つけた涼音を認められないなら、それは祝福ではないと彗怜は言った。

現状の一線上で互いを縛り合うのではなく、一足飛びに駆け出していける誰かを「おめでとう」と心から寿《ことほ》げることこそが、本当の祝福なのだ。

冬の光が差し込む中、ゲストが思い思いにくつろぐラウンジを、香織は改めて見回した。

これからも皆と一緒に、私はこのラウンジを全力で護り抜く。

香織は新たに心に決めて、明るい日差しがあふれるラウンジに一歩足を踏み出した。

最終話

最高のウエディングケーキ

全ての洗い物を終えて布巾《ふきん》をたたむと、涼音《すずね》は一つ息をついた。

年季の入ったシンク、木製の調理台、磨《す》り硝子《ガラス》の引き戸がついた食器棚。亡き祖母が、母の麻《ま》衣子《いこ》が、そして涼音自身が、子どもの頃からほぼ毎日のように立ってきた台所だ。

年末、御節《おせち》作りを手伝うため、涼音は実家に戻っていた。

夕飯の片づけを終えた涼音は、一人でしみじみと辺りを見回す。子どもの頃は広く見えたこの場所も、大人になってみると案外狭《せま》い。昔はここで、祖母と母が肩を並べて炊事《すいじ》していたのだから、随分《ずいぶん》と手狭だったはずだ。

お台所のお手伝いは、女の子の仕事――。

祖父母はなにも言わなかったのに、両親はいつもそう言った。特に麻衣子はこの手のルールに厳しく、調理や配膳や食後の後片付けは、子どもの頃から涼音だけに課せられていた。

兄の直樹《なおき》が、自ら茶碗《ちゃわん》や箸《はし》を運んだり、家族全員分の食器を洗ったりしていた記憶はない。涼音が社会に出て働くようになってからも、その習慣は変わらなかった。

それでも、台所のことを学ぶ機会があったのは、自分にとってよいことだったと涼音は思う。男女にかかわらず炊事はできたほうがいいし、洗い物も習慣化しているほうが苦にならない。

むしろ、一人暮らしを始めた直樹が外食以外はカップラーメンばかり食べ、不健康に太っていく姿を見ているほうが恐ろしい。

家事能力は、生きていく上での必須能力に等しい。

気軽に料理を作る達也《たつや》を見ていてもつくづく感じるのだが、この力を身につけていない男性は、人生が長くなればなるほど、将来割を食うことが多くなりそうだ。生活力をつけるのに、本来、男も女も関係はないのだから。

丸椅子に腰かけ、涼音は大きく伸びをした。

台所のテーブルの上には、この日、涼音が麻衣子と一緒に御節を詰《つ》めたお重《じゅう》が載《の》っている。

御節と言っても、元々遠山《とおやま》家では、それほどたいそうなものは作らない。煮物、膾《なます》、数の子、豆きんとんと、少し上等なお刺身《さしみ》を用意するくらいだ。最近では涼音の助力も、戦場のような百貨店の食料品売り場での買い出しにもっぱら費やされていた。

いつもは近所の商店街かスーパーしか使わない麻衣子も、年末ばかりは涼音を引き連れ、バスに乗って都心の百貨店へ繰り出すのだ。

先ほどから、木枯《こが》らしが勝手口を盛んにたたいている。外は厳しい寒さに違いない。

今年も、残すところあと二日だ。一年、一年が飛ぶように過ぎていく。

特に今年は、本当にあっという間だった。

テーブルに頬杖《ほおづえ》を突《つ》き、涼音はこの年のめまぐるしい変化に思いを馳《は》せる。

日本庭園内を蛍《ほたる》が飛び交う初夏に、約十一年勤めた桜山《おうざん》ホテルを離れ、達也と一緒に暮らすようになった。両家の顔合わせを終え、後は正式に婚姻《こんいん》手続きを済ませるはずだった。

しかし、その段になり、涼音は初めて「婚姻後の夫婦の氏《うじ》」を強制的に選ばなければならないことに気がついた。

そのとき感じた違和感について、実にたくさんのことを考えた。

改姓など少しも気にならないという瑠璃《るり》。改姓させられるのが女性ばかりであることを不公平だと指摘する朝子《あさこ》。夫婦同姓の強制自体、国際的に見てナンセンスだと呆《あき》れる彗怜《スイリン》。それを「守るべきルール」だと認めている香織《かおり》。

同じ女性でも、受け取り方はまったく違った。正解は一つではないし、ある意味では誰もが正しい。だからこそ、自分で答えを出すしかない。

達也ととことん話し合った上でたどり着いた選択に、涼音は心から満足している。

あのまま、なし崩《くず》し的に男性を「代表」にし、雛形《ひながた》に従い「夫の氏」にチェックを入れていたら、自分たちの関係はどこかで違ってしまったように思える。

その程度のことで変わる関係なら、はじめから脆弱《ぜいじゃく》だったと腐《くさ》す向きもあるだろうが、それは違う。「代表」や「氏」が形式的なものであったとしても、いつしか形骸《けいがい》が活性化してしまう場合があるかもしれないし、それが本当に単なる形式であるなら、一層、その選択は本人たちの意志に任せられるべきだ。

「その程度」と思われている事柄《ことがら》だからこそ、流されずに、つきつめて考える必要があった。

考え抜いた上で出したそれぞれの結論は、決して一つである必要はない。目指すべきは選択肢を増やすことであって、自分と異なる道を選んだ誰かを否定するものではないからだ。

頬杖を外し、涼音はテーブルの端《はし》に手を伸ばす。

洗いもののために外していた指輪を取り、大事に左の薬指にはめた。山奥に人知れずひっそりと湧く深い湖水のような碧《あお》。カットの美しいサファイアが、その指できらめく。

気持ちだから――。

そう言って達也が贈ってくれた小さな一粒石が、涼音の眼には、自分たちの思いの結晶《けっしょう》に映《うつ》った。

クリスマスケーキの受注生産をなんとか乗り切った達也は、現在、専門学校時代の恩師、高橋《たかはし》直治《なおはる》の依頼を受け、製菓ボランティアのため、被災地へ出向いている。もともとNPO法人でボランティア活動をすることの多かった直治は、最近、独自に貧困《ひんこん》家庭や被災地にケーキを届けるNPOを立ち上げた。恩師から協力を打診された達也はそれを快諾《かいだく》し、年の瀬ぎりぎりまで、全国の被災地を巡《めぐ》っている。

平成以降、大きな地震が本当に増えた。その中には、未《いま》だ復興の目途が立たない地域も含まれている。

そもそも達也が製菓を一生の仕事にしようと本気で決めたのは、東日本大震災から一か月後、避難所での生活を余儀なくされている人たちにケーキを届けるボランティアに参加したことがきっかけだった。このときも、達也は直治に誘われて、キッチンカーに乗ったのだそうだ。当時、達也はまだ修業時代だったが、東京は自粛《じしゅく》ムードで、勤めていた店もそれほど忙しくなかったらしい。

日持ちのする焼き菓子の配布のほか、生クリーム系のケーキの仕出しを行った途端、その場にいた人たちの顔がぱっと変わった。

ずっと生クリームのケーキが食べたかった！　こんなに美味《おい》しいケーキは初めてだ！

あちこちからそんな歓声があがったという。

避難所での生活は毎日が必死で、日常生活に必要不可欠ではない生のケーキ類は、長い間後回しにされていたのだろう。

小さな子どもからお年寄りまでが、心底嬉《うれ》しそうに生クリームを頬張《ほおば》る姿が忘れられないと、以前、達也は話してくれた。

今も達也と直治のケーキは、被災地で年の瀬を迎える人たちの心を慰《なぐさ》めているに違いない。

その達也も、明日には東京に帰ってくる。

一緒に作った御節を分けてもらい、涼音も明日は新居に戻り、大晦日《おおみそか》と正月は達也と二人でゆっくり過ごすつもりだ。大晦日には兄の直樹が実家にくる予定なので、正月、両親が寂《さび》しがることもないだろうし、なにしろ、同じ都内に住む自分たち家族はいつでも会える。

もっとも達也は〝ほとぼりを冷ます〟ために、しばらく帰省《きせい》しないという。

そのことを考えると、涼音の胸はやはり微《かす》かに痛んだ。

当面、パートナーシップ制度を利用するという涼音と達也の決断は、残念ながら、両家族に好意的に受け入れられたわけではなかった。

特に達也の父の反対は凄《すさ》まじく、持病の腰痛が悪化しなければ、本当に店に乗り込んでくる勢いだった。

〝母親がなんとか抑えてくれているし、そのうち、あきらめるだろう〟と、達也は肩をすくめていたが。

もちろん、弘志《ひろし》と麻衣子もいい顔はしなかった。二人そろって〝あちらのご家族に申し訳ない〟と繰り返し、暗に涼音を責めた。

直樹に至っては、〝マジかよ。せっかくいい男に結婚してもらえそうだったのに。遠山なんてどうでもいい苗字《みょうじ》にこだわるなんて、バカじゃね？〟とせせら笑う始末だった。

こだわっているのは「遠山」という苗字ではなく、「遠山涼音」という自分の名前だと説明しても、〝お前の名前なんかに、なんの価値があるんだよ〟と、ますます妹を愚弄《ぐろう》した。

だが、認めてもらうものではないのだ。

以前、香織にも告げたように、一緒に生きていくために決めた自分たちの形を、他の誰かに容認してもらう必要はない。

覚悟も責任も、全部自分たちの中にある。

いずれ、そのことを自分の家族にも、達也の家族にも分かってもらうしかないのだろう。

左の薬指のサファイアを撫《な》で、涼音は目蓋《まぶた》を閉じた。

現在、父も母も、一応は涼音の様子を静観してくれている。一緒に御節を作っている間、麻衣子からなにかを探られるようなこともなかった。

それには、一つ訳がある。

涼音が思いにふけっていると、誰かがこちらにやってくる足音がした。台所の扉が開くのと涼音が目蓋をあけたのは、ほとんど同じタイミングだった。

「おじいちゃん」

涼音は明るい声をあげる。

「涼音、やっぱりここだったか」

暖かそうな部屋着を着た祖父の滋《しげる》が、穏《おだ》やかな笑みを浮かべて立っていた。扉の向こうからはテレビの音が聞こえる。夕食後、父と母は大抵居間でテレビを見ているが、祖父は一人で自分の部屋に引き上げることが多いようだった。

今夜は、涼音の姿を探してここへきてくれたのだろう。

「おじいちゃん、こっち座って。ここ、一番あったかいから」

暖房に一番近い席に滋を促し、涼音は立ち上がった。

「ねえ、おじいちゃん、ちょっと小腹減らない？」

「そうだなぁ。甘いもんなら、まだ入るかもしんねえな」

「そうこなくっちゃ」

涼音は早速、お茶を淹《い》れる準備に取りかかる。

これなら一週間くらいもつ、と、達也に持たされたお正月用の米粉と黒豆のガトーを、二人で一足先に少しだけ食べてしまおうと考えた。和三盆糖《わさんぼんとう》を使った和風のガトーは、祖父の好きな煎《せん》茶《ちゃ》ともよく合うはずだ。

「明日はもう、店のほうへ帰るのか」

「うん、達也が帰ってくるから。お正月、一緒にいられなくてごめんね」

「なあに、いつでも会えらぁな」

「そうだね。お店が正式にオープンしたら、おじいちゃんもちょくちょく遊びにきてね」

そう言いつつ、昼間、お重に御節を詰めているとき、「最近、おじいちゃんもあまり外出しなくなった」と、母が話していたことを頭の片隅に思い浮かべる。

子どもの頃、この台所のテーブルには、陶器《とうき》の大きな菓子鉢《かしばち》が置かれていた。祖父の代から町《まち》工場《こうば》を営んでいる涼音の家では、午後三時になると、勝手口から祖父と父が台所に上がってきて、おやつを食べる習慣があった。涼音はいつもお相伴《しょうばん》にあずかり、祖父たちと一緒に菓子鉢の甘いお菓子を頬張るのが好きだった。

豆大福《まめだいふく》、栗饅頭《くりまんじゅう》、カステラ巻き……。決して豪勢《ごうせい》なお菓子ではなかったが、あの頃食べたおやつの美味しさは、今でも胸に焼きついている。

大の甘党の伴侶のため、祖母はいつも甘いお菓子を切らさないようにしていたが、たまさか菓子鉢が空《から》になっていると、祖父は気軽に街のお菓子屋まで出かけていた。

そうしたことは、祖父が隠居してからも、ずっと続くものだと思っていたのだけれど。

そっと振り返ると、滋は少し背中を丸くして椅子に座っていた。八十半ばを過ぎても滋は頑健《がんけん》だが、やはり以前より小さくなった気がする。

テーブルの上の菓子鉢も、いつの間にかなくなった。

いつまでも変わらないものはこの世にはないのだと悟《さと》らされているようで、涼音はなんだか寂しくなる。

お菓子はご褒美《ほうび》。だらしない気持ちで食べていたら、もったいない――。

後の自分に大きな影響を与えることになった言葉をくれた祖父と、この先もずっと、一緒に美味しいお菓子を味わっていたいと涼音は密《ひそ》かに願った。

しばらくすると、薬缶《やかん》がしゅんしゅんと白い湯気《ゆげ》を吐き始めた。火をとめ、まずは湯呑《ゆの》みを温めてから、涼音は冷蔵庫を覗《のぞ》く。

達也が用意してくれた箱をあければ、真っ白な米粉のキューブに黒豆を載せたガトーが顔を出した。

「うわぁ、綺麗《きれい》……」

黒豆のてっぺんに金粉をあしらったガトーの出来栄えに、涼音は思わず感嘆《かんたん》の声をあげる。

「こいつはまた、正月らしいケーキだなぁ」

豆皿にガトーを盛り、黒文字《くろもじ》を添えて供《きょう》すると、滋も嬉しそうに眼を細めた。

「小麦じゃなくて、お米の粉を使った和風のケーキなんだよ。日本茶にもぴったりだと思う」

急須《きゅうす》に茶葉を入れながら、涼音は祖父の向かいに腰を下ろす。

適温になったお湯を急須に入れ、温めておいた湯呑みに注ぐと、台所に爽《さわ》やかな煎茶の香りが漂った。

「おじいちゃん。本当に、ありがとうね」

「どうした。急に改まって」

頭を下げた涼音に、滋が不思議そうな顔をする。

「だって、おじいちゃんにかばってもらえてなかったら、私、こんなふうに普通に帰ってこられなかったよ」

それは、涼音の正直な気持ちだった。

パートナーシップ制度を利用することは、それぞれがそれぞれの両親に説明を行ったのだが、当然、すんなりとはいかなかった。特に麻衣子は達也の家族に気を遣《つか》い、何度も両家で話し合うべきだと涼音を諭《さと》そうとした。

〝みんながあなたの幸せを願ってるのに、どうしてそんなに頑《かたく》なの〟

聞き入れない涼音に業《ごう》を煮《に》やし、麻衣子はついに言い放った。

〝私、あなたの育て方を、どこかで間違えたのかな〟

さすがに心をえぐられそうになった瞬間、だんっと、大きな音がした。

ずっと黙ってやりとりを聞いていた滋が、居間のテーブルに拳《こぶし》を打ちつけたのだ。それから絞《しぼ》り出すようにこう言った。

〝そいつはねえよ、麻衣子さん〟

静かだが、低く太い声だった。これまで聞いたことのない祖父の凄《すご》みのある声音に、涼音も少々驚いた。

〝お母さん、俺たちもちょっと冷静になろうか〟

弘志が麻衣子を別室に連れ出し、居間の中が静まり返った。けれど、すべては一瞬だった。残された涼音の前で、祖父はすぐに今と同じような飄々《ひょうひょう》とした表情に戻っていた。

それですべてが解決したわけではなかったが、その後、麻衣子もある程度は吹っ切れたのか、執拗《しつよう》に涼音を責めることはなくなった。もとよりあきらめ気味だった弘志も、とりあえずほっとしている様子だった。

あのときの祖父の啖呵《たんか》がなければ、母ともっと激しくやり合ってしまっていたと思う。そうなっていたら、こんなふうに穏やかな年の瀬を迎えることは、到底できなかっただろう。

「別に、かばったわけじゃねえ。俺は、正直な気持ちを言っただけだ」

ふうふうと湯呑みの湯気を吹き、滋は眼を閉じてゆっくりと煎茶を啜《すす》った。

「俺はもともとガキの頃から家族はいねえし、ばあさんも大家族の中で味噌《みそ》っかすみてえな扱いを受けてた末娘だったから、二人だけで結婚した。それで困ったことなんて、一つもねえ。弘志の結婚にも、口を出した覚えはねえよ」

片眼だけを薄くあけて、滋が涼音を見やる。

「それでも麻衣子さんは、俺やばあさんに随分と気を遣ってくれた。あの人は、まともな家で育ったいいお嬢《じょう》さんだから、世間様に対して真面目《まじめ》なんだよ」

世間様に対して真面目――。

母を評する言葉を、涼音はぼんやりと聞いた。

「でも、それじゃ……」

祖父や自分は、世間に対して不真面目なのだろうか。

喉元《のどもと》まで出かかった言葉を、かろうじて呑《の》み込む。祖父までそこに含めてしまうのは申し訳ない気がしたが、しかし、そう考えると、いくつか腑《ふ》に落ちることがあった。

自分と達也が導き出した結論が、ある人たちにとっては「自己中心的」で「我《わ》が儘《まま》」で「無責任」で「世間知らず」に相当するらしいことは、涼音も理解している。

だが、結婚が決まった途端、多くの人から当たり前のように告げられた「おめでとう」や「お幸せに」という祝福は、涼音自身の考えとは遥《はる》か遠くにあるように感じられてならなかった。

なぜなら「婚姻後の夫婦の氏」で「夫の氏」にチェックを入れなかったり、伴侶《はんりょ》にしたい相手が異性ではなく同性だったりしただけで、その祝福は呆気《あっけ》なく雲散霧消《うんさんむしょう》してしまうのだから。

それどころか、祝福がくるりと嫌悪に変わる場合だってある。まるでゲームの駒《こま》が、白から黒へとぱたぱたとめくられていってしまうかの如《ごと》く。

世間の大勢の人たちが結婚に対して口にする「おめでとう」や、「お幸せに」の大合唱の本当の意味はなんだろう。

友人の彗怜は、それを「呪《のろ》い」だと言った。

だけど涼音にはそれが、多くの人たちが自分たちこそが築いてきたと信じている社会へ入るための「洗礼」なのではないかと感じることがある。

彼らが受けてきた洗礼を従順に受けてこそ、幼い若者たちは、ようやく社会的な大人と認められ、世間に迎えられるのだ。

世間の求める結婚を踏襲《とうしゅう》しない関係は、いつまで経《た》っても未熟《みじゅく》なままで、おめでたくも幸せでもない。

育て方を間違えた――。真面目な母を一瞬でもそう思わせてしまったことは、涼音の心を今も少しだけ苦しくさせる。

達也はなにも言わないが、恐らく、もっと大きな反発や失望を被《こうむ》っているに違いない。

「うめぇなぁ」

突然滋の声が響き、沈鬱《ちんうつ》な思いに沈み込みそうになっていた涼音はハッとした。

視線を上げれば、黒文字で米粉のガトーを切り分けた滋が、それをもぐもぐと咀嚼《そしゃく》している。

つられて、涼音もガトーを口に運んだ。

ほろりと米粉がほどけ、和三盆糖の仄《ほの》かな甘さが舌の上に広がる。

「本当だ。美味しいね……」

涼音もうっとりと呟《つぶや》いた。優しい味わいの中、黒豆のこくのある風味がよいアクセントになっている。

甘いものは不思議だ。

心が硬く閉じそうになっても、それを和らげてくれる効果がある。特に見た目も味も丁寧《ていねい》に作られた美しいお菓子は、塞《ふさ》ぎかけた心を慰めてくれる。

他の誰かには見えない、だけど、本人にとってはひりひりと疼《うず》く小さな傷口に、そっと手を当ててもらうみたいに。

その温かさは作り手の誠実さでもあり、涼音が達也に惹《ひ》かれる所以《ゆえん》なのかもしれなかった。

「お前の伴侶は、こんなにうめえものを作れるんだ。たいしたもんじゃないか」

涼音の心の動きを読んだように、滋が続ける。

「世間様の顔色を窺《うかが》うのが必要なときもあるだろうが、それぱっかりじゃいけねえよ。涼音はちっせえときから、なんで、どうしてって、自分の頭で考えようとする子だった。当たり前とされてることでも疑問を持ったら、その疑問を放っておくようなことはしなかった。そのお前が好きになった男と考え抜いて出した結論なら、もっと自信を持っていい」

力強い励《はげ》ましに、胸の奥がじんとした。

「だけど、おじいちゃん。どうしてこの国は、夫婦別姓も、同性婚も認めようとしないんだろう」

なんだかふいに甘えたくなって、幼少期のように、涼音は祖父に質問してみる。

「だって、選択的夫婦別姓制度は改姓する人の権利を奪うものではないし、LGBTQも、そうした人の存在は認めるって言いながら、でも結婚は駄目って、そんなの、どう考えてもおかしいよ」

「そりゃあ、一つの方を向かせておいたほうが、まとめようとする側は楽だからだ。軍隊だって、学校だって、会社だって、組織ってもんは大抵そうだろう」

煎茶を啜りながら、滋が淡々と答えた。

「実のところ、たいした理由なんてありゃしねえよ」

そう言われると、そうかもしれない。祖父の言葉に、涼音は学校時代の変な校則を思い出した。どんなに寒くても女子はスカートでなければならないとか、ストッキングをはくのはよくてもタイツは駄目だとか、おかしな校則がいくつもあった。

「結婚は二人だけでするもんじゃないってのも同じことだ。そうやって、家族単位で助け合わせておいたほうが、国の偉《えら》い連中は楽なんだよ」

だが助け合いは、ときに、容易《ようい》に縛《しば》り合いに変わる。そして、そこに縛りつけられるのは、大抵が立場の弱い嫁か娘だ。

子育ても、介護《かいご》も、本当に必要なのは公的な制度による助力のはずなのに、それを一家庭に押しつけ、「美しい家族」という偶像を築こうとする流れは、未だ脈々と生きながらえている。

「美しい家族」を支えさせられているのは、まさしく、彗怜が言うところの童養媳《トンヤンシー》だ。

矛盾《むじゅん》の正体が露呈《ろてい》してくると、涼音はやはり微かな憤《いきどお》りを覚えずにいられなかった。

私たちは本当は、もっと本気で怒っていい。

「美しい」とか「尊い《とうと》」とか言う美辞麗句《びじれいく》で、女性に献身《けんしん》や自己犠牲を強いる風潮に、もっとしっかり抗《あらが》っていい。

世間が言う「幸せ」に脅《おびや》かされて、なにかを耐え忍ばなくていい。

〝みんながあなたの幸せを願ってるのに――〟

しかし母のその言葉もまた、決して嘘《うそ》ではないことが、涼音は切なかった。

「お母さんもお父さんも、私に幸せになって欲しいって思ってることは、ちゃんと分かってる。だけど私、結婚と幸せは別だと思う」

「そりゃあ、そうだ」

「おじいちゃん、幸せって難しいね」

幸せを祈られたら、大抵の場合、口をつぐむしかなくなる。

「そんなこたあねえよ」

だが今回も、滋は難なく首を横に振った。

「なあ、涼音。幸せってのはな、なるものじゃなくて、味わうもんじゃねえのか」

そう言うと、残りのガトーを滋は大事そうに口に運ぶ。

「本当にうめぇなぁ」

しみじみとした滋の声が、台所に響いた。

「おじいちゃんは、すごい……」

涼音は思わず感嘆する。

「ああん？」

滋が不思議そうに涼音を見返した。

「だって、おじいちゃんみたいに視野の広い人、なかなかいないよ。高齢な人の中には、男は女より偉いって当たり前みたいに思っている人がいるし、自分たちが守ってきた社会の規則を、絶対だって信じてる人もたくさんいる」

涼音の言葉に、滋は首を横に振る。

「視野が広いかどうかは知らねえが、俺は戦災孤児《せんさいこじ》になったときから、国のやることなんざ、なに一つ信用しちゃいねえ」

東京大空襲《だいくうしゅう》でただ一人生き残った滋は、迎えにくるという親戚からの伝言を信じ、上野《うえの》駅に何日も立ち続けていたという。だが、どれだけ待っても、父方の親戚も、母方の親戚も、誰も現れなかった。

「寒かろうが、暑かろうが、ひもじかろうが、社会も国も、なんにもしちゃあくれなかったよ」

ただ一人、老婦人から荷物を奪おうとした少年時代の祖父をとめた女性だけが、感化院《かんかいん》に送られる前に警察を通じて孤児院へいくべきだと、懸命に説得をしてくれた。

感化院とは、今でいう少年院のようなところだ。

そこへ慰問《いもん》にいったことがあるけれど、子どもを番号で呼ぶような寂しいところだったと、女性は真剣な表情で祖父に説《と》いたそうだ。

根負けして一緒に警察へいくことに同意した祖父に、女性はにっこりと微笑《ほほえ》み、鞄《かばん》の中から包みを取り出した。

よく聞き分けてくれました。ご褒美ですよ――。

包みの中には牡丹餅《ぼたもち》が入っていた。

石ころほどの大きさしかない、小さな牡丹餅。

けれど、久しぶりに口にした甘いお菓子に、祖父は本気で「これで死んでも構わない」と思ったという。そのときの脳髄《のうずい》までが痺《しび》れるような美味しさが忘れられず、祖父は甘いお菓子に特別な思い入れを持つようになった。

孤児院でも理不尽な扱いは続いたが、牡丹餅をくれた女性との再会を支えに、祖父は厳しい生活を耐え抜いた。

しかし、その女性も、広島《ひろしま》で新型爆弾に被弾して亡くなった。

後に女性が「演劇疎開《えんげきそかい》」という名目で、広島に慰問公演に赴いた劇団員であることが分かった。牡丹餅は、彼女の母と妹が大事に取っておいた配給品でこしらえた、餞別《せんべつ》の品だったのだ。

広島にいった劇団員は、看板女優だった彼女を含め、全員が新型爆弾――原爆で死亡したということだった。

この話を聞いたとき、涼音はあふれる涙をとめることができなかった。

お菓子はご褒美。だらしない気持ちで食べてはいけないという祖父の言葉の真意を、初めて知った瞬間だった。

「アプレを舐《な》めちゃいけねえよ」

だが、次にこぼれた滋の呟きを、涼音は理解することができなかった。

「アプレ？」

思わず聞き返したが、それに答えることはなく、滋が眼差《まなざ》しを強くする。

「涼音。お前は自分が選んだ伴侶と、自分たちの信じた道を、思い通りに生きていけ。誰になんと言われようと、お前たちを簡単にまとめようとする連中なんかに、絶対負けちゃいけねえよ」

滋の熱が伝わってきて、涼音の心にも火が灯《とも》る。

しっかりと頷《うなず》けば、滋は満足そうに眼を細め、

「それにしても、うめえ菓子だったなぁ」

と、ぺろりと舌なめずりをしてみせた。

新しい年がやってきた。

もっとも、正月らしかったのは三が日までで、松が取れると、呆気なく慌《あわ》ただしい日常が戻ってきた。

来週の小正月に合わせ、ついに「パティスリー飛鳥井《あすかい》」が、正式にオープンする。だが、オープンを間近に控《ひか》えた今週末は、もう一つの特別な日だ。

喫茶ラウンジの真ん中に設《しつら》えられた大きなテーブルに、涼音は真っ白なリネンのテーブルクロスをかける。繊細《せんさい》なレースが施《ほどこ》された、北アイルランド製のアイリッシュリネンだ。

この日、夕刻から、晴海《はるみ》と有紀《ゆき》の結婚パーティーが開かれる。

涼音も達也も、昨日から準備で大童《おおわらわ》だった。達也が早朝より奥の厨房《ちゅうぼう》にこもっている間に、涼音は腕によりをかけて店内を装飾した。

ショーケースをカウンターに見立ててラウンジを拡張し、できるだけ多くの椅子を手狭《てぜま》になりすぎないように配置し、玄関や窓辺には薔薇《ばら》や百合《ゆり》やフリージア等の生花を飾る。カラーコーディネートは、つき合い始めた二人が初めて一緒に訪れたという軽井沢の避暑地をイメージし、

爽やかな白とグリーンに統一した。

「スズさーん、これ、めっちゃ美味しそうっすよー」

そこへ、大皿を持った瑠璃がやってくる。

「飛鳥井シェフ、簡単なデリとか言ってましたけど、料理もやりますねー」

白いテーブルクロスの上に置かれたのは、ニース風サラダだ。新鮮な葉野菜、茹《ゆ》で卵《たまご》、ツナ、オリーブ、アンチョビといった定番食材の他に、色鮮やかなビーツのピクルスとキャロットラペがたっぷりと添えられている。食《た》べ応《ごた》えのありそうなサラダは、色鮮やかで眼にも美しい。

「キッシュも焼けましたよ」

次に皿を運んできたのは俊生《としお》だった。サーモンとほうれん草とポルチーニ茸《だけ》を使った黄金色のキッシュが、サラダの隣に並べられる。二つの皿には、まだふんわりとラップがかけられていた。

「瑠璃ちゃん、長谷川《はせがわ》くん、今日はありがとう」

お皿やカトラリーの用意をしながら、涼音は二人を振り返る。

今後「パティスリー飛鳥井」のユニフォームにもなる濃紺のギャルソンエプロンを纏《まと》った二人は、見慣れた桜山ホテルのクラシカルなワンピースやスーツ姿と違い、一層若々しく新鮮だった。

「いえいえ。香織さんからも、しっかりサポートするように言われてきましたからね。本日のサーブは、パリピの瑠璃ちゃんに任せて下さい」

いつもの巻き髪をポニーテールに結い、素顔《すがお》に近いナチュラルメイクの瑠璃が、びしっと敬礼してみせる。

この日、達也はサラダやキッシュの他に、たくさんのピンチョスやカナッペを用意しようとしていた。あまり広くない喫茶ラウンジで、場所を取らずにできるだけ多くの種類の料理をゲストに振る舞う工夫だ。だがそのためには、状況に合わせ、上手にラウンジ内のゲストにサーブをする熟練《じゅくれん》のスタッフが必要だった。

それを知った香織が、瑠璃と俊生がこちらのヘルプにつけるように、シフトを融通してくれたのだ。

「いやあ、飛鳥井シェフのウエディングケーキのお相伴にあずかれるとなったら、断られたってきちゃいますよぉ」

後頭部にいつもより強い寝癖《ねぐせ》をつけたままの俊生が、眼鏡《めがね》の奥の瞳《ひとみ》をきらきらと輝かせる。

「こいつは、たいして役に立たないかもしれませんがね……」

その隣で、瑠璃が吐き捨てるように呟いた。

それにしても、新年の忙しい週末に、ラウンジの主力メンバーである瑠璃と俊生を回してもらったのだ。香織としては、シフトを組むのに相当の苦労をしたはずだ。

最初、香織からその提案をされた際、正直涼音は戸惑った。なぜなら、昨年、最後に会ったとき、香織はこの店で晴海たちのパーティーを開くことに反対していたし、なにより、涼音に対して腹を立てている様子だったからだ。

だが、新年に連絡をくれたとき、香織は随分変わっていた。常に自分を励《はげ》ましてくれていた、一番頼り甲斐《がい》があった昔の憧れの先輩に、戻ったような雰囲気だった。

しかも、香織が助け船を出してくれたのは、それだけではなかった。

まさか香織さんが、あんなことを提案してくれるなんて……。

香織の助力がなければ、今回のパーティーのハイライトは成立しなかったかもしれない。

思いを馳せようとした瞬間、耳元で大声が響く。

「遠山先輩！」

「な、なに」

驚いて顔を上げれば、俊生が真剣な表情でこちらを見ていた。

「以前、遠山先輩、結婚後、夫婦のどちらかが改姓しなきゃいけないことを、男の僕がどう思うかって、聞いたじゃないですか」

「う、うん……」

昨年の送別会のときのことだろう。

あのとき俊生は、「どちらかが我慢して改姓するのはあまりよくない」「相手の女性がどうしても嫌だと言ったら、自分が改姓することはやぶさかではない」と答えた後、但《ただ》し、相手の女性が佐藤《さとう》という苗字なら躊躇《ちゅうちょ》するとつけ加えた。

佐藤俊生、さとうとしお――すなわち、砂糖と塩になってしまうからだと。

その発想に、涼音も瑠璃も大笑いした。

ところが今回、それに輪をかけて突飛な案を、俊生は思いついたらしかった。

「あれ、僕、あの後も、結構真剣に考えてて。それで、ついに恐ろしいことに気づいちゃったんですよ」

大真面目な表情で、俊生は続ける。

「長谷川俊生というのは僕の生まれながらの名前ですからなんの違和感もないですが、結婚する相手の苗字に改姓すると、どちらにせよ、僕の名前は〝○○と塩〟になっちゃうんです」

「は？　なに、わけわかんないこと言ってんの」

思い切り顔をしかめた瑠璃を、俊生がすかさず指さした。

「つまり、もし僕が林先輩と結婚して、林先輩の苗字に改姓すると、僕の名前は〝林と塩〟になっちゃいます」

「はあっ？」

眼をむく瑠璃をよそに、俊生の熱弁は続く。

「遠山先輩と結婚して改姓したとしても、〝遠山と塩〟に、園田《そのだ》チーフと結婚して改姓すれば、〝園田と塩〟になるわけです」

要するに、もともと相手の姓と認識している苗字に改姓すれば、誰と結婚してもトシオという名前が〝&《と》塩〟に脳内変換されるというのだ。

「なんと恐ろしい事実でしょう。このことに気づいたとき、正直、僕は戦慄《せんりつ》しましたよ。まさしく、日本中の全トシオが泣いた！」

「バカなのっ⁉」

おおげさに身をよじる俊生に、瑠璃の盛大な突っ込みが炸裂《さくれつ》する。

「そんなバカなこと考えてるトシオは、日本中でオメーだけだよっ」

「いえいえ、そんなことありませんて。林先輩はトシオじゃないから、ことの重大さが呑み込めないだけです」

真剣な表情のまま、俊生は厳然と結論づけた。

「と言うわけで、僕も遠山先輩と同じく、選択的夫婦別姓制度の導入に熱烈賛成させていただきます」

握手を求められ、呆気にとられつつも涼音はそれに応じる。涼音の手を固く握り、俊生はにっこりと爽やかな笑みを浮かべた。

「あー、もう。バカなこと言ってないで、オメーは飛鳥井シェフんとこいってこい。私はこっちでスズさん手伝うけど、新しい料理ができてるかもしれないから」

呆れ果てた表情で、瑠璃がしっしと俊生を追い払う仕草をする。

「あ、そうですね！　味見も必要かもしれませんし」

寝癖頭を振り立てて、俊生は嬉しそうに奥の厨房にすっ飛んでいった。その後ろ姿を見送っていると、瑠璃に腕をつつかれる。

「スズさん、あの眼鏡の相手、まともにしなくていいっすよ。あいつといると、一生分の〝バカなの？〟が三日で費やされますから」

瑠璃の随分な言い草に噴き出しながら、涼音は率直な思いを口にした。

「でも、男性からああ言ってもらえると結構嬉しい」

夫婦別姓の問題は、ほとんどの場合改姓する必要のない男性からは、あまり真剣に考えてもらえない節がある。

最初のうちは、達也に分かってもらうのも大変だった。

「うちの兄なんて、一生食べさせてもらえる相手だったら、改姓どころか、サルヤマサルタロウとかネズミチュウノスケに改名してもいいとか言ってたもの」

「スズさんの兄さんも、かなりのバカっすね」

「だよね」

一緒に働いていたときのように、肩を寄せ合ってくすくすと笑う。

「だけど、スズさんたちがパートナーシップ制度を利用することになるとは、正直、思ってませんでした」

瑠璃が少しだけ真面目な表情になる。

「うん……」

それは涼音も同じ思いだ。

達也からのプロポーズを受けたときは、ただひたすらに嬉しくて、その後のことをきちんと考えていなかった。夫婦同姓を法律で義務付けているのが世界で日本だけだという事実も、まったく知らなかった。

なんでも男性を代表にする世の中を作ってしまった一因は、こうした女性の迂闊《うかつ》さと、怠慢《たいまん》にもあったのかもしれない。

「でも、よくよく考えると、やっぱりお二人らしいって気がしますよ。違和感を我慢して一緒にいるのって、自分はもちろん、相手にとってもよくないですしね」

カトラリーを並べながら、瑠璃が淡々と頷く。その横顔を、涼音は少々意外な思いで見つめた。

〝結婚さえしちゃえば、こっちのもんじゃないすか〟

目蓋のラメをきらきらと光らせながら、ウインクする瑠璃の姿を思い出す。かつては、彼女のそういう割り切りの速さを羨ましく思ったこともあったけれど。

「まあ、私は今でも改姓にはなんの違和感もないっすけどねー」

素顔に近いさっぱりとした面持ちで、瑠璃は続けた。

「でも、結婚を契約って割り切るのは、早計かなって思うようにはなったんすよ。女の市場価値にこだわって、タイパを求めすぎるのもあれかなぁって」

いつものフランス人形のような完璧な美貌ではないが、その分素直な横顔を、涼音はとても綺麗だと思う。

「実は林先輩、マッチングアプリでの婚活に失敗したんですよ」

ふいに嬉々《きき》とした声が響いた。

振り向けば、いつの間にか戻ってきていた俊生が満面の笑みを浮かべている。だが、カトラリーを逆手に握った瑠璃が無言でそれを振り上げると、慌ててカウンターの向こうへ逃げていった。

「ったく、あの眼鏡はよ……」

眉間《みけん》に深いしわを寄せ、瑠璃が首を横に振る。

その二人の様子が、涼音にはなぜだかとても微笑ましく感じられた。ラウンジでは常に詐欺化粧《マジックメイク》であざといまでに装っている瑠璃にとって、俊生は唯一、素で接することのできる貴重な存在であるはずだ。

「そうだね。違和感を我慢するのは良くないよね。お互い、なんでも遠慮せずに言い合える関係性じゃないと」

思わせぶりに繰り返せば、

「な、なんすか、スズさん」

と、瑠璃が分かりやすく頬を赤らめる。これは予想以上に脈があるのではないかと、涼音まで胸が高鳴りそうになった。

実際、人と人がつき合うとき、心に蓋《ふた》をしてやり過ごすより、気持ちを開示して話し合うほうが、圧倒的に骨が折れる。だけど、その手間を惜しまずに向き合いたいと思える人と出会えたことは、相手が異性であろうと同性であろうと、きっとものすごく幸運なのだ。

だから私たち、勇気を持たなきゃね――。

〝絶対負けちゃいけねえよ〟という祖父の激励が耳元で響いた気がして、涼音は背筋《せすじ》を伸ばす。

晴海たちと同様にパートナーシップ制度を利用しようと決めたときから、家族や親しい人たちを含め、批判や反発にあうことは覚悟していた。

しかし、今回、若い瑠璃や俊生は、晴海たちの同性婚パーティーに、まったく違和感を示さなかった。一つの祝《いわ》い事《ごと》として、ごく自然に受け入れていた。

それだけでも、世の中は少しずつ変わってきているのかもしれない。

「瑠璃ちゃん。私たち、頑張《がんば》ろうね」

「な、なにをですか」

頼もしい後輩に笑いかけると、瑠璃は益々顔を赤くした。

「ほら、スズさん。早くしないと、もうすぐ主賓《しゅひん》がお見えになりますよ」

掛け時計を指さされ、涼音もハッとする。それからは二人で黙々《もくもく》とパーティーの準備に取り組んだ。

やがて、開始時刻の三十分前になると、店の玄関の前に人の気配がした。扉が開くと同時に、カピス貝のチャイムがしゃらしゃらと音を立てる。

「いらっしゃいませ」

涼音は瑠璃と並んで、今日の主賓を出迎えた。

「わー、すてき」

カウンターに飾られた大ぶりの白薔薇と百合に、晴海と有紀がそろって歓声をあげる。

「すごい、こんなにすてきにコーディネートしていただいて」

「あちこちに、白いお花が一杯」

「テーブルのレースも綺麗」

カウンターの奥から俊生がやってきて、部屋の中を見回す二人からさりげなくコートを預かった。

「今日は、桜山ホテルのラウンジスタッフに、ヘルプに入ってもらいます。林瑠璃さんと、長谷川俊生くんです」

涼音の紹介に、瑠璃と俊生が頭を下げる。

「一流ホテルのラウンジの方にきていただけるなんて、本当に感激です」

晴海が嬉しそうに瞳を輝かせた。

この日の晴海はチャコールグレーのパンツスーツを颯爽《さっそう》と着こなし、傍《かたわ》らの有紀はクリーム色のニットワンピースをゆったりと纏っている。白とグリーンで統一された店内が、二人を一層お洒落《しゃれ》に映《は》えさせていることに、涼音は内心小さくガッツポーズをした。

バンケット棟で行われる華麗《かれい》な結婚式に比べれば、本当に小さな会かもしれないけれど、今日の二人は豪華なウエディングドレスに負けないくらいすてきだ。

彼女たちの新生活のスタートに、自分と達也にとっても新しい挑戦となるこの店が花を添えられることに、涼音は隠し切れない高揚《こうよう》を覚える。

二人を主賓席へ案内していると、奥の厨房から達也がやってきた。

「本日は、よろしくお願いします」

桜山ホテル時代のようなパティシエコートではなく、達也も濃紺のギャルソンエプロンを巻いている。

「デリが中心なので、たいした料理は準備できませんでしたが」

「いえ、さっきからすごくいい匂いで、お腹《なか》が鳴りそうです」

「キッシュもサラダも美味しそう」

恐縮する達也に、晴海も有紀も首を横に振った。

「主役のウエディングケーキは、会の最後にお出しする予定です」

そう言いながら、達也がちらりと涼音に視線を送る。

「お二人のアンケートをもとに、シェフが昨日から腕によりをかけてウエディングケーキを製作しました。最後の仕上げはお出しする直前に行いますので、それまで、お二人にも完成を楽しみにしていただければ……」

口下手《くちべた》な達也に代わり、涼音が説明の後を受けた。

「いいですね」

桜山ホテル時代から、達也の製菓の腕に万全の信頼を寄せている晴海が快諾すると、

「そのほうが、私たちも楽しみ」

と、有紀も柔《やわ》らかく微笑んだ。

仲睦《なかむつ》まじい二人の様子を、瑠璃も俊生も嬉しそうに眺めている。

やがて、パーティーの開始時刻が近づき、晴海の母、有紀の両親を始め、ゲストが続々と集まり始めた。涼音がカウンターで用意した冷えたシャンパンや柚子《ゆず》のソーダを、瑠璃と俊生がきびきびと運んでいく。

全員がそろい、飲み物も行き渡ったところで、主賓席の晴海と有紀が立ち上がった。

「年明けのお忙しい中、今日は私たちのためにお集まりいただき、ありがとうございます」

晴海のよく通る声が響く。

「この度、私たちは、家族として新しい生活をスタートさせることになりました。もっとも私た

ちの関係は、日本ではまだ法的に認められていません」

そこで晴海が一息つくと、次に有紀が穏やかに周囲を見回した。

「でも、だからこそ本日は、私たちの関係と新しい生活を皆様にお知らせしたいと思ったのです」

眼と眼を見かわし、晴海と有紀がゆっくりと手をつなぐ。

「これから先も、私たちは共に一生懸命働いて、一生懸命生きていきます。どうか今後とも、変わらぬ友情を賜《たまわ》りますようお願い申し上げます」

深く頭を下げた二人を、温かな拍手が包み込んだ。

晴海の音頭に、ゲストたちが一斉《いっせい》にグラスを高く上げる。

「それでは、改めまして、新しい年がよい年になることを祈って、乾杯《かんぱい》！」

グラスが傾《かたむ》けられた後、再び拍手が沸き起こった。

一緒に手をたたきながら、涼音は胸が熱くなるのを感じる。彼女たちは、誰にも〝ご指導〟や〝ご理解〟や〝ご鞭撻《べんたつ》〟を請わなかった。ただ、〝変わらぬ友情〟だけを希求した。

それこそが晴海と有紀の覚悟であり、唯一心から欲するものなのだろうと、涼音は自分の胸に刻む。

主賓席の両側で、晴海の母と有紀の両親が、そっと涙をぬぐっていた。

乾杯のグラスが空になり、歓談の時間が始まると、瑠璃と俊生がピンチョスやカナッペを次々と運んできた。

炙《あぶ》り鮪《まぐろ》と香味《こうみ》野菜のピンチョス、生ハムとドライ無花果《いちじく》のカナッペ、アボカドとサーモンのトルティーヤ、ローストビーフとメークインのオープンサンド……。

眼にも美しい一口サイズのご馳走《ちそう》が、ゲストたちの語らいに花を添えていく。

カウンターで、シャンパンやワインやアイスティーを作りながら、涼音はラウンジの様子を眺めた。広大な日本庭園を見渡せる桜山ホテルの華麗なラウンジとは程遠い、素朴《そぼく》で小さな一軒家のラウンジ。

だが人々が和《なご》やかな表情で語り合い、窓の外にムクロジの大木が見えるこの場所を、涼音はずっと昔から知っていた気がする。

多分、ここにたどり着くために、これまでの自分は様々な経験を重ねてきたのだろう。そして、この先もここで、たくさんの喜びや悲しみや苦しみを、噛《か》み締めていくことになるに違いない。

瑠璃と俊生は絶妙なタイミングで、ゲストたちに一口のご馳走を届けていた。瑠璃の指導の賜《たまもの》か、涼音と働いていた当時はぎこちなかった俊生の接客も、随分スマートになっている。

「スズさん」

小一時間が経ち、料理があらかた行き渡ったところで、瑠璃がカウンターへやってきた。

「いい披露宴《ひろうえん》ですね」

空いたグラスを下げながら、瑠璃は微笑む。

「心のこもってない形ばっかの上司のスピーチとかもないし、妙な余興もないし。美味しい料理とドリンクと楽しいお喋《しゃべ》りはたっぷりで。なんか、ただ騒いでるだけのうちらのパーリーが虚《むな》しくなりますよ」

「そういうのが必要な場合もあるでしょ」

「ま、そうなんすけどね」

軽く肩をすくめて、瑠璃が続ける。

「イヤーエンドアフタヌーンティーのとき、須藤《すどう》さんと元奥さんと晴海さんを見て、私、すごく仲良さそうな家族だなぁって思ったんすよねぇ。なんで離婚しちゃったんだろうって、本気で不思議に思いました」

瑠璃の眼差しが、少しだけ遠くなる。

「でも、やっぱ、どうにもできないことってのはあるんすかね。今日だって、ここに須藤さんがいれば、晴海さんはもっと嬉しいはずですよ。だって、離れてしまったご両親の仲を取り持ったのは、娘さんの晴海さんでしょう？　結婚パーティーなんて、一生のうちにそう何回もあるイベントじゃないんだし」

涼音は黙って瑠璃の話を聞いていた。

主賓のテーブルでは、晴海の母と有紀の両親が楽しそうに語らっている。主賓の二人はそれぞれの友人たちと話し込み、俊生が空になった皿を下げ始めていた。

「あ、でも、今日はこの顔のせいか、イヤーエンドアフタヌーンティーでお会いしたこと、晴海さんになかなか思い出してもらえませんでした」

自身の沈みかけた気持ちを振り払うように、瑠璃が自分の顔を指さしておどけてみせる。

「そろそろ、詐欺メイクも卒業かもしれませんねー。あれ、何気にコストかかるんすよ。めっちゃ厚塗《あつぬ》りするから、肌も荒れるし」

「ホテルラウンジの瑠璃ちゃんはそりゃあ綺麗だけど、今の瑠璃ちゃんだってすてきだよ」

「またまた、スズさん、嬉しがらせること言ってくれちゃってぇ」

瑠璃に肘《ひじ》でつつかれながら、彼女もまた、素顔で向き合いたい相手と出会えたのだろうと涼音は考えた。

その相手が、〝〇〇と塩〟くんであるらしいことは、少々意外だったけれど……。

「スズさん、ラウンジはうちらで大丈夫ですから、ぼちぼち、メインのヘルプにいってください」

促され、涼音は掛け時計に眼をやる。そろそろメインのウエディングケーキと、それに合わせるお茶を準備したほうがいい時刻だった。

「じゃあ、瑠璃ちゃん、ここはお願いね」

「任せてください。ケーキ登場に合わせて、こっちもばっちり準備をしておきますから」

敬礼する瑠璃に見送られ、涼音はカウンターを離れた。

奥の厨房へ近づくと、徐々にチョコレートの甘い香りが漂ってくる。スイングドアを押して中に入れば、達也が大きなケーキに向かい、今まさに最後の仕上げに取りかかっているところだった。

アンケートを基にした打合せの結果、晴海と有紀のウエディングケーキは古典菓子のザッハトルテを土台にすることが決まった。だが、それだけでは高さが出ないので、その上にチョコレートのスポンジ《ジェノワーズ》を積み重ね、その間には、晴海の好きなベリー類と、有紀の好きなナッツ類をたっぷりと仕込むことにした。

それだけでも充分豪華だが、達也は美しく塗装《ナッペ》したケーキの表面に、薔薇の蕾《ローズバッド》と呼ばれる絞り飾《かざ》りをたくさん作っていた。

絞り袋の口金《くちがね》から、見事な薔薇の蕾《つぼみ》が魔法のように次々と生み出されていく様子に、涼音は感服する。クリームは、バニラ、チョコレート、ミックスが用意され、上品なグラデーションを成していた。

クリームの芸術ともいうべき絞り飾りには、様々な口金が使われる。シンプルな雫《しずく》絞りを作る丸口金、シェルやローズバッド等、少し複雑な絞りを作る星口金、幾何学模様《きかがくもよう》を作ることもできる片目口金《かため》等々。

その絞り袋と口金を生み出したと言われているのは、パリのスラム街から身を起こし「料理人の王にして王の料理人」と呼ばれた宮廷料理人アントナン・カーレムだ。絞り袋と口金がなかった時代は、天井から吊《つ》り下げたジョウロから生地《きじ》を流していたというのだから、その発明は大変なものだった。

カーレムがいなければ、エクレールやシャルロットのような洗練されたフランス菓子は、誕生しなかったと言われている。

どんなお菓子にも歴史があり、その誕生のために心を砕いた人がいる。そして多くのパティシエやパティシエールたちが、彼らの技術を脈々と現代に伝え続けているのだ。

無心に飾りつけているように見えながら、達也はローズバッドの数が割り切れてしまう偶数にならないよう、気を配っているのだろう。作業に没頭している達也を邪魔《じゃま》しないように、涼音はお湯を沸かしにいった。

濃厚な古典菓子を土台にしたウエディングケーキには、飲み口のさっぱりとしたニルギリを合わせることにする。

「ラウンジの様子はどう?」

大きなポットを温めていると、一段落したらしい達也が声をかけてきた。

「食事は概《おおむ》ね終わった感じ。みんな、美味しかったって、大満足してくれてたよ」

涼音の言葉に、達也はほっとした表情を浮かべる。

「こっちもほぼ完成だ」

ワゴンに載せられた大きなケーキに涼音はハッと眼を見張った。

艶《つや》やかに光るザッハトルテ、ローズバッドで飾られたチョコレートケーキ。お洒落だけれど、少々地味な色合いに思われたウエディングケーキは、爽やかな緑のスペアミントとピンク色の薔薇の花びらの砂糖漬けで彩《いろど》られ、なんとも素晴らしい仕上がりだった。

「すごいすてき……」

思わずこぼれてしまった涼音の呟きに、達也が満足げに頷く。そして最後の最後に、保存容器の中に入っていたあるパーツを取りつけた。

これで、世界に一つのウエディングケーキの完成だ。

達也はケーキの載ったワゴンを、涼音はニルギリのティーセットを載せたワゴンを、ゆっくりとラウンジへ向けて押していく。

涼音たちの姿を見るなり、カウンターの瑠璃が指で「オーケー」マークを作り、ラウンジの照明を暗くした。合図に合わせ、俊生が各テーブルのキャンドルに火を灯す。

キャンドルライトが揺らめく中、堂々たるウエディングケーキがラウンジに登場した。

瞬間、部屋の中に溜《た》め息《いき》のようなどよめきが広がる。

チョコレートの甘くスパイシーな香り。精緻《せいち》なローズバッドの装飾に、フレッシュなミントや本物の薔薇の花びらが散らされた美しいケーキの出来栄えは、ラウンジの誰をも魅了《みりょう》したようだった。

だが。

「これは……？」

ふいに晴海が立ち上がり、ウエディングケーキに近づいてくる。彼女がじっと見つめているのは、達也が最後にケーキのてっぺんに取りつけたパーツだった。

それは、バタークリームで作った黄色い花だ。

シックでお洒落なウエディングケーキに、明るい色調の花は少しだけ不釣り合いにも思われた。

その花は——。

「黄色いガーベラ」

そう呟き、晴海が達也を見る。

「これ、私が子どものとき、毎年父の日に、父に贈っていた花です」

母の日には赤いカーネーション、父の日には黄色い薔薇を贈る。

少女時代、晴海は友達からそう教わったという。

「でもうちは、父の店の経営がうまくいってなくて、そんなに裕福じゃなかったから……。母にはカーネーションを買えたけど、薔薇は束にするとやっぱり高くて。父には薔薇の代わりに、安価なガーベラの花束を贈ってたんです」

晴海が、達也の後ろの涼音にも眼をやった。

「でも、どうしてそれを？　そんなこと、私、アンケートに書かなかったはずです」

涼音が前に進み出て達也と並ぶ。

「そのガーベラの花を作ったのは、須藤さん……晴海さんのお父様です」

「え」

涼音の言葉に、晴海が大きく眼を見張った。背後のテーブルで、晴海の母もびっくりした顔をしている。

「このケーキの土台のザッハトルテは、昨夜、須藤さんと僕が一緒に作ったものです」

ケーキカット用のナイフの柄を差し出しながら、達也が続けた。

「実は、イヤーエンドアフタヌーンティーで晴海さんに気に入っていただけた柚子ジャム入りのザッハトルテも、晴海さんとお母さんの分だけ、須藤さんと一緒に仕込みをしたものだったんですよ」

ナイフを受け取り、晴海がうつむく。

「父はそんなこと、一言も……」

晴海の肩が小さく震えた。

「僕も口下手だから、須藤さんの気持ちは分かります。でも、伝えたくても伝えられない言葉を形にするために、僕ら菓子職人は、菓子を作るんです」

達也の訥々《とつとつ》とした言葉に、涼音は自分の胸にそっと手を押し当てる。

お菓子《アントルメ》――。

それは、日々の糧《かて》とは違う、祝祭の特別な餐《さん》。

甘いお菓子は常に、祈りや祝福と共にあり、人の心を満たし、癒《い》やす。

昨夜遅くに店にやってきた秀夫《ひでお》は、パーティーにはどうしても出られないと言った。有紀のことは落ち着いたいいお嬢さんだとは思うけれど、娘のパートナーとしては認めることはできないと。

それでも達也と一緒にザッハトルテを作る手だけはとめなかった。そして最後に、なにかを愛《いと》おしむように、バタークリームで黄色いガーベラの造花を作った。

その秀夫からの密やかなメッセージに、晴海はしっかりと気づいたのだ。

認めることや、理解をすることはできなくても、相手を思いやることはできる。言葉や態度に表すことはできなくても、大切な相手に思いを込めてなにかを作ることはできる。

そうして出来上がったのが、この世界にただ一つの「最高のウエディングケーキ」だった。テーブルから有紀がやってきて、晴海と一緒にナイフの柄を握る。

「ゆきちゃん……」

有紀を振り返った晴海の瞳が、涙で一杯になっていた。テーブルの晴海の母も、そっと眼頭にハンカチを当てている。

「古典菓子を作らせたら、あなたのお父さんの右に出る者はいません。一緒に作りながら、僕もたくさん勉強させていただきました。さあ、ケーキカットをお願いします」

達也に促され、晴海と有紀がケーキの前に立つ。

二人が一緒に切り分けたケーキからは、ベリーやナッツが顔を覗かせ、その演出に再びわあっと歓声があがった。

バタークリームの黄色いガーベラは、もちろん、晴海の皿に取り分けられた。

「スズさん、そういうことだったんですね」

たくさんのカップにニルギリのお茶を淹れるのを手伝ってくれながら、瑠璃が話しかけてくる。その瑠璃も、眼を赤く潤ませていた。

「香織さんが間に入って説得してくれたの」

涼音は手をとめずに囁《ささや》く。

〝須藤さんがどれだけ心を痛めているかを、もっとしっかり考えてほしい〟

そう言って、ここでパーティーを開くことに反対していた香織が、こんなふうに力を貸してくれることになるとは思っていなかった。

だが香織の助力がなければ、秀夫を説得することはもっと難しかったに違いない。

「香織さん、やっぱりさすがっすね」

瑠璃が満足そうに頷く。

「最近のラウンジはどう？」

「なんか、前よりずっといい感じですよ。山崎《やまさき》シェフとの連携《れんけい》もうまくいって、香織さん、一段と貫禄《かんろく》がついた感じっす」

それを聞いて、涼音もなんだか嬉しかった。

きっと、みんな前に進んでいるんだ。

いつまでも変わらないものは、この世にはない。それは寂しいことかもしれないけれど、挑戦し甲斐《がい》があるものなのかもしれなかった。

人が生きていくことも、また――。

達也と俊生がケーキを取り分けている様を、涼音は瑠璃と肩を並べて見つめる。

主賓のテーブルでは、晴海と有紀が家族や友人たちに囲まれて、幸せそうにウエディングケーキを食べていた。晴海のお皿には、黄色いガーベラの造花が載っている。

そこに秀夫の心もあるのだと、涼音は感じた。


晴海と有紀の結婚披露パーティーは、最後まで盛況だった。

結局晴海はガーベラの花を食べることができず、保存容器に入れて大切に持ち帰った。バタークリームの造花はシュガークラフトと違い、賞味期限があるので気をつけるようにと達也は念押ししていたが、彼女はそれを食べないのではないかと涼音は想像している。

後片付けはいいと言ったのに、瑠璃と俊生も夜遅くまで残ってくれた。残ったウエディングケーキを四人で食べ終えたときは、深夜近くになっていた。

その間も、俊生がとぼけたことを言う度に、瑠璃は渾身《こんしん》の「バカなの？」を連発していた。賑《にぎ》やかな二人が帰ってしまうと、店の中は、これまでにないほどしんとした。

テーブルクロスをはがした木目のテーブルに肘をつき、涼音は暫《しば》しぼんやりとする。窓の外からはムクロジが夜風に揺れる音だけが響いていた。

やがて、達也がスマートフォンとなにかを手にテーブルに近づいてきた。

「涼音、お疲れ様」

「達也こそ」

「次は俺たちの番だな」

「え……」

聞き返した涼音の前に、達也がスマートフォンを差し出す。

その画面には、選択的夫婦別姓制度を巡り、経団連《けいだんれん》が動き始めたというニュースが表示されていた。夫婦同姓を強制することで、改姓により女性のキャリアが認知されなくなったり、旧姓使用のために企業のシステム管理が複雑になったりと、具体的な経済損失が起き始めていることが原因のようだった。

「このまま社会が本気になれば、選択的夫婦別姓も同性婚も、いずれは認められる」

変革は近い、と達也はにやりと口角を吊り上げる。

〝アプレを舐めちゃいけねえよ〟

そのときなぜか、涼音は祖父の放った一言を思い出した。

最初は分からなかった言葉の意味を、後に涼音は調べてみた。

戦後派《アプレゲール》――。それは、第二次世界大戦後に現れた、これまでの概念を覆《くつがえ》すような無軌道《むきどう》な若者たちを差す旨を持つ言葉だった。

私はアプレの孫だ。

無軌道とか無責任とか誹《そし》られても、古い概念を覆して先に進む。

「あと、これ」

次に達也がテーブルに載せたのは、真鍮《しんちゅう》のプレートだった。

そこに記された文字に、涼音は短く息を呑んだ。

〝パティスリー　飛鳥井&遠山〟

正式オープンの朝に取り付けることを決めていた店名のプレートには、美しい明朝体で、二人の名前が刻まれていた。

「ただ、屋号だけは、『パティスリー飛鳥井』にさせてくれ。書類関係に書くとなると、俺はどうしても『&』が鏡文字になっちゃうんだ」

達也が言い終わらないうちに、涼音は自分より大きな身体《からだ》に抱き着いていた。

「お、おい……」

戸惑う達也の唇に、自分の唇を押し当てる。

この人が好き。

めでたいの本当の意味は、愛《め》で甚《いたし》――愛が甚《はなは》だしいが転じたものという説があるらしい。

結婚のおめでとうは信じられないけれど、そのめでたいなら信じることができる。

「私たちのウエディングケーキは、ピュイダムールにして」

唇を離し、涼音は達也の耳元に囁いた。

ピュイダムールは、愛の泉。

パイ生地の泉から、甘い愛が、いくらでもあふれ出す。なんとめでたいことだろう。

「あれは、熱くないとうまくないよ」

「だから、熱いのにして」

涼音の言葉に、達也がもう一度不敵ににやりと笑う。

「やってみるか」

前代未聞の熱々のウエディングケーキだって、私たちならきっとできる。

恋愛と結婚は違う。愛は必ず冷めてしまう。そんな常套《じょうとう》を覆すのに挑戦するのも、遣《や》り甲斐のあることだろう。

両腕を絡めて見つめ合い、今度はゆっくりと唇を重ねた。

達也の唇はしっとりとしていて、彼が作り出すお菓子のように甘い。それを味わいながら、涼音の胸に、こんこんと熱い勇気が湧いてくる。

いつまでも変わらないものがないように、この先、二人の間に誤解やひずみが生まれることもあるだろう。日々の面倒ごとや問題を避けて通ることもかなわない。

でも大丈夫。私たちは挫《くじ》けない。

私たちを簡単にまとめようとする流れに、負けたりしない。

結婚にかけられた〝おめでとう〟の呪いや洗礼を解《と》いて、あなたと私はそれぞれの自分の道を、これからも共に手を取り合って生きていく。

謝辞

本作の準備に当たり、鎌倉のシェフパティシエール辻本静子さんに、貴重なお話を伺いました。この場をお借りして、心より御礼を申し上げます。

また、たくさんの方に「選択的夫婦別姓制度」についてのアンケートにご協力をいただきました。併せて感謝申し上げます。

尚、この作品はフィクションです。事実との相違点については、すべて筆者に責任があります。

主な参考文献

『ホテル椿山荘東京　ル・ジャルダン　アフタヌーンティーレシピ』河出書房新社
『物語のあるフランス菓子　おいしいレシピとエピソード』大森由紀子　ＮＨＫ出版
『わたしのフランス菓子　ＡtoＺ』若山曜子　産業編集センター
『ようこそ、アフタヌーンティーへ　英国式５つのティータイムの愉しみ方』藤枝理子　清流出版
『ケーキデコレーションの教科書　ナッペと絞りの無限アレンジ』西岡詩織　講談社
『プロのための洋菓子材料図鑑　vol.５』柴田書店
『「選択的」夫婦別姓：ＩＴ経営者が裁判を起こし、考えたこと』青野慶久　ポプラ社
『日本のふしぎな夫婦同姓　社会学者、妻の姓を選ぶ』中井治郎　ＰＨＰ研究所
『夫婦別姓――家族と多様性の各国事情』栗田路子、冨久岡ナヲ、プラド夏樹、田口理穂、片瀬ケイ、斎藤淳子、伊東順子　筑摩書房
『改訂新版　事実婚と夫婦別姓の社会学』阪井裕一郎　白澤社
『夫婦同姓・別姓を選べる社会へ：わかりやすいＱ＆Ａから訴訟の裏側まで』榊原富士子、寺原真希子　恒春閣
『お菓子放浪記　戦争期を生きたシゲル少年』西村滋　社会評論社

初出
第一話〜第四話は、Ｗｅｂサイト「婦人公論．ＪＰ」二〇二三年十一月〜二〇二四年八月掲載。
最終話は書き下ろしです。